罗小荨 著

我的女友是拳王

北京时代华文书局

图书在版编目（CIP）数据

我的女友是拳王 / 罗小荨著. — 北京：北京时代华文书局，2021.12
ISBN 978-7-5699-3975-0

Ⅰ．①我… Ⅱ．①罗… Ⅲ．①长篇小说－中国－当代 Ⅳ．① I247.5

中国版本图书馆 CIP 数据核字（2021）第 239441 号

我 的 女 友 是 拳 王
Wo De NüYou Shi QuanWang

著　　　者｜罗小荨
出 版 人｜陈　涛
责任编辑｜田晓辰
执行编辑｜江润琪
责任校对｜张彦翔
封面设计｜孙丽莉
封面插画｜柒　伞
版式设计｜段文辉
责任印制｜訾　敬

出版发行｜北京时代华文书局 http://www.bjsdsj.com.cn
　　　　　北京市东城区安定门外大街 138 号皇城国际大厦 A 座 8 楼
　　　　　邮编：100011　电话：010-64267120　64267397
印　　刷｜三河市兴博印务有限公司　电话：0316-5166530
（如发现印装质量问题，请与印刷厂联系调换）

开　　本｜880mm×1230mm　1/32　　印　张｜11　字　数｜322 千字
版　　次｜2022 年 1 月第 1 版　　　　　印　次｜2022 年 1 月第 1 次印刷
书　　号｜ISBN 978-7-5699-3975-0
定　　价｜49.80 元

版权所有，侵权必究

目录
CONTENTS

第1章 重逢 _ 001
第2章 人海 _ 009
第3章 兜转 _ 015
第4章 在念 _ 021
第5章 恍然 _ 028
第6章 如梦 _ 033
第7章 合作 _ 040
第8章 打脸 _ 047
第9章 惊艳 _ 053
第10章 发布会 _ 058
第11章 心思 _ 065
第12章 花开 _ 072
第13章 主治医生 _ 078
第14章 再见何洛 _ 085
第15章 约会 _ 092
第16章 耍流氓 _ 097
第17章 吃撑了 _ 103
第18章 分手费 _ 110
第19章 沉迷 _ 117
第20章 她是女孩 _ 123
第21章 旧友相逢 _ 129
第22章 别动摇 _ 134
第23章 死直男 _ 141
第24章 工具人 _ 147
第25章 心情 _ 153
第26章 节目录制 _ 159

第27章 狂妄_166	第28章 战术_173
第29章 KO之王_181	第30章 隐秘心事_189
第31章 我女朋友_196	第32章 地下拳庄_203
第33章 留宿_208	第34章 训练手册_215
第35章 带徒弟_221	第36章 热搜_226
第37章 大满贯_231	第38章 手术_238
第39章 内疚_244	第40章 放过你_251
第41章 比赛_257	第42章 对手_263
第43章 解释_268	第44章 挽回_272
第45章 醒来_278	第46章 争认爹_284
第47章 误会解除_289	第48章 绯闻_293
第49章 谈心_299	第50章 小别_306
第51章 冰释前嫌_314	第52章 对手_320
第53章 拜访_326	第54章 骄傲_332
第55章 未来_336	

第1章
重逢

墨西哥，瓜达拉哈拉，WBA世界拳王争霸赛前夜。

这是盛况空前的一场赛事，欢呼声、解说声响彻在整个拳击赛馆里，人们站在观众台上，疯狂地挥舞着拳头，高喊着自己喜欢的拳击手。

"这是今晚最后的赛场，也是这场战役最关键的三十秒，观众朋友们，让我们拭目以……"

解说员话未说完，擂台上，一道尖锐的铃声响起。

几乎没有任何空当，那道今晚最瞩目的红色身影便一跃上前，红色的拳击手套毫不客气地落在一个人的脸上，那人的脸顿时"面目全非"。

"嘭"的一声闷响，那人的眼睛高高地肿起，鼻子和嘴唇也都出现了不同程度的裂痕。

被压制的人想要翻盘，使出了最后的力道挥出拳头，但拳头却在半路被那红色拳击手套阻截。紧接着，红手套反击，一拳再次打中那人的脑袋。

一拳又一拳落下，在十安的眼里就像是慢动作回放。

她清楚地看见自己的对手被打趴下，瘫倒在地上奄奄一息。

而她，几乎胜利在望！

但十安没有收拳，依旧没有放过任何可以得分的可能，每一次挥拳，都落在了对手的脸上、手肘上。

这是战场，没有心软！

穿蓝色制服的裁判官站在一侧，高举着手，眼前这个疯狂的亚洲人已经打红了眼，他只能等待时机，一旦她违规，他的黄牌不会迟到。

台下观众也跟着呐喊："十，九，八，七，六，五，四，三，二……"

一！

终于，裁判员冲了上去，死死地抱住了十安，高举起她的手！

"恭喜Herra，今晚的KO（指击败、击倒对手）之王！Herra！"

紧随而来的是一阵经久不息的欢呼声。

激昂的音乐声响起，被打趴在地上的乌克兰选手久久没有做出反应，只有颤抖的手指证明她还活着。

全场统一地喊起一个名字，人们歇斯底里地叫着，以此来恭贺那个今晚最瞩目，也是最大的赢家。

——Herra！Herra！Herra！

声音震耳欲聋，久久没有停息。

整个拳击馆炸了，来自中国的解说翻译沸腾了，有人冲上台来与她拥抱，有人亲吻着她的额头，有人将她高高举起。

这不是卫冕赛，仅仅是入围赛，但她获得了全场喝彩。

她值得！

今晚，她的表现太亮眼了，连续打了十五个回合，在面对最强劲的乌克兰女拳手时，竟然连续三个回合KO对方。

这样的战绩，无人敢小觑。

"从战绩上看，阿布刚破赫莲拉虽然是新人，但也是今年拳击赛事当之无愧的常胜军，她要对上Herra，怎么看今年的卫冕赛都是一场鏖战。"

"是的。阿布是三冠老拳王哈顿的首徒，这次卫冕赛，在战术上应该也会有突破，不过，Herra上半年才刚首夺了WBC的金腰带，今晚的比赛她也打出了连续三回合KO对手的战绩，谁胜谁负也很难预估。"

电视机上正传来女主持人热情的声音。酒店房间里，十安却在急匆匆地收拾着行李箱。

今天最晚一班航班在三个小时后就要起飞了，她快要来不及了。

王保罗推门进来的时候，脚步匆忙，力气很大，房门很重地砸在墙壁上。他满头大汗，喘着粗气说道："你到底怎么想的，退赛这么大的事情怎么不跟我商量？"

十安仔细地将金腰带放进行李箱里，王保罗挡住了她，他直视她的眼睛，"你跟我说实话，到底发生了什么事？"

十安拉开他的手，斟酌了一下说辞："我接到医院的电话，他们正在抢救他。"

王保罗震惊地张大了嘴巴："结果呢？"

十安继续收拾一些零碎的衣物，一口气噎在喉咙，她咳了一声才将那口气咽下。

"不知道，撑不过今晚的话就没用了。"语气起伏不大，听起来是已经做完了心理建设。但内心是否也如言语一样平静而无波澜，只有她自己清楚，也只能由她自己扛。

王保罗回道："可是决赛就只有一天了，你现在回去也没用。"

"万一救不了……"总要回去收尸吧。后面那句她没说，被堵在了嗓子眼。

王保罗沉默地看着她，行李已经收拾得差不多了。箱子里衣服不多，大部分还是大大小小的奖杯和证书。

这些年，她去每个地方比赛都会带上它们，好像随时准备好了有一天要提着行李箱飞奔去机场，去她想去的任何地方。

王保罗叹了口气："就算明天有铺天盖地的负面新闻也要走？"

"负面新闻不听就是了，俱乐部解约还可以再找新的，粉丝，就当我对不起他们。"她顿了顿,"但如果他死了,我拿再多冠军都没用。"

她在短短半小时之内,已经做好了未来所有打算,想得这么周到,不是铁了心又是什么?既然她都能面对,他又有什么不能?

良久之后,王保罗也似乎是下定了某种决心。

他坚毅道:"好。我陪你回去。"

临近午夜时分,酒店楼下挤满了记者。

他们刚刚听到风声——Herra突然向组委会提出退赛申请。这会儿他们聚在一起,窃窃私语,显然都不敢相信这个消息。

有传闻说她是因为对手阿布太过强大而放弃了比赛,也有人说,Herra在今晚的拳击台上身受重伤,再也不能打拳。

天边刚露出微光的时候,Herra终于出现了,她戴着口罩和墨镜被一众记者团团围住,艰难地迈着步子朝车子走去。

混乱中,忽然有人拉开了她的口罩,狂轰滥炸的质问声接踵而至。

"有传言说您的父亲当年就败在老拳王哈顿的手中,而阿布是他的徒弟。"

"你临阵脱逃,是因为怕了吗?"

话音戛然而止,十安猛然收住匆匆的步履,立在人潮中央,犀利的目光扫过所有人,汹涌的气势堵住了人们的嘴。

终于,她朝着所有人和镜头深深地鞠了一躬,"对不起。"道歉的话简短、利落,胜过煽情的千言万语。说完,她转身就走。

人头攒动的人群外,车子没有停留。

十安目光坚定,但手心早就攥出了汗。其实她也恐惧,害怕被世人抛弃。但她知道自己不能认怂,该承受的总要承受,人生向来如此。

距离飞机起飞还有一小时,漫长的国际旅途耗尽了大家的精力,整个休息室里的乘客都东倒西歪地瘫坐着。

十安也不例外,她用围巾将自己裹成了木乃伊,无精打采地蜷在椅子上。

身边有个女孩在刷网页,正好刷到今日推送的体育新闻。

"Herra退赛了?啊!大新闻!宝宝你看,你喜欢的拳击手哎!"女孩激动地将手机递给身边一个戴鸭舌帽的男孩看。

男孩一脸的不可思议:"不是吧,我还想看今晚的卫冕赛直播来着,我的女神该不会是出事了吧?"

女孩气呼呼地拿回手机,她倒要看看女神长什么样。

手机里的照片被放大,那是一张媒体在赛场偷拍的赛前照,尽管照片模糊,但还是能看出来那张不符合职业的脸有多好看。

女孩有些惊讶道:"长得这么好看还去打什么拳击啊,不会是整容的吧?"

男孩回道:"怎么可能,假鼻子怎么经得起打,一场比赛都挨不过。"

女孩点头,跟着哈哈笑起来:"也是,一拳头下来,鼻子都歪了,哈哈哈。"

十安放下蜷缩在椅子里的腿,看了两人一眼,下意识地摸了摸鼻子。摸完,她又觉得尴尬。其实她的鼻子去年差点就骨折了,有一段时间打比赛,她都不敢将正脸面对对手。

她不想再偷听别人怎么讨论自己,于是起身往外走了两步。

保罗买了早餐回来,没看到她人,寻了一圈才在窗边看到她。他将冒着热气的牛奶和巧克力派塞到了她的手里,"吃点东西,待会儿上了飞机又是十几个小时。"

保罗看着她的样子,有点嫌弃道:"你现在这张脸,不用裹这么严实,没人认得出你。"

十安拉下了脸上的围巾,对着玻璃窗照了照。

几个小时过去,她脸上的伤口越来越明显,左眼肿成一条缝,像被蜜蜂蛰过,左脸颊也青一块紫一块,就连手肘上都没能幸免。

她也懒得遮掩了，咬了两大口巧克力派，又干又涩，顿时没什么兴趣吃了。

"我去买点热的东西吃。"十安将没吃完的巧克力派扔进垃圾桶，转身大步朝着便利店走去。

"别走太远了，还要登机呢。"保罗在身后喊。

十安摆摆手，三步并作两步很快就到了便利店，她买了饭团和热饮，两口下去胃里总算舒服一些了。

距离登机还有半小时，十安没有立即回登机口，而是沿着走道散步，路过一家书店时一个三四岁的小女孩追着气球跑，差点撞上她，十安险险避开，也顺着小女孩跑的方向看去，书店门口一个书架正歪歪斜斜地摇摆着要倒下。

"啊小心——"有人大喊。

十安抬头的瞬间，人已经冲了上去，与她一起的还有一道黑色的身影。

"咔嚓"一声响，十安只觉得自己的腰闪了一下，有点痛。

重击声没有响起，众人惊觉地睁开眼。

只见瘦弱的十安单手撑着那比人还高的书架，而她的身下，一个穿西装的男人将小女孩紧紧地搂在怀里，自己则用背对着书架。她无意中救了他们。

小女孩的哭声打破沉寂，半蹲在地上的男人站了起来。孩子家长立即将她抱走，嘴里连连说着感谢。

"没关系，以后看好孩子。"男人好脾气地回着，声音很好听。

十安下意识地抬头看他，但只看到了他的背影和好看的后脑勺。

哦，他的手也很好看，小女孩的父亲为了致谢与他短暂地握了手，两相对比下让十安更清楚地看见了他那双白皙修长的手。

她想，这个人，一定很温柔。

但下一秒，她就看到男人侧过身，从西装领口拿出手帕轻轻地擦了擦手，然后冷漠地将手帕扔进了垃圾桶。

那双修长白皙的手以及那仅仅是从侧面就能感受到的冰冷，都与方才的温柔截然不同。

没有人诧异他如此自然的动作，但十安的心却"咯噔"了一下。

世上哪有这么巧的事情？

她伸长脖子，想要看清楚他的脸，但还没来得及看后脑勺就被几本滑落的书袭击了。

她有点吃痛地"嘶"了一声，众人这才反应过来，几人帮着一起将书架扶正，那个男人也想起她来，转过身来帮忙。

"你没事吧？"一道清润的声音响起。

十安正扶着腰，按着发麻的脑袋，抬头看向他，男人清隽白皙的脸出现在眼前。她瞬间僵住身体。

这张脸哪里只是好看啊，明明是她藏在心里无数个年头，一直都没能挥散的印记。

难怪，她会觉得他的声音好听，还能仅凭后脑勺就判定他长得好看。

方熙年这样的人，哪有不完美的地方！

十安连忙将脸上的围巾拉高了几分，遮住了满脸的伤痕斑驳。

事情发生得突然，方熙年也没注意她的脸，只是关心地问道："你没事吧？书架很重。"

他的声音太蛊惑，十安只觉得心里乱哄哄的。

她始终没说话，方熙年半低下头，对上她的眼，眼里写满了担忧。

他注意到她手腕上的青紫相接，伸手要去查看："你的手受伤了，要不要找机场医生包扎一下？"

"没事。"十安终于从恍惚中回过神，如惊弓之鸟一样拔腿就跑。

"你……"

她跑得更快了，简直是要去参加奥运会的架势。

一口气跑到了百米外，停下时，十安觉得自己的心跳如擂鼓，她用力地捂着发慌的胸口,好半晌才停下脚步,撑着双腿喘了口气。

她没忍住还是回头看了一眼,虽然距离远,但她还是看到了那道英挺的身影。

方熙年还站在原地,正跟一个男人说着什么,她看不清他脸上的表情,但能隐约感到他的不快,因为他身边的那个男人看上去很慌张。

她忽然觉得喉间没来由地一阵发苦。

即便在人山人海中,他亦是如星月一样耀眼,跟她这样狼狈的人,从来不在同一个世界。

第 2 章
人海

王保罗老远就看到十安撒丫子跑得可劲儿欢。

一开始他还没太在意,但发现她越跑越远,担心错过登机,他也就只好追了上来。

一口气跑到十安所在的位置,王保罗喘着粗气说:"嗨,我说你跑什么呢?"

十安没答,还在回头看。

注意到她的视线,王保罗也忍不住朝着方熙年的方向看过去,"怎么?认识的人?"

"不认识!"十安否认得彻底。

王保罗狐疑地看她,"不认识?那你躲什么躲!"

认识唐十安这么久,他就没见她这么怂过,要是哪天遇到了泰森,她没准儿都会跑上去扬言要跟对方比画两下。见个人而已,跑得比兔子还快,不认识才有鬼吧。

十安被他看得有点尴尬,但她还是故作镇定地拉上围巾,遮住了脸,"可……可能认错人了。"

王保罗依旧盯着她,"我怎么看着像是旧情人?"

"无聊。"十安转身就走。

十安很久没想起过方熙年了。

大二上学期，她就去了美国，之后日子过得匆匆忙忙，打打杀杀，能保命活着实属不易，哪里还有时间去回忆他。

更何况，他也没能给她什么好的记忆。

能让她反反复复放在心上，偶尔还觉得有一点欣慰的，也只有和他初次见面那次。

高考后的那个暑假，阳城举办了第一场拳运会职业选手选拔赛。

那场比赛上，有两个热门选手。一个是拥有"天才女拳击手"称号的何洛，而另一个则是名不见经传，居然敢大言不惭挑衅何洛的唐十安。

此起彼伏的叫喊声中，尖锐的哨声穿过八角笼，落在拳击台上。

拳击台上，两道身影纠缠成一团，谁也不肯让步，抡圆了拳头想要招呼在对方的脸上。彼时，十安的左脸颊已经高高肿起，左眼已经看不出样。

快速的拳头直落在她脸上，连击两下。不过一秒钟，她就被打得跪倒在地上。

唾液混合在汗水之中，一滴一滴地砸落在地面上，溅起了水花。

她趴在地上，喘着粗气，狼狈、挫败，像极了一条狗。

看台上，有人大笑，一个男人朝她做了个嘲讽的姿势。

十安用力地晃了晃脑袋，试图甩掉那些嘈杂的声音。但毫无用处，嗡嗡的响声变成了来自身体里沉重而又疲惫的喘气声，此起彼落。

她明显感觉到身体再也无法支撑了，可是——

——Herra，加油！

忽然，一道声音穿过了整个八角笼，回响在耳际，在偌大的厅里发出回声。

她艰难地扭头看去，一道清瘦高挑的身影正站在人群中间挥舞着什么东西。尽管隔得远，她却奇异地看清楚了那张脸。

是一个年轻的男孩。他……在为她加油？！

她不知道他叫什么名字、为什么要替自己加油,但这一瞬间,她的世界忽然静止了,沸腾的吵闹声戛然而止,只有裁判倒计时的声音在耳边响起。

——二,一……

她终于弓着背站了起来。掀开眼皮,带血的伤口染红了她的双眸。

没有人能想到,她居然还能站起来。也没有人料到,接下来的事情超过了预期。

她的拳头快如闪电,步步逼近,一拳一拳地落下,直至最后口哨声吹响,她才精疲力竭地摔倒在地上。

不过半分钟,局势反转。

她终于还是赢了,只比何洛多出一分,天差地别的一分却让她拿下了第一个职业赛事中的奖杯。

但没有人欢呼,看戏的人们都在责怪她乘人之危,无视规则。在他们眼里,她只是凭借运气获胜的跳梁小丑而已,怎么能配得上奖杯?

嘘声,差点将她淹没。

唯独一人,他看她的目光里,满是心疼。

她心里一颤。他是什么时候从看台下来的?

十安目光炯炯地看着围栏边上的少年,如此近的距离,让她看清楚了那张脸,明明清秀好看的五官却拧成了一团,但偏偏那目光又温柔得过分。

他笑起来可真好看。

她没想到,能在这里遇到这样一个人。在她受尽嘲讽和贬低后,有这样一个人站出来,为孤立无援的她投来那样温柔的目光。

十安不想再回忆了。

保罗正听得起劲,忽然断了,有点疑惑:"看台上那个男生,就是你刚才像见了鬼一样的那个男人?"

她被噎了一下，就不能不提她刚才的屁样吗？

"可你不是说，他是你的黑粉吗？"

十安别扭地扯了扯嘴角，这件事能不能也别提啊。

"我后来才知道，何洛的英文名字也叫Herra。"

保罗"啊"了一声，有点惊讶。但听着她闷闷的话，半晌终于反应过来，没忍住笑出了声音："所以，他是去给何洛加油的？你误会了？"

十安满脸的尴尬，那件事至今她都觉得——太丢人了！

后来，两人意外在大学的迎新会上再次遇见，他作为新生代表上台讲话，她一眼就认出了他来。

因为之前的惊鸿一瞥，她主动搭话，锲而不舍地探听到他的名字。

对于突然冒出来的她，方熙年维持了自己的风度，笑容像清泉的波纹浸入她的心底，直接抽走了她全身的傲气。

十安为人向来不要脸，但那一瞬间，她还是收起了嘴角的笑容，显得自己不那么狂妄自大。

她觍着脸问他："你是我的粉丝吗？"

他没否认，她就在心里认定了这个事实。

要怪就怪方熙年那双如玉般的眼，就算不说话，只是盯着她笑，也能让她变成一个不经人事的傻憨憨。

她摸着后脑勺自说自话："你是我的第一个粉丝。"

所以，她才会格外珍惜，不惜放下所有的骄傲。

就这样，他们成了"朋友"。

他为何洛做的每一桩事，她都将那个人误会成了自己。

她就像个傻子一样，围绕在他身边，说什么要把他拉入自己的羽翼下，说什么要保护如芝兰玉树的他免受"污染"。

只有她这样傻的人，才会以为他善良可欺。

明明他拥有谁都不敢惹的家世，还有不为人知又深不可测的心机。现在想来，那时的她在他眼里，应该是个笑话吧。

这次是真的说不下去了。

十安有点哑然地闭上了嘴，脑子也暂停了回忆键。不管王保罗有多八卦，她也不愿意再开口了。

安静的机舱里，只能听见轰隆的引擎声，那声响起伏有序，太适合催眠，不过半小时，十安就睡了过去。

这一觉，将近五个小时，再醒来时，飞机已经到达阳城。

十安等人走得差不多了，才和保罗跟在人群后下飞机。

航站楼里，稀稀拉拉走着一些人，大家顺着一个方向往外走。

十安觉得自己的视力可真好。

她居然可以凭借一个后脑勺就辨别出相隔十几个人外的那个人就是方熙年，她盯着那个后脑勺看了良久，他从另一部电梯下去了，自始至终没有回过头。

他们同一班飞机，同样的目的地。但一个在头等舱，一个挤在狭小的经济舱里，就几米的距离，他们也没有再打照面。

"看什么帅哥，看路。"王保罗拉了拉差点进错电梯的十安。

十安回过神，再抬头看时，前方已经没有方熙年的身影，她收回目光撇撇嘴，平静地跟在保罗身后，缓步下了扶梯。

他们脚程快，不一会儿就到了地下停车场。

保罗的未婚妻丽莎从泰国过来，比他们早了一天，一看到两人，她立即跑了过来，直接跳进了保罗的怀里。

王保罗身材魁梧，抱起丽莎转了一圈，说着肉麻兮兮的话："老婆，我好想你。"

不想吃狗粮，十安自觉地转身回避。

一转头，就看到从扶梯下来几个匆忙赶路的穿西装的男人，被簇拥在中央的方熙年不知道什么时候戴上了一副金边眼镜。

他垂着头,在看指尖捏着的文件,侧脸的角度让人更能清楚地看到他冷硬的五官,他其实不太好接近,总给人一种遥不可及的疏离感。

但她总能想起他右眼角下那颗温柔的泪痣,因为那颗痣,让他原本凌厉的眉目也变得柔和了,让人错以为他是个温柔的人。

她的目光像无形的命运,方熙年只觉得有什么东西快要错过了,忽然有感应似的侧头一看,目光毫无防备地落在了她没遮掩的脸上。

十安下意识地想要低头拉起围巾,但已经迟了。

方熙年看着她,眼角的不耐也渐渐变成了笑纹。

他认出她了。

在这昏暗的停车场里,他在上,而她站在扶梯下,眼看着他跟自己的距离越来越近,那架势,好像下一秒他伸手就能将她拥入怀中。

电梯停稳,方熙年没有迟疑,他抬脚径直朝她走来,无视了身后所有人。

但,十安还是怂了。她退后了几步,抬手做了一个拳击比赛中防御的姿势,那个明显带着排斥意味的动作成功阻止了方熙年的靠近。

方熙年怔怔地收住了脚步,奇怪地看她,不明白她为什么要躲。

十安嘴皮动了动,脸色极其难看,"你别过来,我不想见到你。"

方熙年又愣住了,他有这么讨厌?

其实,十安心里有很多可以解释的理由,但正面对上他后,她又还是从前的那个傻憨憨,嘴笨到什么都说不出来,只能一味地抗拒。

一道喇叭声响起,丽莎从驾驶位上探出半个身子,"十安,愣着做什么?快上车。"

十安得救,她终于找到了避开那道目光的理由。她闷哼出了一口气,什么都没解释,直接上了车。

车子经过方熙年身边时,他皱了皱眉头。

他一定觉得她疯了吧。

也好。这样,他们就再也不会有交集了。

第3章
兜转

"那个黑粉?"王保罗看着十安的眼睛盯在车窗上,没有憋住笑。

刚才他只顾着腻歪,没注意唐十安这边什么情况,也就没见到"黑粉"的真面目。

唐十安听着王保罗的话,默默地收回了视线,没有回答。

"你不敢见人家,该不会是做了什么亏心事吧?"

保罗刚问出口,丽莎就好奇地看过来,"什么什么,男人吗?"

唐十安见这两口子八卦的样子,有点烦闷地挠了一把后脑勺。

"什么叫我做了亏心事,就不能是他做了什么伤害我的事吗?"

王保罗这次还没说话,丽莎就插嘴了:"对不起你的人,不应该现在已经残疾了吗?"

唐十安气结,半天才蹦出一句话来:"你好好开车,我想活着。"

"看你这样子,是真的发生过什么?"王保罗继续猜测着,但十安已经不想搭理他了。

如果说,他们之间一定有什么事情的话——她确实做了一些不好的事情。但那件事应该没人知道吧?

算了,十安收拾心情,就当他们不过是隔着山海的陌生人偶然的一次萍水相逢吧。

忽然,"嘭,嘭"两道撞击声响起。十安整个人朝前扑了过去,再抬头时,一头乱发的样子十分狼狈。

车祸发生得突然，三人匆匆下车，才发现车子跟一辆拐弯出来的黑色轿车撞上了。

两辆车正好停在出口处，挡住了路口。

几人简短沟通过后，都没有要负责的意思，既然如此，也只能等交警来了再定责。

"要不你和保罗去医院，我留在这里等人来。"丽莎提议道。

丽莎跟保罗在国外生活惯了，对国内的情况还不是很了解，让她一个人留下，十安不是很放心，说道："还是保罗留在这里，我自己一个人去吧。"

就在这时，一个男人走了过来，正是跟在方熙年身边的男人。

陈鸿宇一派绅士地看向两位女士："唐小姐，我们老板问您要去哪儿，送您过去。"

十安和丽莎同时探身看过去。

一辆黑色宾利停在另一处，车窗摇了一截下来，车里的方熙年正好看向这边，他已经取下了眼镜，因为近视，他微微眯着眼，盯着她，没有任何动作。

但奇怪的是，他的表情很笃定。

丽莎没见过这人，哑巴了下嘴："这黑粉也太好看了吧！"

十安看她一眼，沉吟片刻，却不知说什么好。

丽莎忍不住又看了看方熙年，还是个有钱的小帅哥，这种黑粉她也想拥有。

"要不你跟他去吧。我看你这个黑粉，长这么帅也不像是要谋财害命的样子。"丽莎说着话，已经去拿十安的包。

这是谋财害命的事吗？她主要是心虚。

十安张嘴想说话，但人已经被丽莎推着往车边走了，"真的，你快去，医院的事情比较着急。"

十安叹了口气，没有再拒绝。

她转头又跟保罗交代了一声，这才跟着陈鸿宇朝着方熙年的位置走去。

走到车边,方熙年不知道什么时候已经坐进了驾驶位。十安站在车边,看了他一眼,犹豫要不要先打个招呼,但话到了嘴边还是没有说出来。

方熙年已经越过座椅,推开了副驾驶的车门。

"上车吧。"他说。

十安看看副驾驶的位置,又看了看自己的手。

她不想离他太近,虽然知道自己这是在欲盖弥彰,但她做不到和他心平气和地面对面。

陈鸿宇挡在了她面前,"唐小姐,还是麻烦您坐前面吧。"

十安咬了咬下嘴唇,只能挪了位置坐在了副驾驶上。

方熙年没有立即发动车子,目光扫过前方堵着的两辆车,最终落在那辆黑色宝马车上。

"那辆车上没贴年检标,车牌是外地的。"他说完,看向陈鸿宇,"你去给112打个电话,汇报一下这里的情况。"

十安震惊地瞪大了眼,不可思议地看着他。

方熙年一哂,没有解释,只是熟练地发动车子。

车内很安静,十安捏着安全带看了他半晌,一直很想说点什么。

方熙年侧头看她笑了笑,眼角的泪痣也扬了扬,"你不高兴?"

十安轻轻扯了扯嘴,微愣。原来他还知道啊。

"因为我刚刚让人举报那辆黑色的车?"

十安抬头看他,方熙年脸上毫无波澜,只是认真地直视着前方。

方熙年见她不说话,沉默了下,还是解释道:"你们是直行车,他理应让你们,加上又逃过年检本来就应该受到惩罚。"

十安看他,正巧,他也看了过来,两人的视线相触。

方熙年反而笑了,可能是觉得好笑吧,"我帮你出气,不好吗?"

不好。如果有需要她自己会处理,不需要他虚伪且不光彩的帮助。

"有保罗师兄在,那人不敢耍无赖。"

方熙年眯着眼睛回忆了下，才想起是跟在她身边的那个肌肉男，原来那人是她师兄，他没说什么，倒是想起她两次想逃开自己的事情。

"还没谢谢你在机场救了我。"说完，他又弯嘴笑了笑："以前，你也这样护着我。"

他的话让十安想起了在西雅图转机时的事情，她有点别扭，那会儿她其实没想太多，下意识地就伸手抵住了书架，事后想想，那画面确实很……魁梧。

不过，方熙年怎么知道那人是她？

"我原本只是猜测，但落地后再次见到你，就确定了我们坐的是同一班飞机。"方熙年不咸不淡地解释着。

这人啊，什么时候都这么敏感。

十安有点不高兴地撇嘴，故意缓和了语调："哦，你不用感谢我，我本来就这么爱行侠仗义。"

说完，她假装闭目养神，方熙年却忽然叩响了方向盘。

十安眯着眼缝看他到底要做什么。

方熙年努了努嘴："去哪儿？"

十安尴尬地坐直身体从手机里翻出地址，"成阳医院住院部，靠近星城路。"

方熙年瞥她，"为什么要去医院？"语气倒也说不上关心。

十安眼神微闪了一下，"有朋友在那儿上班。"

方熙年抿了下嘴唇，看着她满是伤痕的脸，细微地叹了口气。

"你的脸顺便也让你朋友上点药吧。"

想起自己的脸，十安欲盖弥彰地拉起了围巾，她难得淑女了一回，小声地"嗯"了一声，之后就没再说话了。

车子很快到了成阳医院附近，几年过去，这里的变化很大。

十安看着"成阳医院"门匾，心情越加沉重，回来时义无反顾，现在反而胆怯了。

方熙年转着方向盘打算将车拐进停车场。

十安忽然叫住了他："就送我到门口吧，我自己进去就可以了。"顿了顿，她又干巴巴地说了一声："谢谢了。"

说话时，她已经准备解开安全带。

方熙年看她一眼，还是调转方向盘，将车停在了路边。

车子一停稳，她就动作迅速地跳下了车，生怕他会跟上来似的。

方熙年没好气地笑了笑，见她真的要走了，赶紧又按响了喇叭，她果然回头看他。

"我去停车场等你，这附近太晚打不到车。"

十安蹙眉，"我自己能解决。"

空气凝滞了足足半分钟，方熙年也不觉尴尬，拉了拉脖子上的领带，嘴角带笑，笃定道："你不想让我进去。"

十安心想，原来你还挺有自知之明。

但下一秒，他便说："我不进去，我就在停车场。"

这人到底要干吗啊？

十安盯着他看了好一会儿。最后她不甚在意地撇了撇嘴："随便你。反正等多久，都是你的事。"

说完，她便直奔住院部大楼，动作迅速，一点也不留恋。

一口气跑到路边看不见的地方，她还是没有忍住回头，那辆黑色的宾利车果然开进了停车场。

她又想起六年前临走时的那天晚上，那天，她刚刚输掉了那场决定她命运的比赛，她也刚好认清了方熙年不是自己的粉丝，而自己只是个大傻瓜的事实。

那天，她愤怒得不能控制自己。

所以，她将方熙年堵在了巷子口，然后用丝袜套头，毫不手软地打了他一顿。出气满足后，拍拍屁股就走了。

也不知道他最后是怎么得救的、伤得严不严重。

方熙年到底知不知道,当年打他的那个人是她?

不管知不知道,她的心情都很复杂,每次见到他,她都会控制不了自己,如果他继续纠缠上来,她很怕……自己会再次动手,又或者,会忍不住想拥抱他。

第4章
在念

住院部大楼藏在医院最隐秘的位置，孤零零的一栋，四壁都已经缠上了蔓藤，远远看上去满是死气。

十安进来的时候，护士站的小姑娘正在打瞌睡，见到十安吓得立即站了起来，满脸通红地结巴着："你、你找谁？"

"我是唐三金的家属。"十安想了想，没有说出自己的名字。

小护士一听唐三金这个名字，立即精神了起来，低头翻了翻日志本，"孟老师在办公室，他交代你如果来了先去见他。"

十安点点头，想问唐三金的情况。

小护士热情地跟她介绍："第一层是办公室，楼上才是病房区。"

唐三金这些年一直待在成阳医院，大家多少都知道一些关于他的事情，每一年，诊金都会准时到账，但家属却从未踏足半步。

护士站的几个小姑娘没少在私底下八卦过这件事，医院里见过不少因为没钱治病丢弃老人的，倒是没见过几个病人明明已经没可能再醒来，但家人始终没有放弃，劳心费力地出钱出力的。

大家都还挺好奇，唐三金的家属到底是什么样的人？

一路上十安都没说话，小护士推开了一间办公室的门，发现里面没人，"那你要先去看看病人吗？"

十安跟着她上楼，"现在情况怎么样？"

小护士为难地蹙着眉，"昨天出了点状况，但还好抢救了回来。"

十安的眉头越皱越紧了，她实在不太擅长应对这样的氛围。

"家属也不用太难过，唐三金这种情况时间这么久了，应该早做准备。"

说话间，两人已经来到病房门口，正巧碰见从病房里出来刚做完例行检查的主治医生孟教授。

这些年，她一直通过网络跟他沟通唐三金的情况，两人算熟稔，孟教授今日留下值班也是为了等她。

十安张望了一下病房里的情况，黑漆漆的，什么都没看见。

孟教授替她推开房门，"站在门口能看到什么，进去看看吧。"

"好。"十安在得到孟教授确定的眼神后，才终于抬脚，踏了进去。

单人间的病房空间不算小，并排着两张床，一张陪护用，另一张上面就躺着唐三金。

唐三金块头大，但奇异地与那张一米二宽的小床融合在一起，看起来好像也没有多违和，只是细细感受，会觉出一种英雄暮年的落寞。曾经那么生龙活虎、中气十足的男人，怎么能安静成这样？

他的模样跟她六年前走的时候没什么两样，只是像个木头人一样躺在病床上，任由几根管子插在口鼻处，浅浅地呼吸着。

那声音实在太浅了，就算她走近了听，也很难听见证明他还活着的迹象。

十安的睫毛颤了几下，攥紧了自己的手心。

孟教授指了指床头的心电图显示仪，上面还有微弱的律动。

"他的心率检测不太乐观。这些日子也有过脑组织再次受到刺激的情况发生，经过抢救后，虽然现在仍然能吞咽食物、入睡和觉醒，但他皮下中枢维持自主呼吸和心跳的功能在慢慢减弱。这样下去，就算我们持续治疗，情况也不会好太多。"

话说到这里，孟教授顿了顿，看着她。

十安笑了笑，尽量让自己的口齿清楚："没关系，您继续说。"

"患者有很大概率成为'永久性植物人'。"

孟教授的话简单直白，"这次我让你回来，也是经过院里的讨论做出的决定，我们希望你……放弃治疗。"

十安缓了口气，松开了攥紧的手心，"概率有多大？"

"七成。"

"那我们还有三成希望……"

"你先不要急着做决定，等明天我们再谈？"

十安感觉胸口有一股气闷着，她有点难受地摆了摆手，"我想一个人在这里待一会儿。"

孟教授只好说道："有事情按铃，值班室有人，会立刻赶过来。"

十安点点头，送孟教授出去。

孟教授走后，病房里没有了外人。

十安拉了一把椅子，在唐三金的床边坐下，她犹豫了下，还是伸手为唐三金拉了拉被子。

"老头儿，"话一出口，嗓子眼就跟被人掐住了似的，她用力地咳嗽了一声，才将喉头里的酸涩都咽了回去，"你再不醒来，我就对你不客气了。"

这些年，她很少跟人提起唐三金，她想忘记痛苦的事，所以没日没夜地打拳击，一天打七八场赌拳赛，身上脸上几乎没有完好过，刚去美国那会儿为了省钱，有时候就算骨头错位，她都是自己接，更不用说一些肉眼能见的伤，涂涂药就可以支撑到下一次。

后来，她终于拿了不少奖杯和金腰带，有商业赛的，也有国际赛事的，但那些荣誉，一直都是唐三金喜欢的。

十安将奖牌的照片翻出来看了又看，但病床上的人，还是没有半点反应。

她有点生气了："明明说好了，等我拿了第一个金腰带，你就放过我的，现在怎么回事，是想耍赖装病不认账了对吧。我就知道，你就是个骗子。"

她多想他像从前那样跳起来，拎着她的衣领子骂她小兔崽子啊。

于是忍不住又吐槽了一句:"不对,你不仅是骗子,你还是懦夫。"

床上的人还是毫无动静。

她无奈地叹了口气,继续吐槽:"你这人怎么回事,难道不应该气呼呼地指着我的鼻子,大声反驳称自己是天下第一厉害,第一个蝉联三条金腰带的拳王吗?"

十安深吸口气,眼眶不知道什么时候红了,"你不起来也没关系,那我就把你最珍爱的金腰带统统卖废品。你不是说,那些都是你拿命拼来的荣耀吗?我要让他们都看看你这个落魄拳王,现在是不是一文不值。"

气话说了一堆,但病床上的人,甚至连眼睫毛都没有动一下。

她忽然说不下去了。念叨又有什么用呢?唤不醒一个昏迷六年的植物人。没有那么多医学奇迹。

碎碎念的声音,一直在走廊里徘徊。

刚填完交班表的季怀新一直站在门口,好久都没有动静。

直到孟教授从背后拍了他一把:"怀新,站在这里发什么呆?"

季怀新才猛然回过神,无意的偷听让他有点不好意思,慌忙间,他顺手指了指病房里的人,借口道:"她太吵了,这样会影响病人休息的。"

说着,他抬脚就要进病房,但被拉住了。

"算了,不是病人,让她去吧。"孟教授冲他摆摆手,"这栋楼里都是重症患者,该吵醒的早就醒了。"

季怀新没说什么了。

他刚调来重症住院部没两天,还不太清楚这栋楼里的病人:"刚刚那个女孩就是唐三金的女儿?"

孟教授点头,拿出病历本,"嗯,他的情况特殊,你特别关注一下。"

"好。真没想到,我刚来医院实习的时候就见过他,他还在住院?"季怀新又看了一眼病房里一直在碎碎念的女孩。

这么多年,她应该是第一次来看唐三金吧。

"嗯，家属还没放弃呢。"孟教授几不可闻地叹了口气。

季怀新皱眉，他其实听不少护士提过唐三金。

植物人晚期，几乎没有好转的可能了，他实习的时候因为好奇，还特意去查过唐三金的身份，才得知，他居然是差点卫冕三金的拳王，那么严重的后遗症，应该也是打拳留下的。

"怎么了？"孟教授见他没反应，忽然问道。

季怀新摇了摇头，"没什么，我只是听着这碎碎念，觉得有点好笑。"但又好像要世界末日了。

也不知道她会不会哭。

但他等了许久，她始终也没有哭，像是知道没有人会心疼，所以才不肯示弱一样，将那些潜藏已久、亟须宣泄的眼泪都一股脑儿地吞进了肚子里。

其实他们见过了太多生离死别之后，对生死早已麻木了。

但季怀新看着那道凄凉的身影嵌在光影里，还是酸涩了许久。

孟教授送十安出医院，站在台阶上目送她下楼，"白天也过来看看他吧，至少看看他睁开眼睛的样子。"

十安虽然点着头，但脚下的步子却快得出奇，恨不得一刻也不愿再逗留。

走着走着，最后甚至小跑了起来。

她还记得，方熙年说过要在停车场等她，只是不知道，这么久他还在不在。

十安一口气跑到了停车场。

这个时间医院的停车场很空，一眼望过去能看到头，但看来看去都没看到方熙年的身影。

他应该早走了吧。

虽然早有预料，也说不上失望，但十安还是在心里骂了一句"伪君子不守信用"，她似乎已经完全不记得，就在几个小时前，明明是她自己不让人家留下的。

"算了，走了就走了吧。"十安嘀咕一声，想要快步离开这个地方。

只是，刚出门，就一头撞进了温热的怀抱。

"你要去哪儿？"熟稔的嗓音在耳边响起，如清泉。

十安猛地推开那堵温热的墙，但因为她的力气向来大，两人差点摔倒。

方熙年手里还拿着吃过一半的葱油饼，一把扶住了她的手臂，险险站稳后，他略尴尬地松开手。

十安低着头，他要低头才能看清楚她的脸。

她的眼睛有点红，方熙年的脸一沉。

"你是不是以为我走了？"方熙年抿了抿唇角，解释道，"我只是看你很久没下来，就把车开出去买早餐。"

十安看着他，闷闷的声音传来："不是因为你。"

"那……谁欺负你了？"

说出口的话，满是关心。

十安冷不丁抬头看他，看到他眼里满是担忧，她这才注意到眼睛有酸涩感袭来，估计很红吧。

十安用力地吸了下鼻子，倔强地撇了撇嘴，"谁敢欺负我，我打死他。"

见她这样，方熙年终于松了口气笑了，伸手低头去拿西装外套里的手帕，递给她时才发现自己满手的油渍。

明明是看上去有绅士风度的男人，却大口吃着东西还弄得油乎乎，外人不曾见过他这样……只有她，不止一次，将他所有光鲜的外表都拆穿得干干净净。

方熙年有点尴尬地用手帕擦了擦自己的手指，沉默了一会儿，才将手中的食物递给她。

"饿了吧？先垫垫胃。"

他用自己的不拆穿，绅士地化解她不想提及的尴尬。

不知道为什么，他越是温柔，十安就越反感。

她不想伸手，一点也不想接受他的好意，虚伪的也好，真实的也好。

见她不动，方熙年又说："你不是爱喝豆浆吗？"

十安垂在两侧的手不由自主地动了动。他还记得，但是他为什么要记得这么一件小事？

她不伸手，他也没收手。

半分钟过去了。

算了。他们之间的博弈一向是她输，她接过食物，毫无形象地大口吃着。

"你先上车吧，我吃完就过去。"

为了不弄脏他昂贵的车，她想在上车之前吃完两个包装袋里的食物，顺势扔到路边的垃圾桶。

方熙年看着她的小动作，微微蹙着眉。

十安扔掉垃圾就见他一脸不悦，随口问道："干吗？怪吓人的。"

就这么一会儿都不愿意等她？

方熙年看她的眼，染上了一层莫名的情绪。

她看不懂。

但下一秒，他还是微微一笑，摇摇头，拉开了车门。

"谢了。"她客气道，上了车。

"从前你可没有这么礼貌。"方熙年紧蹙的眉宇没有松开。

肯定啊，以前她认定他是粉丝，而她在他身边出现，是自诩的保护者，她能允许他骑在自己的头上造次吗？尽管每次都是她听他的话，但她才是老大啊。

只是，现在和以前不一样了。

当然，这句话，她是无论如何都不会说出口的。

十安垂下眼，忽然道："我能睡一会儿吗？"

睡一会儿，是礼貌的沉默方式。

第5章
恍然

十安家离医院不远，半小时的车程里，她靠在椅背上闭着眼，其实也睡不着。

偶尔，他会打破沉寂，询问一下："冷吗？要开空调吗？"

十安摇头，"不用，谢谢。"

方熙年开着车，整张脸在阴影里忽明忽暗，他只是轻声说了一句："好。"之后，他就没再说话了。

终于，车子到了老旧的街区，勾起了许多回忆。最初，她不喜欢他们来找她，因为拳击馆真的很闷，她除了耍拳头给他们看，也就没什么好玩的了。后来，他们死皮赖脸地来了几次后，就赖着不走了。

她记得有一年暑假，她没钱参加集训，他们就陪她留在拳击馆里当老师，教小朋友练拳头，方熙年虽然是个温柔的大哥哥，但总想出许多奇怪的办法，吓得那几个练拳头的混世小魔王哭着找妈妈。

当时的她相当讲义气，就算被唐三金暴揍一顿，也能闭嘴不提罪魁祸首其实是他，挨完揍的第二天，她还能鼻青脸肿地去找他们玩闹。

可惜这些记忆，在脑海里越来越模糊了。

十安暗暗吐了一口气，她解开安全带，"我走了。"

她起身，但衣角被拉住了。

"十安。"

十安回过头，看到他的手，不知道为什么，一直隐藏的情绪快要溢出来了，她有点不受控制地抬手，一点一点从他手中抽出自己的衣角。

手里空了，方熙年低头看了一眼自己的掌心，抿紧了唇角。

半晌，他轻声笑："你到底什么时候跟我和解？"

她愣了愣，诧异地盯着他，"我不明白你的意思。"

装失忆？没关系，他有耐心，可以提醒她："你在生我的气，甚至恨不得打我一顿。六年前，我已经领教过了。"

那天，他从拳馆离开后不久就遭了暗算，被人堵在黑巷子里用丝袜套头打了一顿。敢这样对他的人，他能想到的只有她。

十安脸上的伪装差点绷不住了，她皮笑肉不笑："我怎么可能打你，你该不会还在做梦吧。"

方熙年冷笑一声："我没有聋，我听得出来你的声音。"

十安张了张嘴，绞尽脑汁地思考有没有其他可以反驳的可能性，但想来想去都想不到好的说辞，她一咬牙，承认得了："所以我们和解了啊。"

"什么时候？"

十安扯了扯嘴角说道："那天晚上我都打解气了，我们没有恩怨了。"

方熙年微微眯起了眼，"没有恩怨？这话的意思是，你要跟我恩怨分明，从此做两个陌生人？"

那他今天晚上做的这些事都是什么？免费司机吗？哦，还附赠早餐外卖员。方熙年被气笑了："你打我的事情，我是不是连怨言都不能有？"

十安有点尴尬，但她还是不要脸地点了点头，"嗯。"

方熙年脸上表情古怪，"六年前，我做错了什么？"

这话，他问得有点无奈，看神情好像是真的不知道。

十安认真地打量他。

他不确定地看着她，"如果有误会，你可以跟我说。"

不，没有误会。

十安很确定，他们之间从来都没有误会，只是他不懂而已。

那种后知后觉才发现自己是个大傻瓜的感受，他无法理解。

"哪有什么误会，我只是单纯不想跟你再有交集。"说完，她拉开车门，跳下了车。

半点解释都没有，就这样走了？

方熙年抬手，她立即反应神速地回过身，一把压住了车门，学黑社会大哥的样子，手指着车里的人，"你以后不准出现在我面前，出现一次，打一次。如果你不想早死的话，就离我远点。"

方熙年看着她毫不客气的样子，抿成一条线的嘴角轻轻勾了起来。

这样的她，才像是记忆中的唐十安，没有惶然，也没有那么多的胆怯。只有这样的她，他才不会去计较六年前她幼稚的举动。

十安一口气跑进了狭小的楼道里。这次，她没有再回头，也不关心方熙年有没有被自己的装腔作势吓到。

她重重地上楼，每落脚一次，就踩亮了一层楼道的灯光。

喘着气到了铁门前，她用生了锈的钥匙开门，拉了好几次都没打开门，最后只能使用暴力，才终于将那道生锈的旧铁门拉开。

灰尘没有扑面而来，黑漆漆的房里意外地有一股清新的柠檬香。

十安凭借身体记忆很轻易地找到了电源开关。

灯亮的刹那，她正好看到墙壁上贴的"一拳超人"，老旧的海报边缘已经起了毛，但却安抚了她那颗不安的心。

客厅架子上还摆放着许多奖杯，不过它们暂时用防尘袋封起来了。

其他目之所及处，都跟记忆中的一样，只是房间已经打扫过了，就连床品都换成了丽莎喜欢的风格，那满满的少女心花纹跟这间充满了野蛮气息的房子还真有点不搭。

不过即使再不搭，她也没精力去换了，拖着疲倦的身体直接倒在了床上。一闭眼，就沉沉地睡了过去，久违地做了个梦。

梦里，她回到了少年时期，还见到了唐三金。

唐三金在梦里背对着她，趾高气扬地说："唐十安，你给老子记住,老子永远是你猜不透的爸爸。"

说完,他就雄赳赳气昂昂地走了,然后越来越远,最后变成了模糊的黑点。

十安从梦中惊醒,满头大汗地坐起来,她喘着气感受到了窗外射进来的光,一阵眩晕袭来,那光晃得她难受。

她从床上爬起来,想要拉上窗帘,丽莎一听见响动就冲了上来。

"别拉,别拉,你得晒点太阳。"

丽莎不知道什么时候来的,嘴里还叼着一把粘了小米粥的勺子,也不等她问话,自己就先交代起来。

"我们给你送行李箱过来,敲了半天门没动静,担心你就开门进来看看,哪承想你感冒了,睡得迷迷糊糊的,还出了好多汗。"

经她提醒,十安这才抬手抹了把额头,果然是一脑门的汗。

"出点汗好,好得快。"

十安摇晃了两下脑袋,除了头晕,没什么别的症状。

她皱着眉捏着拳头试了两个直拳,感受到臂弯的力道没减弱,不在意地摆了摆手,"我没事,等会儿跟师兄打两个回合就好了。"

这些年,他们的生活中,每一天必不可少的固定项目就是打两个回合,不管有多忙多麻烦,也从未落下过。

哪怕是今天,也不例外。

刚吃过早午饭,十安就跟保罗约好了在客厅先打一个回合。

保罗吃力地跟她周旋了一局后,连连喘着粗气求饶:"师妹,放过我吧,我年纪大了。"

说完,王保罗直接扔掉了防御板,一屁股坐在了地上。

十安见他这副尿样,很不痛快地收了拳头。

这么几拳头打下来,果然神清气爽了。

十安边拆绷带边用手肘去擦拭额角的汗,略嫌弃地瞥着王保罗,

"你怎么回事？这么不经打。"

其实刚去美国那段时间，十安不是保罗的对手，每次都是两三个回合下来就败下阵来。

只是后来，她打的比赛越来越多，遇到的对手也越来越强，保罗这个差点卫冕世界冠军的老牌拳击手也不再是她的对手，尽管他们根本不是同一个量级的。

这些年，保罗的重心都放在了经纪工作上，拳头练得不多，但毕竟常年在拳击台一线，以他的经验，做她的陪练绰绰有余，撑不过一个回合，这样的情况还是头一遭。

王保罗不免有点痛心疾首，"你该不会心情不好拿我出气吧？"

十安扔掉绷带，非常干脆地说："嗯。"

王保罗后悔地拍了一把脑门，叹了口气，"既然有力气了，那咱们就先去医院吧，医院来消息了，今天要跟他们谈谈。"

说着话，王保罗从地上爬起来，拍拍屁股上的灰。

十安脸上的笑意渐收，她看着王保罗，半晌没动作，脸上也看不出在想什么。

王保罗碰了她一下，"你干吗？"

十安摇了摇头，难得地露出了一丝胆怯，"我觉得他那样躺着有点可怜。"

王保罗盯着她，故作轻松地笑道："你以前不是常说老头子讨人厌吗？他这么躺着也管不着你，这不挺好的吗？"

其实，她不讨厌唐三金。

很久很久以前，她就知道唐三金没有自己说得那么讨厌。

他虽然不配做一个父亲，但他一直在笨拙地尝试做好父亲这个角色，他真的尽力了，拼尽了自己的所有。

如果没有她，他的人生也不会变得那么狼狈不堪。

这些话，她从未说出口，也不知道还有没有机会……这个念头刚在脑海里闪过，差点就抽走了她全身的力气。

第6章
如梦

医院通知十安去开个简短的会议。

这场会上，院长和几个专家都来了，大家七嘴八舌地说着建议，尽管十安听得脑仁痛，但大体还是听明白了，他们在动员她放弃手术。

"植物人醒过来的概率很低。更何况，是无法再用无创方式治疗的永久性植物人。"

每个人都在告诉十安现实，提醒她应该学会面对。

十安一句话都说不出来。

最后还是孟教授拍了拍她的肩，"没关系，我们尊重你的决定。"

十安抬头，语气坚定："我不能决定他的生命。"

"风险很大。"

"我不怕。"

孟教授沉默了好一会儿，才说："就算手术成功，也不一定能保证他醒来。"

十安沉默了。唐三金的身体，等不起了。而她，也拖不起了。

手术不成功，唐三金命不久矣，只是加速他死亡的速度而已。

但如果手术成功，他也有很大的可能继续长睡不起，或许又是一个六年、八年，甚至是十年，她就算还有心继续打拳，她的身体也不允许。

但就算是这样……

十安还是深吸了口气，认真地看向孟教授，"我要救活他。"

其实从来就没有放弃这个选择，救他一直是唯一答案。

她唯一考虑的是，万一未来不再打拳击了，她得靠什么来支付这昂贵的医疗费？

这份担忧一直持续到了下午。

王保罗着急地找来，"你知道做手术要多少钱吗？"

他给她算了一笔账，手术费十安是付得起的，哪怕让唐三金再这么不死不活地在医院待几年，他也相信她能做到。但相应地，她也要付出更多的代价。

十安知道，王保罗这么生气，也是因为心疼她。

但她唯一能做的只有扛下去。

"你这么着急，是不是有不好的消息？"十安观察着王保罗，果然见他脸色一变，她呼出一口气，安慰道："你不用担心我，再坏的消息我都接受。"

王保罗犹豫许久，还是将公文包里那一沓文件给了她，"关于退赛的事情，我已经跟罗西聊过了，她很生气，勒令我们立刻回纽约。"

王保罗咽了口气，继续说："我知道现在的情况，让你回去是不可能的，所以我也试探着跟他们聊了解约。"

十安看他小心的眼神，已经猜到事情应该有了结论，"没关系，你直说。"她早就做好了承担一切的准备。

"罗西召集Box Club的几个高层开了会，他们同意了解约。但我们要赔付一部分违约金。"

十安张了张嘴，有点迟疑，"多少钱？"

王保罗冲她比画了一个数字。

十安倒吸了口气，"这不是小数目。"

"我咨询过律师了，虽然你跟Box Club的合约即将到期，但这笔钱我们怎么也逃不掉了。好在我们也算为俱乐部鞠躬尽瘁多年，再去沟通的话，价格还有可谈空间。"

十安点点头，大大地出了一口气，只能暂时寄希望罗西能高抬贵手，让她省一点是一点。

这些年来她不停地打拳，吃硬邦邦的冷汉堡，每一天都过得抠抠搜搜的。她非常清楚，赚钱真的很难。

王保罗当然清楚她的情况，所以他最近也一直在忙。

"解约的事情虽然很重要，但迫在眉睫的是联系新的俱乐部。"

"有可以选的方案吗？"

王保罗盯着她看了好一会儿，才将另一份资料递给她，"我接触了一些国内的俱乐部，有几家回复了我们，价钱方面，我以最优势的价格报上去，目前，只有这两家同意了。"

国内的拳击俱乐部少之又少，而她的价格高昂，一般俱乐部根本出不了这个钱。能出得起这笔钱的，或多或少都有保罗顾虑之处，不然他也不会满脸愁容了。

王保罗指着一张资料单，向她说明情况："RM体育，你可能没有听过。但RM集团你应该知道吧？"

十安点头，她当然知道RM集团。其实三个月前，她就收到过RM体育的邀请。

RM集团财大气粗，旗下产业涉猎广泛，而旗下的RM体育却是近几年才开设，涉足行业时间不长。

但因为经验不足，RM体育成立的这三年，尽管开设了不少俱乐部，涉足击剑、足球、篮球以及拳击等项目，但都无一例外，从未获胜。

那时，保罗认为以"Herra"的地位和能力，留在Box Club这种顶尖俱乐部更好，根本没考虑过RM体育。

但今时今日，又不同了。

十安没有立即做决定，而是抽出了另一张A4纸，上面写着日本支安泰拳俱乐部的资料。

王保罗解释说："我们的价格太高，国内机构虽然资金雄厚，但没人在拳击俱乐部上花费这么多钱。所以我也跟泰国、韩国和日本同时接触了。"

十安点点头，将资料放了回去，她没有考虑再签国外的俱乐部，"你知道我的需求，支安拳击社不合适。"

王保罗还有点为难，"目前我们只收到了这两家的反馈，我个人还是建议你签支安拳击社。他们有完善的医疗团队，最重要的是，他们请来的拳击教练罗宾是主攻泰拳的高手，在专业领域他们比RM有更多优势。"

罗宾是鲜少能和三冠拳王哈顿抗衡的老将之一。两人曾有过著名的七回合赛，有他做教练，是许多拳击手梦寐以求的，而对十安来说，罗宾对战哈顿有丰富的实战经验，没人能比他更了解哈顿的战术，而哈顿的首徒阿布一定是她未来拳击路上的劲强对手。

出于实际考虑，她更适合加入支安。

王保罗也不希望十安因为钱而错过了在拳击赛场上大展拳脚的机会，他很清楚，十安的目标不仅仅是WBC一个金腰带而已。

就目前的状况来看，RM体育不适合她。

十安果然犹豫了，她拿着资料迟迟没有再开口。

王保罗深深地看她一眼，"你再考虑两天，方总的邀约我也推迟两天，等你考虑好后再说。"

"方总？"十安脑海里自然而然地闪过了一个名字，"方熙年？"那三个字刚刚经过脑子，她就问出了口，再想收回时，已经来不及了。

"什么？"王保罗低头翻了翻自己的手机，"方映南，RM集团的总经理。他好像现在也负责RM体育的俱乐部。"

看来，还真是她想多了。也是，哪里会有这么巧的事情。

十安松了口气，重新看了一次关于RM俱乐部的资料，没有立即做出决定，只说："先回绝吧，心急吃不了热豆腐。"

周四是方家的家庭日，按照惯例，这一天所有家庭成员都会一起吃晚饭，吃饭的全程都很安静，只听得见刀叉交错的细微声响。

坐在最上首的白发老者就是方家现任的家主，RM集团的创始人方英杰。

晚餐过半，老爷子放下了餐具，照例询问有关公司运作的事情。

方家虽然在樊城发迹，但因为念旧，早些年时已经将产业多数转回了祖籍地阳城，如今一家子在阳城也生活了十余年，讲得一口标准的阳城话。

"集团的事情我不担心。"话既然如此说了，那便是担心RM体育的运作了。

方映南立即用餐巾布擦了擦嘴，开口道："熙年已经将UFC的人请来了，明日我会跟他们正式见个面。节目这边的情况，不出意外的话，下个月就可以正式筹备。"

方英杰听了汇报，还算满意地点了点头，对下首的方熙年也投去了和悦的目光。

方映南还没汇报完，他顺着老爷子的目光也看了一眼低头安静吃东西的方熙年，嘴角一笑："爷爷，我有一个提议。"

方英杰示意他说。

"俱乐部的事情我想交给熙年来负责。"

这话成功地让一直没说话的方熙年抬起了头，他微微蹙眉，看向方映南，等他说出一个理由。

"这次能请来威尔一行人多亏了他，俱乐部那边的情况虽然复杂，但有利于他快速成长。"

方英杰听了这个提议没有立即回答，而是看了方熙年一眼。

"熙年你怎么想？"

方熙年放下餐具，略思考后才淡淡说道："我听说俱乐部近来正在极力促成签下一位重量级选手，谈判阶段应该不适合换领队。"

谁知方映南居然继续忽悠老爷子："我们是拟定了要签下一位世界冠军，但对于拳击，熙年比我更熟悉，他去谈判的话应该会事半功倍。"

提及"拳击"两个字，方熙年终于有所反应，掀开眼皮瞥了对面的人一眼。

方老爷子顿时来了兴趣，"是谁？谈得如何了？"

方映南笑得意："WBC本届卫冕的拳王，也是目前为止国内唯一一位获得五星级荣誉的女拳手，Herra。刚接洽过她的经纪人，但看对方的态度还是很暧昧的，我约了见面也被拒绝了。"

方熙年拿餐巾的手顿了顿，他目光闪烁，张嘴想说什么，但最终没说，垂眸掩饰了那小小的波动。

拳击、Herra两个词汇组合在一起，就算他这些年再不关心拳击擂台的事，也知道Herra就是唐十安。

老爷子来了兴趣，眯着眼笑呵呵道："她也叫Herra，看来拳王跟这个名字是过不去的。"

经老爷子提醒，方熙年也想起来，何洛的英文名字也叫Herra。

六年前，如果不是因为这个名字，他们也不会认识，这个乌龙，让他难得想起了两人最初认识时。

那次比赛结束后，他和十安便在后台相遇了，彼时，初次参加比赛的十安意外获胜，正是得意膨胀时，张口就问他是不是自己的粉丝。

这个女孩子也太不谦逊了。这是唐十安给方熙年留下的第一印象。

出于礼貌，他没有当场否认，但她因为躲避黑粉的追逐，将他一道拉入了狭窄的缝隙里，毫无防备的他差点摔倒。

跟她刚接触就遭遇了生命危险，关于这件事，唐十安却丝毫没有反省，反而毫不客气地吐槽他："年纪轻轻身体就这么虚？"

这么不中听的话，方熙年这种爱记仇的性格，向来记得最清楚。想到这里，方熙年嘴角忍不住弯了弯。

滔滔不绝地汇报工作的方映南，停了下来，似笑非笑地看着他，"熙年，你笑是对我的工作有什么意见吗？"

方老爷子也侧头看他，方熙年收起嘴角的笑意，"我没有意见，只是质疑你的办事能力。"

毫不客气的话让方映南明显顿了顿，但很快，他就笑起来："我做不到，但是你一定行。"

方熙年浅笑，知道方映南打的就是这个主意。

他没说话，方老爷子有点急了，忙接过话头："那行，熙年你去见见这个Herra，如果她有什么需求，尽量满足她。"

方老爷子又加重了语调："务必要拿下她。"

方熙年动了动嘴唇，想要拒绝，但话到嘴边却变了："好，我去见见她。"

第 7 章
合作

　　签约新俱乐部的事情十安都丢给了保罗负责，如今没有拳击俱乐部的约束，她日子也闲了下来，除了偶尔去医院看看，其余时间就只能在家里筹备明年的WBA拳王赛。

　　为了练拳，她只好来到一楼的拳击馆，为避免引起街坊邻居的注意，她拉起了半边卷帘门，掩住了大半个八角笼。

　　拳馆里的沙袋相当老旧，但条件艰苦她也没办法，只能扶正了沙袋和打靶，挨个抡了几拳头。不出半个小时她就已经满头大汗了。

　　方熙年就是在她休息的时候进来的，起初十安听着门口的汽车声还以为是王保罗送饭来了，她急急忙忙地要拆绷带去吃饭，一抬头就看到方熙年挺拔的身影站在大卷门前。

　　方熙年正好逆光而立，一头短发在光圈里显得格外柔软。

　　十安晃神了片刻，没有第一时间上前去招呼客人，而是重新又缠上了绷带，对着被打出了一个小凹陷的沙袋重重地捶了几下，发出噗噗的响声，才满脸威胁地看向来人，"你来干吗？"

　　上次不是说过了，见到一次打一次？

　　居然还敢送上门来，也不知道是皮厚还是脸皮厚。

　　方熙年还跟上次一样，穿着烟灰色的衬衣和西装，戴着金边眼镜，但脸上的神情却是公式化的严肃，不用他开口，十安怎么看他，都是一副"我有一百个亿的合作要跟你谈"的架势。

她一直看着方熙年，方熙年抬头的时候正好对上她的目光，他微张了张嘴，嗓音清润好听："你有时间聊聊吗？"

十安还没说话，他身后的助理小陈已经恭恭敬敬地上前递了一张名片。她没有伸手接，只是低头看了一眼，黑色的名片上写着方熙年的名字，下面则是RM俱乐部的字样。

还真是他啊。十安脸色微变，她真没想到人与人之间的相遇真的如书中所写充满巧合。

她站在擂台上，居高临下地看着台下的他，两人中间隔了一道塑胶网，从方熙年的角度看过去，倒是有一种泾渭分明的架势。

他不着痕迹地扫了十安一眼，跟前几天不一样，她脸上的伤好得差不多了，只是还有一些细小的疤痕在耳根和眼角处，但她没有贴胶布，就让那些小伤口自然地曝光在目光下，很难不让人注意到她小巧如珠的耳垂和闪着狡黠光彩的双眼。

很久没有认真打量过她，如今又是以这样的形式再见面。

方熙年沉吟片刻，抬手让陈鸿宇暂时退了下去，陈鸿宇无处可去，只能躬身退出了卷门。

"你要怎样才跟我谈？"说话的间隙，方熙年抬手开始解西装扣子。

十安猝不及防地看着他一颗一颗地解纽扣，差点咬到舌头，她蒙蒙地看他，耳根莫名其妙地红了。

倒不是害羞，就是有点恼羞成怒的感觉。

怎么的？还想跟她干一架？简直不自量力！

十安一脸冷漠地看着他，却见方熙年没有停下动作。他将西装外套扔到塑胶带上，露出了里面的烟灰色衬衣，紧接着利落地拉开了领带，又解开了手腕处的袖口，将袖子挽到了手肘的位置。

做完这一切，他翻身上台，朝她步步逼近。

十安有点恼，下意识地往后退了两步，"你什么意思？"

方熙年抿着唇角，笑道："我来兑现你的诺言，但希望你别打我的脸。"

"你有病吧。"十安一把按住了他向前走近的肩膀，推了一下，但没推动。十安脸色一变，忽然一把摁住他的脖子，反身将他抵在了塑胶带上，一只拳头高高抬起。

"不要以为我不敢动手。"十安说得咬牙切齿，但拳头却在挥出去的瞬间停在了他的鼻尖处，没有真的落下。

十安和方熙年都愣了一下。

方熙年隔着拳击手套看到她因愤怒而赤红的双眼，她触到他的目光，忽然就冷哼了一声，嘴角也勾起一抹自己都没觉察的讽意。

只是不知，她是在讽刺他，还是讽刺自己。

十安收回拳头，松手将他扔开。

没有准备的方熙年趔趄摔倒在地，但他没有发出声音，只是淡定地站起来，掸掉了裤子上的灰尘。

十安不懂他为什么能这么淡然，而自己却五味杂陈，明明觉得不公平，但还是忍不住抬眸看他，只是不知他什么时候也在看她。

"我知道，你不会动手。"他的语气如此笃定。

十安只觉得脸颊被他看得似着火一样难受，不得不别开脸，低头整理松开的绷带。她沉默地将绷带再次缠好，两分钟过去，方熙年半句话都没说，半晌，她还是叹出了一口气。

"好，我给你一次机会。我们谈。"

最终她还是没能逃开他的算计，又一次给了他钻空子的机会。

话说出口不久十安就后悔了，明明有诸多的理由让她不去应承这件事，怎么嘴巴就是比脑子快呢？

当两人面对面坐在咖啡厅，十安兴致索然地搅动着眼前的咖啡。

她不喝咖啡的，他应该是忘记了。不过没关系，没有期待也不会失望。

此时的方熙年已经穿回了西装，侧坐在椅子上，低头翻看着手里的文件，又一次戴上他的金边眼镜，这让他看上去很严肃。如果不看眼睛，只是看那线条优美的下颌，还是有一种谦谦君子、温润如玉的假象。

他没开口，她也就没说话，她从前没见过他工作时的样子，还是忍不住打量，只见他一副公事公办的冷漠样，好像刚才不惜挨打也要跟她谈谈的人不是他似的。

方熙年觉察到她的目光，干净的指尖点在椅子上，忽然抬眸看去，将她的偷瞄抓个正着，但他没笑，一改温润的模样，凝眉看她，"介意我冒昧地问一句，其他俱乐部给你开了什么条件吗？"

没想到他如此直接，十安斜眼睨他，"关你什么事？"

方熙年毫无温度地笑了一下，说："明白了，跟条件无关，那是因为你讨厌我？"

十安意外挑眉，"你到底有什么病？"

方熙年笑了笑："看来都不是，那是因为什么呢？"

十安呼了一口气，气得从椅子上站了起来，"如果你非要一个理由的话，"她直视他的目光，嘲讽地笑了笑，"我不想跟输家合作。没有人想在身上打上最后一名的标签，更何况是我。"

方熙年沉默了。他认真打量她的神色，忽然又认真道："跟Herra合作，就是我们想打破僵局的第一步。"

十安冷嗤："偌大的RM集团，却要将冠军梦寄托在我身上，你还挺好意思。"

方熙年脸色没变，却更是淡然，"考虑的前提是还有可谈的空间。"他看着十安，目光深邃，"听你的意思，确实还有别家俱乐部在跟你谈合约。"

十安瞪他，"我没说。"

方熙年笑了笑："我明白了，我会找到让你满意的条件的。"

十安有点不耐烦了，"好啊，那你们可要全力以赴地找一个好理由说服我放下身段，我很难搞的，可没那么容易被说服。"

方熙年盯着她看了好一会儿，莫名其妙地笑了。

十安看着他突如其来的笑容，恍然地一拍脑门，她猛地冷下脸，一把揪住方熙年的衣领，将他整个人提了起来，"你在诈我话？"

方熙年被她拎着领口，但因为身高差，他只能半弯着腰，视线与她齐平，"我只是按照自己的方式在和你谈。"

十安早已看穿他隐藏在绅士外表下的虚伪，但看着他似笑非笑的样子，她忽然不想跟他计较了。

算了。十安松开手，放开了方熙年的衣领，也放过了自己。

但愤怒却难消减，她没话可说，只能掉头走出咖啡厅。

十安气冲冲地走后，陈鸿宇走了进来，他看了眼玻璃窗外气得脑袋冒烟的十安，一脸的欲言又止。

方熙年没注意到他的神情，只是安排着工作："你去查一查那几个头部俱乐部到底是哪家在跟王保罗密切接触。"

"好。"应下来后，陈鸿宇想起另一件事，于是小声提醒，"商务部那边拟订的B方案还要实施吗？"

方熙年没说话，只是面无表情地拿起桌面上的文件。

关于签下Herra的方案中，有一份方熙年没跟任何人提过的B方案。

如果这次会谈不顺利，那么，他会放大Herra在墨西哥临阵脱逃的新闻，甚至不排除请水军爆黑料，不管怎么说，他会让Herra在国内的名声变得不太好，到那时候，她别无选择，低价签下她易如反掌。

这些隐秘、阴暗的心思，没有让他愧疚。只是，见过她后，他好像不太想那么做了。

陈鸿宇了解他，看表情就知道应该怎么做了，默默将这个方案用黑笔划掉了。

"其实老板，您既然跟唐小姐有私交，为什么不直接问她顾虑的原因是什么，何必要激怒她呢？"

方熙年低头笑了笑："她向来不会讲道理。好好说话，她不会乖乖说真话的。"

不，准确地说，是唐十安太了解他了，因为深知他的为人，好好商量，她反而会嗤之以鼻，根本不会听他说一句。对别人，她吃软不吃硬，但对他，好像不太一样。

只有激怒她，她才会说真话，这是他最快想到的策略。

显然这个方法是有用的。

方熙年难得冲陈鸿宇笑了笑："怎么，你觉得我做得不对吗？"

陈鸿宇一愣，违心地摇头。

"没有。"他只是在想，方熙年这样的人，会不会也有那么一个藏在心底真心实意对待的人？

没有套路，也没有因为了解而算计。但这些，都不是他一个助理应该过问的。

陈鸿宇的办事效率很高。第二天上班时间，不过喝半杯咖啡的时间，他便将最近接洽过王保罗的俱乐部名单放在了办公桌上。

"目前跟王保罗频繁接触的俱乐部主要是两家，美国的Box Club和日本的支安拳击社。根据调查，Box Club似乎并不打算放走她，所以联系得相对频繁。"

方熙年的目光在两份资料上轻描淡写地扫过，只伸手抽走了支安拳击社的资料，"Box Club是她的老东家，如果不是下定决心要解约，她是不会回国的。"

说完，他抬眸扫了陈鸿宇一眼，只是不经意的一眼，但凌厉的目光让陈鸿宇身形一紧。

方熙年收回目光，声音淡淡："以后这种资料，分辨过滤后再给我。"

陈鸿宇有些尴尬，连忙答应："明白。"

方熙年没有再说话，快速地浏览过资料后，指尖在支安拳击社的资料上轻轻敲击了两下，好像在做什么抉择。

但他没有想太久，很快就起身拿起椅背上的外套，边穿衣服边吩咐陈鸿宇："给我订最快去日本的机票，我要见村翔太一。"

陈鸿宇赶忙低头看了看手机,"最快的一班飞机是晚上七点的。"

方熙年穿好外套,边往外走边点头。陈鸿宇紧跟其后,思忖片刻又问道:"唐小姐那边?"

方熙年推开门,嘴角翘了翘,"不用管她。"

第8章
打脸

距离上次见到方熙年已经过去两日,十安没有听王保罗再提过RM俱乐部的动向,以她的了解,方熙年这两日没找上门怕是有什么见不得人的计划。

果然,十安刚从医院回来正打算睡个好觉,一通电话就打来了。

迷糊中,她不耐烦地接通,那头王保罗焦急的声音立即传来:"支安拳击社凉了!"

十安一下子就坐了起来,"你说什么?说清楚点!"

王保罗在电话里将今天收到社长村翔太一的道歉视频电话说了个大概,大意是他们决定终止这次关于合作的协商。

虽然十安并没有表达出百分百的合作意向,但双方有了初步的意向,日方现今单独放弃,无疑是打了她一巴掌,梁子算是结下了。

但眼下,更严峻的事情不是梁子。

他们跟Box Club的谈判已经到了尾声,解约合约一下来,她赔的钱不是少数。唐三金这边,医院正在拟订手术计划,想来也是一大笔开销。

十安气得敲了两颗鸡蛋在玻璃杯里,仰头当水咕噜咕噜吞了下去,这才总算冷静下来,刚打算去楼下打两拳发泄,手机再次响了。

这次是陌生的号码。她刚回来没多久,知道她电话的人应该没几个。

十安狐疑地接起电话，就听见一道陌生的男声："唐小姐，我是RM集团的陈鸿宇，不知道你有没有空？我们方总想跟你约时间一起吃饭。"

十安原本还在脑海里想谁是陈鸿宇，但一听到"方总"，顿时明白过来。

两天没消息，偏偏这个时候来约见，再傻的人也猜到方熙年跟支安拳击社终止合作意向的事情有关。

想到这里，十安的火暴脾气就上来了，冷哼一声回道："我是那么好见的？让他先排队等着吧。"

此时，方熙年刚刚从机场出来，躬身坐进了后车座。

听筒里传来一阵忙音，陈鸿宇捂着手机悄悄看了一眼方熙年。

方熙年正闭眼靠在车座椅上，两根手指按压着疲倦的眉骨。好一会儿，他才慢条斯理地戴上眼镜，问道："她挂了？"

陈鸿宇看着手机为难地点头，方熙年的脸色果然很难看，慑人的目光看得他又一次拿起手机，"我再打一次。"

方熙年吐出一口气，摆手冷冷道："她会自己打过来的。"

陈鸿宇看着他，想说"上次你也是这么说的，结果两天过去了，唐小姐不仅没主动过问，就连经纪人王保罗也跟失踪了一样"。

但陈鸿宇不敢说，只能收起手机，连呼吸声都降到最低。

暮色降临，车子飞快穿过高速公路。途经华南大学时，方熙年揉着太阳穴的手缓缓落下，看着窗外熟悉的景色，记忆仿佛幻灯片一样从脑子里闪过。

"嘭嘭嘭"的打击声在拳击馆里响彻，十安朝着打靶挥出了十连击，最后一拳直接将靶头打得咣咣直晃。

十安喘着粗气一屁股坐在地上，低头用牙齿咬着拳击套的一头解放了手，她慢慢地解着手上的绷带，一旁的手机闪烁了一下。

是医院发来的消息，一排文字下面是一张缴费明细单，都是唐三金近期的花销。她盯着明细单上的数字数了三遍，也没能数掉一个零，只能认命地查看银行卡里的余额。

难为十安一个大老粗，在数完余额后还拿着笔和纸算了一笔账，去掉唐三金一年的医药费和看护费，再去掉要赔给老东家的解约费，真的是一贫如洗了。

十安气得一拳头捶在桌面上，桌子害怕得抖了三抖。

发泄完，她最终认清了现实，拿起手机给陈鸿宇回了一个电话。

电话接通的时候，十安敲着手指一直在等对方说话，大约过了三秒钟，才听见一道略带疲倦的声音："十安。"

他叫她名字的声音，好像穿过山川海域从遥远的地方而来。

乍然听见，十安愣了下。再想开口时，对面再次说话了："我现在在华南大学附近。"

十安眉毛微挑了挑，那个他们同校一年的学校。

十安的表情转瞬从愤怒变成谄媚，"方先生，有没有空请我吃饭呀？"

十安顿了顿，捏着嗓子自说自话："既然你这么有诚意，那我还是接受你的邀请吧。"

方熙年沉吟片刻，"嗯"了一声，就没说什么了。

不一会儿，她就收到了餐厅的地址。

盯着手机屏幕上的几个字，十安不由得发愣，如果她没记错的话，那家韩国料理店他们以前经常去。

方熙年约在这里，是想跟她谈旧情？

十安心中只觉得有数万匹马狂奔而过，而她的自尊心，也被成倍的马腿践踏得渣滓都没剩下。

一个小时后，十安一脸英勇就义地出现在餐厅门口。

正是晚餐时间，大学城附近的餐厅几乎每家店都爆满，来吃饭的都是大学生，像方熙年这样的商务人士还真的很少见。

一进店，她就看到了将高定衬衣袖子挽在手肘处正专心烤肉的男人，一双修长白皙的手，指甲也修剪得很干净，这更像是弹钢琴的手，却拿着剪刀和夹子将烤熟的肉夹在碗碟里。

方熙年长得好看，烤肉的架势又很认真，引来周边不少少女的围观，还有人拿出手机偷偷拍照。

偶然有小姑娘对着他拍，他也没什么脾气，笑着回应。

十安翻了个白眼，对着门框调整了自己的表情，尽量让自己的笑容看上去热情一些，然后再在众多小姑娘羡慕的目光下坐在他对面。

"方先生，好几天不见，您又帅了呢。"十安笑着从牙缝里迸出这么一句令人作呕的话来。

面对突如其来的半永久微笑，方熙年除了眼神躲了一下，倒是没露出其他表情来，他自然地为她夹了肉，客气地说："先吃点东西吧。"

十安看着面前的食物，食欲大增，犹豫片刻还是拿起筷子吃了一口，是久违的味道，五花肉烤得焦脆入味，让她暂时忘记了对他从头到脚都不满意的情绪。

方熙年看她吃得舒坦，又拿起生菜叶夹了一块肉放在了她的餐盘里。看得出来他心情很好，十安扒拉着碗里的食物，先前没注意到，现在再看他递过来的食物，心里还挺硌硬。

什么人啊，真当自己是中央空调了？

十安回过神来，也不想吃东西了，干脆搁下筷子直奔主题："你这都不远万里地去日本断我的后路了，咱俩就别装客气了，聊正事吧。"

方熙年沉默地看她，目光落到她放在桌上的手上，那手因为常年打拳起了不少老茧。她注意到他的目光，将手收了起来，放在桌下。

方熙年叹了口气，声音很轻："我想跟你安静地吃一顿饭。"

十安放松下来，不似方才进来时做作的样子，摊开手不端不正地坐在椅子里，放缓了语调："那可不巧了，我是来跟你谈生意的。"

方熙年看她昂着脖子一脸认真，片刻后也放下了筷子，摆出公事公办的样子,"好,你说。"

十安见他恢复正常,嘴角向下一弯,做足了一副楚楚可怜的样子,"你知道的,六年前那场比赛,如果不是因为你,我不会输。"

她有点无赖地觑着他,想看清楚他的表情。但很遗憾,方熙年这个人除了微笑外,其他的表情就只能用面瘫来形容了。

为了渲染悲情色彩,十安再接再厉地抽了抽鼻子,继续说:"如果没输掉比赛,可能我现在人生会不一样吧。你一定不知道那场比赛对我来说多重要。"

方熙年眼看她在面前演戏,好半晌没做出反应。

直到十安还要张口说什么,他忽然从鼻息间叹出一口气,语调也冷了几分:"你可以提出你想要的任何条件。"

终于等到这句话,十安脸上的悲情顿时要化为兴奋,但她不能这么快暴露,很努力才憋住疯狂上扬的嘴角:"任何要求?"

方熙年看她一眼,点头,"嗯。你可以提,但答不答应再说。"

十安脸一沉,就知道他不是那么好说话的人。

她不想再跟他演戏了,干脆直说:"签约金涨百分之十,一年打七场比赛改成四场,我还要专门的医疗团队和休息室,其他运动员的福利我一样也不能少。"

她一口气说完,端起面前的水杯喝了一口,又补充了一句:"我的要求不算过分,你自己掂量。"

方熙年微眯眼,声音里带了笑意:"光是签约金涨百分之十这一条,你的要求还不算过分?"

十安又喝了口水,跷起二郎腿,"那你也可以不签我啊,我可以选择别家,反正国内这么多俱乐部。"

方熙年像是被什么笑话逗笑了一样,咧开嘴露出两排大白牙,"国内的俱乐部只怕没人敢收你这尊大佛。"

"你什么意思?"十安瞪他,总觉得他在咒她。

方熙年收起笑容,只微微弯了弯眼角,"去年RM体育旗下的运动品牌赞助俱乐部的总量就达到了国内的百分之八十,你以为,剩下的百分之二十不需要我们的赞助?"

十安回味了一下这句话的意思,才反应过来他是在威胁自己。

她冷不丁地讥笑一声,脑海里当即汇聚了无数骂人的话,但到嘴边,她只组成几个词语:"阴险,狡诈,变态!"

被骂了也没什么反应的方熙年依旧冷漠地说道:"签约金不变,一年七场比赛可以减少到五场,其他再议。"

这副死表情,十安用脚趾想都知道,这是他能给出的最好条件了。

她倒不是非要冲着多出来的这百分之十去,只要一想到未来还要虚伪地在他面前叫一声"金主爸爸"……想想她就觉得浑身起鸡皮疙瘩了。

可是,十安还是见钱眼开了。钱比脸面重要。这么想着,她又觍着脸笑了笑,客气道:"那就谢谢方总了。"

方熙年微眯着眼,"我不喜欢你对我客气。"

十安皱眉,"那你喜欢什么?"

方熙年脸色难看地看她一眼。

十安不明白自己哪句话说错了,她怀疑地看他,"你该不会希望我无理取闹,跟你对着干吧。"

方熙年有点无奈,"闹点没什么不好的。"

十安的手紧了紧,皮笑肉不笑,"真没想到,你还有这种需求。"

方熙年顿了顿,说:"我只是希望你对我不要有敌意。"

"敌意?!"十安皱着眉头,"我跟金主爸爸怎么会有仇呢?"

方熙年见她强词夺理,变脸如川剧,深深地看了她一眼,别的话已经不想再说了。

第9章
惊艳

得知方熙年已经拿下Herra后,不到半小时方映南就来到了方熙年在俱乐部的新办公室。

办公室坐落在采光极好的南边,不算大的隔间里仅有一张书桌、茶几以及会客沙发,除了一些文件资料,半点多余的装饰品都没有。

方映南像刘姥姥进大观园一般看了个遍,露出嫌弃的神色,"你怎么还是这么无趣,新办公室跟你的旧办公室是复制粘贴过来的吗?"

方映南将办公室该看的都看过了,该摸的都摸过了,见方熙年始终没搭理他,于是又绕到他面前,故作漫不经心地开口:"昨天还听说日本那边有人截和,今天就传来好消息,你到底跟村翔太一做了什么交易啊?"

方熙年这才伸手盖上手上的笔记本电脑。

他抬头看方映南,"你觉得呢?"

"村翔太一挺难搞的。"方映南笑着调侃,"你到底给他什么好处了?"

方熙年忍不住盯着他看了一会儿,疲倦地揉了揉眉心,"我跟他提出了下个赛季交换教练的建议。"

方映南不敢置信,以为自己听错了。

"他们有罗宾,而我们有马丁。罗宾更熟悉泰拳擂台赛,支安拳击社目前签约的拳击手大多更熟悉综合格斗。"

方映南立即会意，"Herra是泰拳高手，马丁却是MMA资深教练，更熟悉综合格斗赛场，支安拳击社虽然想要签下世界级拳手，但不是非要Herra不可。而马丁这样的世界级教练，重金难求。"

方熙年幽幽地看他一眼，那眼神好像在说"你总算还有点脑子"。

方映南无语地翻了翻白眼，但不得不说，方熙年这个家伙还挺有办法的，居然没有耗费一分钱就顺利将这件事解决了。

自从上次聊过后，十安单方面地跟方熙年达成了"对金主爸爸客气点"的共识。虽然连着一周她都没再见过方熙年，但她也很努力地没有在背地里诅咒方熙年，也没有一听到他的名字就炸，四舍五入也算她对方熙年的态度有所好转了。

听说签约发布会时方熙年会和她同台，得知这个消息，十安也笑着接受了现实，得体的微笑一直维持到签约发布会当天。

一大早，十安就被王保罗逼着洗了头换了能见人的衣服，磨蹭了大半个钟头才出门，简直比去打比赛时还要隆重。

其实，十安上过不少国际赛事，在国外一直也是诸多媒体争相报道的对象，甚至有一次她打IBF的总决赛时，还来过好莱坞巨星为她助阵加油。

但在今天之前，她从来没觉得自己是个"名人"。直到她一下车就被一堆人簇拥着进了化妆间，她才惊觉，这是她离文娱圈最近的一次。

被摁在椅子上捣鼓了一个多小时后，十安的耐心也终于耗尽，一个没控制好又翻了白眼，正好撞进刚进门的方熙年眼中。

方熙年在镜子里的身影挺拔有形，虽然跟平常没什么两样，但面对工作时的强气场还是让周边的人退避三舍。

不惧他的人也只有十安了，见他蹙眉，她默默收回自己的白眼，脸上再次换上了笑容。

"笑什么？"方熙年冷不丁地问了一句。

十安有点没脸没皮地回答："对待金主爸爸要如春天般温暖，我的微笑服务你还满意不?"

方熙年垂下眼,没回话。

十安见他不作声,踢了踢他的脚尖,"方总,您要还满意的话,给我行个方便呗。"

"嗯?"方熙年抬眸看她,只觉得她的笑容很刺眼。

她努了努嘴:"要是没记错的话,我还是个运动员吧。也没必要捯饬这些,我脸肿得像猪头的样子也没少在全世界拳迷面前展现。"

经她提醒,方熙年这才注意到十安今天梳着简单的马尾,露出了洁白的鹅蛋脸,鬓角处细碎的绒发随意又舒服地耷拉着,脸上看不太出来有没有上妆,但眉形有了变化,更秀气了一些,少了戾气,气质也温柔了,让人想起老套但又无法忘怀的初恋。

"衣服就准备简单的运动服吧,不用刻意。"方熙年扫了眼镜子,最终目光落在了一旁的移动衣架上,上面挂满了各式各样的礼服裙子。

造型师明显愣了一下,但没多说什么,转身去衣架上找运动服。

十安听方熙年如此说,对他也和颜悦色了几分,附和了一句:"就是嘛,我是运动员又不是明星,穿那么好看做什么。"

方熙年难得认同她地点了点头,"嗯,裙子不适合你。"

女人真是奇怪的动物,她明明觉得他这话说得没什么毛病,但听着怎么就那么刺耳呢。

所以,他是说她不配穿裙子?

十安冷不丁又看了眼镜子里的他,但他已经转身避开了她的目光。

十安无语地低头看了看自己身上的裙子,她是不太习惯穿裙子,但是也没有那么难看啊,方熙年到底是什么直男审美?

正想着,造型师拿了新的运动服给方熙年确认。

公共化妆间内有单独的更衣间,十安拿着衣服走了进去,但她捏着衣服许久没动手换,她在等方熙年走,不想造成一种她在换衣服给他看的错觉。

约莫十五分钟过去，她才姗姗出来。

方熙年没走，在接电话，正好侧头看见她，对上她的目光，但只是一瞬，很快错开了目光，继续通电话。

十安抓抓脑袋，不理解他为什么不去外面接电话，低声嘀咕了一句："古里古怪。"

她走到长身镜前看了一眼，这身运动服既不隆重也不丢面，中规中矩，没什么可挑剔的，也没什么可赞美的。

"好，你到了通知我，我去接你。"方熙年收起电话，身影也入了镜子里。

他比十安高，站在她身后的位置，只微微错开了一点距离，从狭窄的镜子里看，两人就像一对交颈而立的男女。

十安觉得不舒服，转身想离开镜子，方熙年却先一步转过了身，对造型师点了点头，"就这样，挺好。"

挺好是怎么个好法呢？

十安想问，但犹豫的空当他已经抬脚走向门口了，错过了时机。她重新回到化妆镜前改妆，不过，目光总是不由自主地转向门口的方向。

此时方熙年正侧头跟一个身高与他差不多的男人轻声说着话，她看不太清楚他的神色，只觉得他好像不太高兴。

方熙年并没有注意到十安的目光，但他身边的男人却注意到了，隔着老远看到十安，自来熟地挥了挥手。

是不认识的人，十安忙收回目光，只用一个侧脸对着门口。

"没想到唐小姐真人比电视直播里好看。"方映南一直盯着化妆间里的十安。

方熙年也顺着他目光的方向看到了换上运动服的十安，她正低着头若有所思，让人看不透她在想什么。

方熙年微微蹙眉，不动声色地往里面站了一点，声音更冷了几分："那些八卦周刊的人，你自己想办法弄走。"

方映南被他挡了视线，看他一眼，见方熙年的脸色更难看了，这才收回了看十安的视线，"嘿，你这人怎么这么不识好歹呢，我搞这么大阵仗还不是为了俱乐部的名声。"

"不需要。"

"反正人我请来了，你要不满意大门一关把狗仔都关在门外不就行了。"说着，他又看了一眼里面的唐十安，笑道，"唐小姐这条件，退役后做演员也不错啊。欸，要不你跟她说说，问问她有没有兴趣来RM娱乐，我找团队好好包装一下，大红大紫指日可待。"

方熙年连看都懒得看他一眼，"她没兴趣。"

方映南满脸狐疑，"你怎么知道？"

方熙年没说话，懒得解释。方映南奇怪地看他一眼，忽然笑了笑："莫非你和这位世界冠军之间有我不知道的故事？"

方熙年单手插兜，淡淡道："没有。"说完，他转身就走。

方映南跟在身后，不依不饶地说："这么干脆地撇清关系，该不会是怕我跟何洛说什么吧？你还惦记何洛？"

走在前面的方熙年脚步微微顿了顿。

方映南笑得不怀好意，仿佛就等着抓他的把柄。

但很可惜，方熙年只是面无表情地转过了脸，什么情绪都没泄露，不带温度地笑了一下，"对何洛，你就这么没自信？"

他顿了顿，"就这么害怕我跟你争？"

这话成功堵住了方映南的嘴，他深深地看了一眼方熙年，只觉得自己这位弟弟有时候是真残忍，果然这样才是他啊。

方映南勉强勾了勾嘴角，什么都没说。方熙年回身，往回走了几步，错身而过时，他说："发布会快开始了，我不介意你看完再走。"

说完，他径直回了化妆间，朝着十安的方向走去，挡住了方映南看向十安的视线。

第10章
发布会

说是发布会,倒不如说是记者见面会来得贴切。

十安在等主持人召唤的间隙已经将会场打量过了,明明是比会议厅还大的大厅,居然挤满了人,闪光灯也不停歇地闪烁着。

RM体育这些年搞了不少竞技俱乐部,年年都是倒数第一,十安本以为他们搞这个发布会多半就是闹着玩,但看这架势,怎么也不像"倒数第一"的排场,好像生怕别人不知道RM集团有钱似的。

"暴发户,虚荣。"十安吐槽了两句,好巧不巧正被王保罗听见。

王保罗一巴掌拍在她的脑袋上,"说话注意点,金主爸爸的排面岂是你能置喙的?"

十安咂咂嘴,无从反驳。

王保罗继续叮嘱她:"等会儿在台上,你可别嘴上没把门。"

十安不满地哼了一声:"放心吧,我也不是没跟记者打过交道,这么多年我也没闹出什么夸张的新闻来啊。"

王保罗看她自信满满的样子,反而更担心了,"我刚在外面打听过了,这次整个文娱新闻界该来的都来了,他们这些人添油加醋的本事你应该比我清楚。"

十安挺意外,她还真是吃过记者的亏。

当年她打第一场比赛时,因为初出茅庐的小透明对上颇具盛名的何洛,刺激了不少记者在比赛前来采访。

记者们拉着她非要说说自己的感想。那时的十安年轻气盛，又完美继承了她爸唐三金不要脸的基因，在挑拨下，口无遮拦地就说出了"要打得何洛喊自己爸爸"这种话。

因此，她也就彻底激怒了何洛的粉丝，而当时的方熙年就是何洛的粉丝之一。

想到方熙年，他就来了。

方熙年跟一个男人走过来，那人老远就冲她嬉皮笑脸地挥手。

十安没搭理，方熙年已经站在了她面前，淡淡道："进去吧。"

然后转身进了会场。

十安微愣，片刻才昂首阔步地朝着会场中间的台子走去。

会场为两人准备了椅子，但方熙年原本也没想将这个变了味的发布会开太久，脸色明显难看了一瞬。十安一屁股坐下，正好看到他这个微妙的小表情。

十安尴尬地摸了摸自己的鼻尖，心想，他到底有什么毛病，一整天黑着脸。

思忖片刻，她站起来恭恭敬敬地拉开身旁的椅子，露出谄媚的笑脸，"嗨，瞧我什么眼神，金主爸爸都没坐，我怎么能先坐下呢。"

方熙年叹了口气，压低了声音："谢谢，倒也不必这样。"

十安心想，谁知道你这口蜜腹剑的家伙真实的想法是什么呢？

她递了个"得了别装，你还是赶紧坐吧"的眼神后就没搭理他了，自顾自地坐下。

方熙年不想引人注目，也坐下来，顺手拿起眼前的矿泉水，拧开瓶盖喝了一口。

坐下后，十安才发现王保罗说的丝毫不夸张，今天来的人可比之前每场比赛发布会的人都多，从她的角度看，底下全是黑压压的脑袋。

她莫名有点紧张，也伸手抓起一瓶水，匆匆喝了一口。

拧好瓶盖，台下已经有一位女记者开始提问了，字正腔圆的播音腔让十安有点蒙，一时没听明白女记者提了什么问题。

尴尬的十安只能扭头求助方熙年，但匆匆一瞥间，方熙年的目光却一直盯着她手中的矿泉水。

十安顺着他的目光落在自己的手上，蓦地想起……这瓶水好像是他喝过的？

心，没来由地漏跳了一拍，十安尴尬地收回视线，仓皇地看向台下的女记者，"不好意思，你刚才……"

话音未落，一旁的方熙年按下话筒，悦耳的声音从音响里传出来："两个月后的UFC，Herra当然会参加，接下来的时间她会全力备赛。"

方熙年和记者对答如流，十安见状直接放弃开口了。她坐在那儿甘心做个摆设，只是手中的矿泉水瓶像烫手山芋一样，让她的手心发紧。

犹豫间，另一个男记者尖锐的声音忽然响起："方先生，RM体育这些年签约的竞技项目几乎没有获得过好成绩，不知道您是如何说服Herra签约RM的？"

这话有点刺耳，十安下意识抬眸看了台下一眼，提问那人长了一双精明的小眼睛，正灼灼地盯着她。

十安蹙眉，侧头看方熙年，他倒是没生气，依然和煦地笑着，"合作当然是基于信任。"

"信任？我还以为是金钱的额度。"记者嘲讽地笑了一下。

十安再次抬眸看了一眼那位男记者，神色并不友善。

"Herra在过去几年一直为了钱打商业比赛，平均每年打十五场，而每一场出场费不低于两百万。"男记者面不改色地继续咄咄逼人，"一个为了出场费不惜耗费精力和名望的选手，难道不会让人质疑她参加国际争霸赛的资格吗？"

"我不明白你口中的商业赛是指什么。诸如MMA、WBA等国际综合格斗赛，每年全世界的体育频道都会花钱购买播出版权，这同样属于商业行为吧。"

"至于资格，"方熙年嘴角缓缓勾起，笑容毫无温度，"自然由专业人士评判，什么时候改规则由八卦记者评判了？"

方熙年脸色平静，似乎没有什么能撼动他的情绪。

一直没说话的十安忽然按下话筒，她冷冷地盯着台下找碴儿的记者，面露凶相："所以，我不打商业赛你要众筹养活我？"

台下发出一阵笑声，有嘲笑，有嗤笑，当然也有人觉得她天真。

十安没理会他们，只是盯着那个记者，"既然你也觉得好笑，就别问这么愚蠢的问题，不然我也会怀疑你的智商水平。"

她成功气红了男记者的脸，那人愤怒道："Herra小姐，我想提醒你尊重我的职业……"

"这位记者，请你出去。"一道冰冷的声音响起。

方熙年一手捂着十安面前的话筒，一面冷冷地盯着台下。

几个高大的工作人员立即上前，一把架住了男记者。

那人似乎没想到他这么狠，忽然大喊起来："你们不能这样对我，我是记者！我要公布事实，Herra明明被禁赛了！"

男人叫嚣的声音在会场里响起，尤其最后一句，终于点燃了在场所有记者的议论。整个会场一片哗然。

十安也愣住了，只听那人继续说："昨天墨西哥体委才发布的禁赛令，Herra被禁赛了，但方熙年却撒谎说Herra要去参加两个月后的比赛。"

墨西哥？十安忽然想起半个月之前自己临时退出WBA总决赛的事。

但是禁赛这么大的事情，她怎么不知道？

十安下意识地看向一侧焦急的保罗。站在入场口的王保罗正拼命打手势让她别说话，看神色似乎很慌张。

十安的心咯噔了一下。她仓皇地看了方熙年一眼，他没说话，一直盯着被保安架着的那个男记者，神色严肃了许多。

十安能明显感受到他周身散发的寒气，但她没空去在意，毕竟她的火气更甚。她看着台下攒动的人头，只觉得眼花胸闷，她微张了张嘴，沉吟半晌，解释道："我没有说谎，我也是刚刚才得知这件事。"

她态度诚恳，但怎么听都像是无力的辩解。

有人喊了一声："你应该道歉。"

正是这句话忽然激起千层浪，人群中，一道道尖锐的声音接踵而至。

"Herra会向公众道歉吗？"

"禁赛后你有什么新的打算吗？"

"Herra你对临时退赛的事情有什么要解释的吗？"

十安听着那些话，只觉得浑浊的空气袭来，她的心里填满了怒火。

暴脾气的她恨不得冲上去将那个男记者暴揍一顿，但拳头刚刚攥紧，温热的触感忽然落在手背。

十安诧异地抬头，方熙年沉着脸看她，"不要把局面搞得更糟糕。"

他的声音喑哑，带着明显威胁的意味。

十安的心蓦地一沉，紧紧地咬住了下嘴唇，她没有说话，只能死死地控制着即将爆发的怒气。

方熙年从椅子上站了起来，宣布道："发布会到此为止。"

紧接着，几个工作人员一拥而上将十安带走，原本坐在台下的记者见状也匆匆起身追问。

方熙年挡在了会场通道口的位置，也挡住了一窝蜂的长枪短炮。

记者们只好将所有矛头对向他。

"方总，RM体育还会继续跟Herra合作吗？毕竟刚刚才拆穿了谎言。"

方熙年冷着脸没回答问题，只说："后续的安排我们会通过官方渠道在网上发布，在那之前，我们不会再发声。"

说完，他转身离开，将一堆记者留给工作人员应付。

嘈杂的声音陆陆续续从会场里传到走廊，十安被十几个人推搡着进了休息室，直到王保罗将房门关上，她才终于从混乱中回过神来。

她拿着手机查看自己的工作邮箱，这个邮箱一般都是王保罗在打理，有什么活动或者商业赛找她都会通过这个邮箱。

以前十安的确很热衷打商业赛，甚至出演一些拳击节目，邀约的地方多，所以每天要处理的工作邮件不少。但自从她拿到WBC的金腰带后，她几乎没有再接过这种活动，对工作邮件也就不怎么上心，基本都是保罗过滤后转告她。只是她没想到，保罗居然会隐瞒这件事。

全英文的惩戒书此时明晃晃地摆在眼前，十安只觉得脑袋被什么东西重重砸了一记。

谎言不可怕，但被当众拆穿真的很丢人。

王保罗见她脸色难看，忙解释着："我昨天收到邮件的时候想跟你提，但是今天是发布会，我不想节外生枝。"

十安震惊地看着王保罗，无法认同他的解释，但她也无法反驳。

王保罗只是做了一个经纪人认为对的事情，事情是她犯的，她有什么资格责怪他？

只是，她不知道应该如何向方熙年交代。

方熙年进来时，带进了一股冷冽的寒风，即使几米开外也能让人清楚感知到他的怒气，被人当众破坏了发布会，他的心情一定很糟糕。

"小方总……"

"你们都出去。"方熙年打断了王保罗，"我跟唐小姐单独谈谈。"

这还是王保罗头一次见方熙年这么严肃，他愣了愣，担忧地看了一眼十安，见十安点头，他才慢吞吞地退出了休息室。

赶走所有人后，休息室只剩下方熙年和十安两人。

两人面对面坐在沙发上，半响，方熙年也没有开口说话。

十安暗自咬了咬嘴唇，心知这件事是她的过错，语气充满歉意："不管你们做什么决定，我都接受。"

方熙年依然没说话，十安顿了顿，又说："解约也可以，但是赔偿金可能给不了太多……"

方熙年收起双腿,他抬眸对上十安的眼,目光深邃,"做错事,拍拍屁股就想走人?"

十安不解地看他。

方熙年淡淡呼出一口气,他有些疲倦地取下眼镜,指尖揉了揉发酸的鼻梁,"解不解约都不能由你说了算,决定权在我手上。"

十安张了张嘴,但一想到自己确实是罪魁祸首,她还是乖乖地没接茬。

"只是,唐十安。"方熙年重新戴上眼镜,忽然连名带姓地喊她。

他鲜少会这样,突然听见这个名字,十安心中有些不安,"你说。"

"你今天很差劲。"他抬眸看她,"我不管你有没有撒谎,但你既然签约了公司,就应该为自己的言行负责,你已经不是小孩子了。"

十安脸色煞白,"对不起。"

方熙年面无表情,声音很冷:"我也不会像六年前那样迁就你。"

他还是把心里话说出来了。

十安想,方熙年其实也挺累的,隐藏了这么久,终于憋不住了。

说出来也好,心里的石头终于可以平静地落下了。

她终于可以不用装腔作势了。这么想着,她很想如释重负地笑一笑,但最近笑太多,嘴角有点酸,还是别笑了。

"好,我知道了。"她很轻很轻地应着。

回答完,她没有再去看方熙年是什么态度,只是过了很久,大约两分钟,他起身走了出去。脚步声不轻,所以她还是抬头看了一眼,眼看着他冷漠的背影被一道门隔绝开来。

第11章
心思

"我看方总的脸色很难看,你们聊了什么?"方熙年刚走,王保罗就推门走了进来,有点着急地询问,"小方总有提出来要解约吗?"

名声这种东西,一旦有污点就很难再洗清了。如今以十安的情况要找新的俱乐部容易,但条件给得好恐怕就很难了。

十安摇了摇头,"没说要解约。"

保罗原本还担心她太耿直惹恼金主,这会儿看她平静的样子反而愣住了,"你怎么了?"

以他的了解,十安这副表情反而像有什么事情。

十安继续摇头,"没事。"

王保罗有点担心道:"那个记者说的话,你别放在心里,谁不为了钱打比赛?就是帕奎奥也为了钱打比赛啊。"

十安的眸光闪了闪,她几不可闻地"嗯"了一声,点头道:"我知道,我只是不想再继续这样下去了。师兄,我们别再为了钱……我们好好再打两年,就问心无愧地退休吧。"

王保罗听着她这话,心里蓦地一沉,"你的身体,还好吧?"

十安低头看了眼自己的拳头,抿着唇没说话。

她的身体状况并不算好,前些年打太多,留下了不少顽疾。

参加墨西哥的比赛时,医生已经建议让她休息半年,但有合约在身,她不得不坚持到了总决赛。

如果一年就打两次比赛，或许还能坚持个三四年，这也正是她为什么只愿意签约方熙年两年的原因，她不敢保证自己能走到什么地步。

但身体的事情是说不准的，没准儿她很快也会像唐三金那样，做个活死人了。

说不上来是心疼还是难过，王保罗吸了吸鼻子，忽然说道："好，禁赛半年就半年，我就不信，我们的命这么差。"

收拾完，王保罗和十安从地下车库离开。

刚出电梯就撞见了方熙年，他背对着他们，站在一辆红色小车旁，绅士地拉开车门，车里走下来一位穿着简单卫衣和牛仔裤的年轻女人，看身形，跟十安差不太多，但听声音相对嘶哑，有一股特殊的烟嗓。

她轻声抱怨这地方难找。方熙年温柔地说："你到了怎么也不告诉我，我去门口接你。"

两人边说话边朝电梯口走去，十安和王保罗就站在侧后方停车的位置，他一转头就能看到她。

不过，方熙年连头都没抬，女人正低头跟他说什么，他一直侧耳细听着，目光只匆匆掠过了十安的方向，便似没有看见一般走了过去。

十安想起那会儿在化妆间里他接的那个电话，原来他要接的人是她啊。

"十安，愣着做什么？上车。"

回过神，十安这才拉开车门坐了进去。

王保罗启动车子，扫了一眼后视镜里两道身影，凝眉想了想说道："那是方总的女朋友吗？怎么感觉在哪里见过，很眼熟。"

十安嘴角微动，也顺着他的目光看了一眼渐行渐远的两道身影。

是不是女朋友十安不知道，但很确定方熙年喜欢她，如果没记错的话，方熙年暗恋她很多年了吧。

"她是何洛。"十安说着话，抬手摇下了车窗，一股带着汽油味的风灌了进来，闷闷的味道。

王保罗在脑海里回忆了一下这个名字，忽然想起来，"啊，是她。那个综合格斗冠军，MMA女子轻量级夺冠的第一个中国人，我记得，她好像很多年前跟你打过比赛。"

"嗯。是她。"十安没什么兴趣地回应着。

王保罗还很意外，"没想到小方总跟她这么熟，之前还有报道分析过你们六年前的世锦赛。"

六年前，世锦赛。

听见这六个字，一直低着头没说话的十安睫毛跟着颤了颤。

"如果你们再打一次，一定很精彩，但你们后来没遇到了，有点可惜……"

不知道哪里来的一双丝袜，直接塞进了王保罗嘴里，十安有点不耐烦，"闭嘴，好好开车。"

王保罗猛地抽出丝袜，用力地"呸"了一声，"你他妈哪里找来的丝袜！"

十安撇嘴："你车里找到的，不是丽莎的，就是别的女人的吧。"

王保罗张着嘴，哑口无言，她能不能好好说话？

偏偏他在开车又不能上手给她一个"爆栗子"，"我能有什么女人，丽莎那小妖精就能把我吃得骨头渣都不剩。"

十安没搭理变相秀恩爱的王保罗。

她烦闷地将脑袋靠在车窗上，脑海里想起了那道被方熙年挡住的身影。

整整六年没见过何洛了，偶尔只会在电视上看她比赛的转播，但十安还是一眼就认出了她。

她和何洛，一共打过两次比赛。

第一次她误会方熙年是自己粉丝，虽然赢了比赛，但没人认可她。

所以，她一直想要再跟何洛光明正大地打一次。后来，在世锦赛上她终于又有了机会,这是第二次机会,也是最后一次。

但人生就是这么凑巧,世锦赛前夕唐三金出事了,好好的一个大活人忽然就瘫了,变成了一个不能言语不能自理的植物人。

那时,她也才二十岁左右,不得不背负起救一条命的责任。

有好心人想帮她,但有条件,只要赢得那场比赛,她就能获得一笔可观的签约金,才能暂时保住唐三金的命。

所以,她必须赢得那场比赛。

尽管很生气方熙年将自己当作何洛的替代品,她还是大方地原谅了他的"背叛",她认为方熙年就算不喜欢她,但总算是朋友。

于是,她丢下了自尊心去找他,请求他不要出现在比赛现场。

哪怕知道他不会为她加油,她也不要方熙年站在何洛那一面与她作对,在擂台上,何洛就是她的敌人。

她根本无法承受方熙年成为自己的敌人。但比赛那天,方熙年不仅来了,还来后台找她了,方熙年告诉她,第一次比赛时,她造成何洛骨折一个月,这件事让他心疼了很久。

他说:"十安,我希望你们的比赛没有个人因素,点到即止。"

虽然他没有明说,但她看着他的眼睛,有明显躲避的痕迹。

她很清楚,他想让何洛赢。

她偏不要。

她终于不受控制地愤怒了,急不可待地想要将何洛在方熙年面前打趴下,于是她铆足了劲去打,却失去了理智忘了分析战术,最终她在前半场耗尽了力气,后半场,被何洛打得毫无反击之力,一败涂地,像条狗一样趴在地上。

何洛站在台上领奖的时候,所有跟她亲近的人都上台了,包括方熙年。

他们为何洛喝彩,拥抱她,亲吻她。

而十安,只是角落里趴着的那条丧家之犬。

也是那时候,她才终于明白,方熙年不在乎她,她于他,只是一个心情好时逗趣的玩具，心情不好时可以随时扔掉的麻烦而已，他对她的好，也不过是出于礼貌的虚伪的客气。

他没来时，是她的希望。但他来了，却成了她的绝望。

电梯门刚打开，就在门口撞见了方映南。

他是来找方熙年的，怎么也没想到何洛也在，方映南看着方熙年虚揽着何洛的肩，脸上的笑意一滞。

"你怎么来了？"方映南问何洛，语气中带着点故作高深的冷漠。

何洛撇头看他，笑了一下："本来约了熙年吃饭，听说他有工作就先过来等他。"

方映南的脸色更难看了，他倏地看了一眼方熙年，挤出一丝笑来："哦，那他估计没时间跟你一起吃了，发布会出了点事，他作为负责人应该很忙。"

何洛狐疑地看了方熙年一眼，正要询问，方熙年的目光已经看向方映南，"你找我？什么事？"

方映南勾唇一笑："去旁边说话。"

方熙年眯眼看他一会儿，但没说别的，只交代了工作人员先领着何洛四处转转，便转身朝着一旁楼道的角落走去。

方映南来劲了，冲何洛一眨眼，不要脸地说："晚上我可以陪你吃饭，我们去你一直想去的那家西班牙餐厅吧。"

说完，也不等何洛回答，转身跟着方熙年到了角落说话。

"你有什么话要说？"方熙年的声音很平静。

方映南笑嘻嘻地问道："唐十安你打算怎么处理？禁赛的事情我刚查过了，是真的。不过没多严重，就禁赛了半年。"

方熙年没料到他找自己是为了说这件事，原本平静的脸沉了沉，"我会处理，不用你多管闲事。"

方映南撇嘴，继续说："记者那边真的不需要我去？"

提及这件事，方熙年的眼神也冷了许多，"你惹的事，你解决。"

方映南张嘴下意识地要反驳，但转眼就见方熙年的目光淡淡扫过，虽然他什么都没说，也没有威胁的意思，但方映南还是感受到了一股冷风灌入脖子里。他打了个哆嗦，嘴里的话转了个弯，"你想怎么解决？"

"那个橘子娱乐的记者，我觉得他应该失业了。"

乍听到方熙年说这话，他冷不丁笑了一声："方熙年，没想到你还是霸道总裁十级学者啊。"

方熙年似乎没听懂，侧眼看他。

方映南眼睛一眯，没再继续开玩笑，"唐十安那事，我给你提供一个解决方案如何？"

方熙年垂下头，取下眼镜心不在焉地捏了捏眉心，"什么？"

方映南得意一笑："《拳王赛》分战队，我想找两个导师来带一带，唐十安倒是挺合适的。"

方熙年嗤笑："你就打这个主意，才请那么多八卦记者来？"

方映南觍着脸笑："说什么呢，我也是为了俱乐部的名声，RM体育以前从未夺冠不就是因为没有好运动员。"

方熙年戴回眼镜，嘴角勾着嘲讽的笑意，没说话。

方映南有点急切地看他，"唐十安闲着半年，不正好没事情可做。"

"几个战队，有多少个导师，对方是谁？"

方熙年没有回绝，方映南还很意外，他愣了愣，忽然结巴道："这你就不用管了。"

方熙年看了他一眼，转身要走。

方映南一愣，不明白他是什么意思，连忙追了上去，"行不行你倒是说句话啊。"

方熙年的声音更冷了几分，他笃定地回答："她不会想参加《拳王赛》的。"

方映南不解："为什么？这对她来说没那么重要，我甚至可以给钱，她不是为了钱打比赛吗，只要钱到位有什么不能谈的，更何况她被禁赛半年的事，理应赔偿我们损失。"

方映南忽然想起什么来，狐疑地看着方熙年，"你怎么又知道了，还真成人家肚子里的蛔虫了？"

方熙年微微侧身，轻飘飘地瞥了方映南一眼，没搭理他的话，目光幽深地望向走廊另一头的休息室。

想起发布会现场，从那个记者提及她为钱打比赛开始，她愤怒地攥起了手，很细微的动作，被他无意看到了。

他清楚地知道这对她来说有多重要，她一定很想摆脱"为钱"两个字。

但是——

"我会试着说服她。"

方熙年的声音很低，方映南差点以为自己听错了，他诧异地看他，"你居然没拒绝？"

方熙年收回目光，低下头时，镜片微光闪过，再抬头时，眸光清冷明亮，"Herra参加《拳王赛》对RM俱乐部来说，没什么坏处，我为什么要拒绝？"

方映南认真打量眼前的方熙年，他身量颀长，背脊挺直，就像一棵没感情的松柏，"可你不是说她不想吗？"

"那跟我有什么关系？"

第12章
花开

关于十安被禁赛、RM体育被欺骗的新闻还是铺天盖地地来了。

午饭前,保罗将十安从医院接了出来,他担心唐三金的情况被泄露,最近也就不让她去医院了。

"先避过这段时间,医院的事情暂时就由我和丽莎帮你照顾。"

对于这个安排,十安没什么意见,只是点头"嗯"了一声。

车子拐进老城区的街道,老远她就看到一辆熟悉的黑色宾利停在了上坡的过道处,车里没有人,十安下意识地朝着右边看了一眼,果然见方熙年站在离车有点距离的梨树下。

葱葱郁郁的枝叶将斑驳的影子投在他干净的脸上,方熙年穿着单薄的洋灰色毛开衫,双手悠闲地插兜,微微抬头看着一小戳梨花,有碎花瓣落在他头上。

十安记得前些天她从窗户口看那棵梨树的时候还没开花,今天他来了,花就开了。

看来,没长眼睛的梨树也是看人下菜碟的小白眼狼。十安觉得,她有必要找时间跟这棵梨树谈谈人生了。

她示意王保罗停车。

"怎么了,我还是送你上去吧。"王保罗没注意到前方的方熙年,拧着眉担忧地看她,"你这几天在家里住应该需要囤点食物什么的。"

他担心十安最近几天会饿死在家里,毕竟她的自理能力真的不好。

十安心不在焉地推开车门,"行了,我已经是个成年人了,饿了会自己找吃的。"她毫不留情地送走了王保罗。

十安慢悠悠地爬坡挪到大门前开门,老卷门因为生锈总是不听使唤,她单手试着拉了一下,没拉开,于是双手握住门扣手,正打算来个举铁的标准动作。

"你慢点。"方熙年的声音在身后响起。

与此同时,十安双手用力,大卷门摇晃了几下,伴随着锈迹的灰尘落了一脸,最惨的是,她发现门扣手居然被她拔掉了。

十安手里拿着断了的门扣手,灰头土脸地扭头看了眼方熙年。

他倒是闪得快,脸上干干净净的,又转头看了一眼纹丝不动的卷帘门,他伸手握着钥匙用力转动了几下,铁门裂开了一条缝。

方熙年抬手将铁门拉开,顺手将拔下来的钥匙扔回给十安。

"铁门锁芯太旧会卡住钥匙,该换了。"方熙年抬脚往拳馆里走。

他动作自然,倒是没拿自己当外人。

十安撇嘴看了一眼他的背影,没好气地说着:"我就喜欢这样开门,显得我有劲儿。"

方熙年看她一眼,没搭理她的强词夺理。

十安还记得在发布会上给他制造麻烦的事呢,没怎么好意思嬉皮笑脸,自己跳上八角笼,在打靶上捶了两拳头,才壮了胆子问:"你来找我,是那事有决断了吗?"

说不担心当然是假的,毕竟是白花花的银子到手,她原本就打定主意,RM体育这笔钱到手,她就认真消停两年,好好打打比赛,就算不为国争光,好歹也算对得起自己。

"其实我和保罗师兄也考虑过,我们也可以主动延长合约半年的,算是对禁赛半年的补偿……"

说着说着,声音小了下去。十安明显有点心虚。

她小心地去瞧方熙年,他也跟着上了八角笼,手正有意无意地扒拉着塑胶带，拧着眉头，不知道在想什么。

十安一个重拳落在沙袋上，沙袋朝着方熙年的脸摆了过去，但没碰到他。

方熙年回过神，看她一眼，垂下眼，说道："不用了。"

十安还没来得及惊喜，就听见他下一句说："你去参加《拳王赛》的录制，这件事就算一笔勾销了。"

拳王赛？十安在脑海里搜索了一圈，没有找到对号入座的比赛。

方熙年解释道："《拳王赛》是RM集团投资的综艺节目，也是国内首档上星播出的综合格斗类娱乐节目。"

听他这么说，十安倒是想起来保罗师兄有跟她提过。

因为跟拳击有关，节目设置也挺新鲜，保罗还去打听过，据说为了这档节目，RM集团联合UFC等诸多国际赛事联袂打造，费尽心力。

虽然只是一档节目，但它不仅受到娱乐界的重视，就连体协也发出了重点关注的信号。

这是RM体育的一次机会，也是RM集团重要的商业计划。

但"节目"二字还是让十安皱起眉，"我选择续约。"

方熙年凝眉道："这不是选择题。"

"你只能去参加节目。"方熙年替她扶正了沙袋，"这是我们商议出来降低俱乐部损失最好的方式。"

十安一拳头落在沙袋上，方熙年的身形也跟着晃动了两下。

她冷冷地看他，不打算再绕弯子，"我不去。"

方熙年的双手落在沙袋上面迟迟没松开，他抿着唇，淡淡地问："为什么？"

"我不想像个小丑一样表演拳头给人逗乐子。"

十安看他一眼，果然在他眼里看到了无法理解的神色。

她收紧了掌心，身体也不自觉地靠后了一些，"我有我的原因。我真的不能再消耗精力了，我必须留着力气去打比赛，拿冠军。"

头一次，她难得放低了身段。

但方熙年只是看着她，嘴角也勾起一个意味不明的弧度。

她莫名觉得很难堪，艰难地咬着下嘴唇，恳求地看他，希望他能大发慈悲，不要逼她，"方熙年，这件事真的对我很重要。"

十安感觉自己的手心被指尖掐红了，钻心的刺痛感袭来，但她还是咬着下唇，没让自己泄露半分的不快，生怕一不小心就惹恼了他，没有可商量的余地了。

可方熙年没有看她，轻轻别开了脸。

放在沙袋上的指尖泛白，跟他的声音一样冷，"舞台也可以是你的擂台，既然为了钱已经打过这么多次了，再多一次又何妨。"

他的话，不带一丝感情。

掌心的疼痛慢慢变成了酸麻感，十安松开攥紧的手指，她深吸了一口气，好一会儿，掌心又一次收拢，愤怒让她再次攥紧了拳头。

方熙年下意识地抬手闪避了一下。

这个小动作引来了十安的冷笑，"原来你这么怂。"

方熙年动作迟缓地收起挡住脸的手，终于，他平静的脸上有了一丝尴尬的裂痕，他看着她，"如果打我能让你去参加节目的话。"

话音刚落，她忽然从沙袋后伸出手，一把揪住了他的衣领，他还来不及反应，她用力一扯，将他整个人拽到了眼前，被迫压下脑袋平视着她。

方熙年只觉得呼吸困难。

十安没松手，虎口反而将衣领越收越紧，直到他的脸色变青。

"本来我没想动手的，是你非要提醒我是个暴力分子。既然你希望，我就只能这么做了。"

她咬着牙，毫不手软地一把将他推向墙面，方熙年没设防，脑袋猛地撞在墙角上，额角一阵刺痛袭来。

几乎是下意识地，他柔和的脸变得狰狞愤怒。甚至有些不受控制地想要说点什么，但他抬头，看到她近在咫尺的脸，她毫不畏惧地瞪他。

因为是她，所有的愤怒在忽然间烟消云散。

微凉的指尖一点一点松开了被勒紧弄皱的衣领,他压下了所有的愤怒,看她,"气消了吗?"

十安觉得自己所有的力气打在了棉花上,她依然很生气,但她的确不能动手打人,再愤怒也不能犯罪,她又不是真的暴力狂。

她深吸了口气,终于平复了心情,"没消气。"

"那你想怎么样?"

十安盯着他看,哭笑不得,"应该是我问你,到底为什么这样逼我,一次又一次。"

"我没逼你。"因为方才的刺激,他的嗓音有些沙哑,他用力闷哼一声,清了清嗓子,"在今天之前,所有的事情我都给过你选择。"

言下之意,是她活该。她穷,她要钱,活该再次落到他手里。

"好。我去参加节目,但是你答应我一个条件。"十安认真地盯着他看,终于挤出了一个比哭还难看的笑容,"你做我的男朋友,就节目录制期间。"

方熙年看她,眉梢微抬。

"你知道我一直想要的是什么,既然你可以为了利益连脸都不要了,付出点肉体算什么?"

方熙年毫无血色的嘴角微动:"节目结束后呢?"

"银货两讫。"她讽笑,"怎么,担心我赖着你?"

方熙年盯着她看了良久,最终,也只是从鼻息叹了一口气,轻轻点了点头,"好。"

这就答应了?

十安奇怪地看他。

方熙年抿唇笑了笑:"我需要拒绝吗?还是说跟你讨价还价?"

十安张了张嘴,没说出话来。

"我知道你怎么想的,但是,就像你说的,为了俱乐部的利益,我牺牲这点不算什么,更何况,我也不讨厌你。"

十安眯着眼看他,只觉得眼前的人也太没下限了吧,连假装一下都不想假装了？忽然转性了？

"你有什么阴谋？"十安还是不敢相信。

方熙年没回答她，沉下脸，摸了摸额角，"算上这一次，你已经对我第三次动手了。如果做你的男朋友可以让你收敛暴力，倒是一笔划算的买卖。"

十安倒吸一口凉气，好像他这么说也没错？

方熙年勾着唇角轻声问："你怕了？"

十安斜眼看他，感觉他的脸皮厚度可以去申请吉尼斯纪录了，谁能有他厚颜无耻？但话是她说出口的，他敢应下来，她也没有后路再退。

十安不甘心，抬手扶额想再找出什么奇葩的理由出来，但她刚一抬手，就见方熙年整个脑袋朝后一仰。

十安的手落在空中，看着他惊慌失措的脸，愣了一下。她忽然笑出了声，"怕什么，我是要帮你捻掉头上的花瓣。"

说着，她抬手捻起了他头发上的花瓣屑，粉白色的花心在她的两指间，被捏成了碎末。

方熙年盯着她的手，隐约感觉太阳穴有点疼。

"呵。"十安的声音再次响起，她阴森地咬着牙，"也是，要害怕的人是你才对。要真有什么阴谋，被我发现了……"

"咔嚓——"一记重响打断了十安的话。

两人同时扭头朝外看去，只见卷帘门口碎裂了一地的玻璃。应该是楼上的窗户掉了，这栋楼经常坏点边角料什么的，十安已经习惯了，她撇嘴指着那一地的东西说着："嗯，就是这个下场。"

方熙年下意识地朝着那一地的碎玻璃看去，莫名觉得脖子很冷。

他尴尬地咳嗽一声，忽然说道："我公司还有事，先走了。"

第13章
主治医生

将方熙年成功吓唬走后,十安的心情不错,打扫了门边的玻璃碴,她甩着钥匙戴着口罩去附近的超市买食物。

付钱的时候微信响了几声,十安拿出手机扫了一眼,是一位新好友通知,她点开头像看了一眼。

Lnyy?

哪里来的外国人,居然还会用微信了。

十安没理会,回到家手机再次响了起来,这次是电话,十安看到屏幕上的一连串数字号码皱紧了眉头,犹豫了好一会儿,直到第二次响起,才接了起来。

"加我微信。"方熙年的声音从听筒里传来。

十安拿着手机又看了一眼,确定是没见过的号码后再次将电话放在耳边。

"方熙年?"

方熙年的声音平静:"嗯。这是私人号码。"

私人号码?

"微信也是私人的。"方熙年接了一句。

十安撇嘴,不太在意地拆着超市的包装袋,"哦。我们通过陈助理联系也可以的。"

电话那头的方熙年顿了顿,他低低的笑声传了来,"你确定?我们谈恋爱也要通过陈助理?"

"谈恋爱"三个字成功将十安难住了。

她提出一月之约,只是想恶心方熙年,倒是没想到他这人这么不害臊,"谈恋爱"三个字被他一说,好像还真挺有那味儿了。

"我们好像也没什么必要的话题可……"十安在脑子里想着要怎么说。

方熙年厚颜无耻地打断她:"所以,你只是打算玩弄我?"

十安冷笑出声,"我倒是想,你给玩吗?"

方熙年一顿,笑了下,"这么多年不见,你的口味变重了。"

她可没心情跟他开玩笑,他没有心,她跟他不一样,这种玩笑做不到信手拈来。

十安沉下脸,直问:"你到底有什么事?"

方熙年推开房门走进客厅,扔掉外套在沙发上坐下的同时,换了一只手拿电话,也没有继续就恋爱的话题说下去,"加微信只是为了方便联系。"

"好。挂了。"只是这点小事,她没再纠结。

"明天我去接你。"电话那头传来了忙音。

方熙年看了手机一眼,伸手按了按眉骨,有些疲倦地将手机扔远了一点,两三分钟后,微信里再次响起了提示音,他没有拿手机,心里大约知道是她通过好友验证的信息。

方熙年想起什么,起身拿起矮几上的日历本,指尖在日期上数了数,最后停留在节目录制结束的那一天。

被方熙年不害臊地一通说后,十安也有点烦躁,吃着晚餐也没什么胃口。

电话铃声再次响起时,她"噌"的一下站了起来,通常这个时间会打电话的人,不是王保罗就是医院。

看了一眼手机,立刻精神了。

孟教授从机场匆匆来电，似乎是才想起来告诉她，他要去国外指导半年，唐三金的事情交给了新的医生负责。

"新的负责医生是我的得意门生，年纪不算大，但各方面都很优秀，他也会配合国外来的专家团一起研究你父亲的手术方案。"

十安倒是对新医生没有偏见，"手术方案可以定下来了吗？"

"还需要一点时间。如果你今天在医院，先去见见他，具体的情况他会跟你沟通。"

十安看了看窗外的夜色，时间不算太晚，这个时候医院应该不会有太多陌生人。

挂了电话，她也就没耽搁，飞快地穿了衣服就准备出门了。

但到了医院，小护士告诉她季医生跟国外的专家团队在开会，已经进去几个小时了，什么时候出来说不准。

得知他们正在开关于唐三金手术方案的会，十安便没离开，她在会议室外踱了好一会儿步，也没见里面有动静。晚饭吃得少，下午又剧烈运动过，她有点疲倦，干脆在长椅上抱着腿休息。

但这一休息，也不知道什么时候就迷迷糊糊睡了过去。

睡梦中的十安并不安稳，大约是觉得冷，她小小的身体整个蜷缩成一团，像小蜗牛一样。

会议结束已经是午夜了，季怀新跟专家团的人一推门就看到了门口的"小蜗牛"。

专家团都是上了年纪的老外，默契地扫过季怀新，拍了拍他的肩膀，眼神暧昧。

季怀新被几个老外搞得莫名其妙，他下意识地想要喊护士来赶人，但看了一眼四周，没有护士经过，于是他只好伸出一根手指头，略带嫌弃地戳了一下那环抱的双臂。

"喂，醒醒。"

十安睡得沉，微微动了一下，脑袋翻了过来，正好露出被手臂箍得通红的脸，也不知她是不是做了什么噩梦，额头上都是汗，眉心也一直紧蹙着。

"喂，你没事吧？"虽然是医生，但季怀新可没什么怜悯心，见她还没动静，他抬手就想推一把。但手伸到一半，忽然顿住了。

是她。如果没记错的话，她好像叫唐十安。

他记得她，孟教授对他交代过情况后，他特意去查看了唐三金的资料，才一点一点将她和如今风头正劲的女拳击手Herra联系起来。

这个结果挺让人意外的，她长得一点也不像拳击手。

后来陆续看过几次她的比赛，包括在墨西哥的那场备受争议的比赛，他发现那个小小的身体里的力量居然如此之大，心里便这么记住了她。

想起她在擂台上狠厉的样子，再低头看眼前睡得脸通红的人，还真是完全不一样。

季怀新皱眉，环顾了一圈，走廊依旧悄无声息。思忖片刻，他缓慢地弯腰将她抱了起来。

没想到，她看上去那么瘦，重量却不小。

没准备的季怀新差点手滑，但还好他反应及时，牢牢地将她收拢进怀里。冰冷的身体一接触热源，十安整个人就跟八爪鱼一样死死抱紧了季怀新的脖子。

温暖就像蔓延的罂粟席卷了她整个身体，她不满足于手心的温暖，就连冰冷的脸颊都忍不住贴上隔着消毒水味道的布料，尽可能地汲取着那微弱的热量。

"哈，好暖啊。"绵绵的低语声从胸口传来，连带着心也震了震。

季怀新的脚步一顿，低头看了一眼紧贴着自己胸口的脑袋，有点难为情，但也不知道应该说什么好，只能闷哼了一声，低声吐槽："还真重。"

睡梦中的人丝毫没觉察，反而像小猫一样蹭了蹭鼻子。

不知道为何，季怀新笑了笑。

清晨，天光熹微。

十安睁开眼，条件反射地抬手遮挡了一下光。

她从床上坐起，看着眼前既熟悉又陌生的环境，听到心电图机的声响，才记起这是唐三金的病房。

恍惚了一阵后，她赶紧整理自己的衣服，穿上鞋子从床上下来。

不一会儿，萍姨就拿了准备好的小米粥和鱼汤回来。十安看了一眼就知道，那些都是给唐三金准备的食物，简单处理了以后，便架上管子准备为唐三金做鼻饲法喂食。

十安只看了一眼，就借口去洗漱溜之大吉了。

这么久了，她还是没适应看唐三金需要插着管子，从鼻子里喂食的画面。这样的唐三金，总让她觉得可怜。

医院的环境不太好，但一夜没怎么休息好的十安还是勉强冲了个热水澡，她也不好去找人借吹风机，只能就这么湿漉漉地出来。不想回病房，她干脆去楼下找了个地方坐下。

住院部的楼下有很宽敞的绿化地，还有木椅供人休息。

十安买了两颗煮鸡蛋和一杯豆浆，找了一处阳光充足的位置坐下，此时院子里来往的人不多，她看了眼时间，按照经验，萍姨完事还得有个十几分钟，她无所事事，干脆掏出手机打游戏。

季怀新一走出住院部大楼就看到了坐在木椅上的人影，她湿乎乎的长发把海蓝色的棒球衫都浸了大半，黑乎乎的一团落在后背。

职业病使然，季怀新一看到这种不爱惜自己的人就嗤之以鼻。

他招手叫来一个护士，指着那个被晨光拉长影子的人，"那是几号房的病人？嫌自己的命太长，活腻了？"

小护士正是第一天晚上接待十安的小满，方才还和十安打过招呼，"她啊，十安。就是重症病房里那个唐三金的家属。"

说着话，小护士抬腿就要上前去提醒，季怀新听到名字，皱眉又看了一眼，因为逆光，他换了角度才看清楚人脸。

"我去吧。"他拦住了小护士，抬腿朝院子里的十安走过去。

小护士惊讶地张了张嘴，好像从未见季医生这么热心过。

他虽然优秀，但就是朵奇葩的高岭之花，谁不要命了才敢高攀。平日护士们宁愿加班也不愿意跟他碰面的。

十安游戏玩得很菜，但拳手的骄傲让她有那么点不服气，她打得格外起劲，全然没注意到有人走近了自己。

季怀新走近时，她正在游戏里被虐得很惨。

季怀新不太满意地摇了摇头，但他很快就从游戏里回过了神，盯着她消瘦的肩，下意识脱掉了外套，正要抬手的瞬间，他又愣住了。

好像，他从头到尾就不是什么温柔人设，怎么一见到她就觉得她可怜？

正想收回手，突如其来的一道力一把揪住了他的手。

季怀新错愕地盯着眼前人，只觉得一阵天旋地转，他整个人就飞了出去，转眼间已经摔在了地上。

十安一个帅气的收手，大拇指擦过鼻尖，得意地看着地上像王八一样趴着的人。

仰面躺在地上的季怀新一脸的错愕，眼珠子瞪得比铜铃还大，疼得迟迟没回过神，只是看着眼前忽然变大的一张脸，不是唐十安是谁？

"天啦，季医生你没事吧。"院子外，小护士惊呼着冲上来。

十安才反应过来，她震惊地张大了嘴，忙上手去帮忙。

季怀新在小护士的搀扶下站好，他撒气地挥开了十安的手，咬牙切齿道："别碰我！"

十安一脸尴尬："对不起啊，我习惯了扔沙包，刚刚你忽然出现……"

"谁家的沙包会动！"季怀新狠狠地咬了几下后槽牙，一手扶着腰一手抓起地上的白大褂就要离开。

十安自知理亏，尴尬地挠了挠耳朵，"那个，我扶你去找个医生看看吧。"

季怀新看她这副傻憨憨的样子，气不打一处来："要你扶我，我怕我活不过明天。"

他怀疑自己的腿骨折了,虽然对于一个医生来说,骨折不算大事,但是……刚露脸就被狠狠摔了一记,这脸是丢大发了。季怀新觉得自己有点生气,但是他又不知道到底是气她,还是气自己。

但她那一头湿漉漉的头发实在碍眼,"你在管别人之前,能不能先管好自己,穿湿衣服是想病了后博取同情?"

"那个……我能怎么补偿你吗?"十安低头看了眼自己的湿衣服,没怎么在意。

一根筋的她,在弥补错误时只能想到"补偿"二字。

但显然,季怀新不买账,瞪她一眼,"你放心,医药费不会便宜你的,等我看完医生再找你算账。"

说着话,他推开她,一瘸一拐地朝着住院部大楼走了去,小护士想上前去扶,也被他抬手拒绝了。

十安一脸的尴尬,只见他拐进了孟教授的原来的医生办公室。

"他该不会……"十安傻眼地看向小护士,"就是季医生吧?"

小护士奇怪地看她:"对啊,你还没见过季医生?"

十安顿时郁闷极了,想死的心都有了。

她怎么也没想到,自己这一摔,居然把唐三金的主治医生给摔了个狗吃屎。

第14章
再见何洛

十安原本想追上去询问季医生关于手术方案的事情,但被小护士拦下来了。

小护士十分小心地提醒着她:"我看你还是别这个时候上去自找麻烦了,季医生这人很记仇的,没准儿他会干出点什么让你后悔终生的事情。"

十安咽了咽口水。

小护士又说:"不过你放心好了,手术方案定下来后,季医生会主动跟你沟通的。"

十安又犹豫了,心里总觉得发毛,想问清楚什么叫"后悔终生"的事情。

正在这个节骨眼上,手机突兀地响了起来。

十安拿出手机一看,才发现是王保罗打来的电话。

王保罗得知她在医院后,不出十分钟就出现在了医院。

"不是让你别来医院了吗?"王保罗边数落她边催促她上车,"昨晚陈助理给我打过电话了,听说你答应小方总去参加《拳王赛》了?"

"嗯。"十安的情绪挺低落的,才说过要好好打拳,转头就答应方熙年去参加什么综艺节目。

她想解释,但王保罗却说道:"这节目的话,你应该是去做导师,不用打拳。反正禁赛的半年其实也没什么事,去参加节目没准儿还能找到几个好苗子，培养成接班人也好。"

知道他是安慰自己，十安没说什么，转开话题问他："今天去哪儿？"

"今天去拳馆熟悉一下，顺便挑选陪练。下午的时候，小方总应该会跟你单独聊聊。"

听他提及方熙年，十安想起，昨日方熙年说过来接她。

想起这茬，十安低头翻看手机，方熙年果然很早就发了微信来。

方熙年说有事情不能来接她了，语气中满是抱歉。

十安收起手机，没太在意这个插曲。她一直知道自己对方熙年来说不是第一重要的，被放鸽子也是常事。

RM俱乐部在市郊的一处四层联排大楼，王保罗刚停好车，就见方熙年的车也开进露天车库。

方熙年先从车上走了下来，绅士地要拉开副驾驶车门，但门从里面被推开了。

王保罗有些诧异，"她怎么也来了？小方总这是不知道媒体说你俩是宿敌吗？"

十安愣了一下，才抬头看到走在前面的方熙年和何洛。她可是Herra，碰见对手不迎难而上却要躲避，算什么大丈夫？

十安没接话，笑道："我正好缺个陪练，她在不正好合适吗？"

她昂了昂脑袋，推门下车，大步流星地朝着大楼走去。

在门口正好追上方熙年和何洛，四人相遇，也都愣了一下。

方熙年最先打破沉默，他平静地说："今天这么热闹。"看了看时间，又看向十安，"我以为你还要晚点才来。"

十安撇了撇嘴没回话，目光看向站在他身旁的何洛，一笑："何洛，你好。"

"唐十安，好久不见。"何洛还记得她，一部分是因为六年前的比赛。另一部分原因是，她和十安同是活跃在格斗舞台的佼佼者，不少人期待两人能来一场公开比赛呢。

"是啊,很久不见。"十安尽可能让自己的表情没有异样,看起来落落大方。

何洛上上下下地将她看了遍,啧啧发出了感叹:"你是怎么做到的,打了这么多年的拳头还是这么水灵啊。"

她的语气很是熟络,像是多年不见的老友。

十安微愣片刻,她不太擅长处理这种自来熟,有一瞬间的结巴,"还好吧。"

正说着话,一个穿全套运动装的男人走了出来,他笑呵呵地招呼:"小方总,何小姐,你们怎么站在门口不进来?"

来人是拳击馆的负责人周馆长,热情地招呼着大家往拳馆里走,刚进去,就听到了拳头撞击沙袋的声音,听起来不少人已经在训练了。

"听说何小姐今日要来,大家都热情高涨地想要讨教一二,上次何小姐来过后,他们提高不少积极性。这不,一直盼着呢。"

何洛爽朗一笑:"好啊,那我就跟他们练练。"

话落,她一个利落地起跳翻身上了八角笼,几个年轻人立即欢呼起来。

周馆长看得满心高兴,啧啧说道:"她一来,这群小崽子都不偷懒了。小方总,以后可要多请人来几次。"

方熙年点头,目光却看向十安:"俱乐部请了不少从省队下来的职业拳手,有不少好苗子,待会儿你也挑一挑,选几个做陪练。"

十安昂首看了一眼,不远处的何洛正轻松地跟一个年轻男子交手,出拳快且准,年轻男子满头大汗地节节败退。

十安一撇嘴,淡淡道:"我不要新手做陪练。"

这话成功引来周馆长的注意,起初就看到她了,只不过,还以为是小方总带着漂亮姑娘来视察工作呢,也就没将她当回事。

这会儿,周馆长才正眼看她,"这位小姐是?"

方熙年蹙眉,介绍道:"这位是我们俱乐部新签约的拳击手

087

Herra。"周馆长脸上一阵发热，混这个圈子的怎么会不知道"女拳王"Herra，世锦赛、拳王争霸赛没看过现场也看过直播的，只是没想到传说中的Herra是这么一个小身板的女人。

仔细看，她的脸上连被修饰过的痕迹都没有，干净得过分，头发也是随意地扎起，看上去就跟二十来岁的小姑娘差不多，这副样子很难让人看出她是个靠拳头吃饭的拳击手。

周馆长有一瞬的尴尬，不过很快便热情地伸出手，"Herra小姐，我负责整个拳击俱乐部，以后有什么事情都可以找我。"

"我叫唐十安。"十安神情淡淡，很快收回了手。

周馆长有点惊讶，摸着鼻子没说话。

方熙年目光扫过两人，最终落在十安脸上，问道："林赛教练也在俱乐部，陪你练习一段时间也不错。"

十安努了努嘴，指着台上的人，"最好的陪练，不是已经在那儿了吗？"

此时拳击台上的何洛接连打了几个拳头后，快速击退了那名年轻男子。

显然她也听到十安的话了，她收起了拳头，利落地一口咬住绷带想要解开，笑着看十安："好大的口气啊，想让我做陪练，那可要看你有没有这个本事了。"

十安一跃而上拳击台，与何洛面对面站着，她抬手看了看自己的拳头，笑了笑："有没有本事，试过就知道了。"

何洛没想到她是来真的，愣了片刻，下意识地抬起拳头，但两人拳头相触的同时，十安却忽然张开了五指，掌心一把包住了何洛并不弱的力道。

十安身体轻轻一晃，稳健地站着，笑道："有方熙年在，我哪敢跟你比啊。"

何洛看了一眼她身后的方熙年，也笑了出来，抬手，跟十安用力地交握了一下，"陪练是没空了，但如果要选人的话，我可以帮你看看。"

十安当然不会拒绝，"好啊，劳烦你了。"

"稍等，我先去整理一下。"

何洛一走，方熙年的脸一下就沉了下去，"你自己没有想法？"

言外之意，是她麻烦何洛了？

十安觉愣了下，忽然很识相地"哦"了一声，"那就别麻烦她了吧，知道你心疼。"

方熙年扭头看她，眼里明晃晃地写着不高兴。

"那我还是麻烦她？"十安笑问。

方熙年脸色煞白，从喉咙里叹了口气，却没有再解释。

何洛对俱乐部的人相当熟悉，她替十安选了一位跟她体形比例差不多的年轻男孩以及一位重量级比十安高出两个级别的女泰拳手。

"亦博是男拳手，天生比你迅猛，平时可以陪你练习速度。阿雅从小练泰拳，在国际赛事上也有过不错的成绩，虽然比你量级高，但这样更有利于你平时锻炼力量。"何洛客观地分析着。

十安点点头，觉得她说得有道理。

何洛继续说："还有最重要的一点，我看过阿雅的评估报告，她为你的比赛量身定制，有熟悉的感觉，上了拳击台你的心态会更好。"

十安刚想说点什么，何洛的手机响了起来。

何洛做了一个抱歉的手势，拿出手机一看，表情却沉了下去，她皱了皱眉，直接将电话挂断了。

"你觉得怎么样？"

十安看了她几眼，感激道："你挑得很好，比我还了解我自己。"

何洛一笑，自信道："当然，了解对手是我的特长。"

十安笑笑，没说话。

她也会分析对手，但对何洛这个阔别了六年的"宿命对手"，她一直没有准备好要去了解。

就像这么多年，她也不关注方熙年一样。

选完陪练，已经过饭点了，王保罗要去机场接丽莎父母，先行一步离开。

十安则跟着方熙年和何洛来到了会客室休息。

十安就着助理送来的茶水咕噜咕噜灌了两口，稍微缓解了一些脾胃的不适。

其实这个时间，她饿了，她没主动提及吃饭的事情，何洛就有一搭没一搭地聊着，好似在故意拖延时间。

十安没什么精神，敷衍了两句，倒是方熙年每一句都回答，格外认真。

就这样，一个小时又过去了，十安的肚子不争气地咕咕叫了两声，才终于打破了尴尬的氛围，方熙年也才想起来低头看时间。

"这个时间了，一起吃午饭吧。"方熙年从沙发上站起来，面无表情地从十安的肚子上扫过，最后落在了何洛脸上。

那边的何洛早就坐不住了，手机再次响起时，她猛地从沙发上站起来，"我还有点事，先走了。"

但刚转身，手就被方熙年拉住了。

何洛也愣了一下，诧异地看他。

方熙年微眯眼，"你在躲方映南？"

何洛脸青了，一点点将自己的手抽出来，依旧做出淡然的样子，"嗯，他说有要紧的事情跟我谈。"

方熙年似乎想到什么，偏头看她，"《拳王赛》的事情？"

何洛没说话，方熙年冷嗤了一声，压低了声音："既然躲了这么久，就躲到最后吧。"

只有熟悉的人，才会觉察到他压在心底的那份怒气已经濒临爆发边缘了。

何洛近距离感受到他的情绪，有点尴尬地笑了笑："我想去。"

方熙年触电一般，飞快收回了自己的手，他盯着何洛什么都没说。何洛深深地看了他一眼，沉默地拿起沙发上的包，头也没回就走出了休息室。

房间里短暂地沉默了，一种隐形的灰暗扑面而来，这间办公室有两面窗，一面对着楼下的拳击馆，一面则对着大楼外。

十安抬头看时，窗外乌云聚拢，正好笼罩在这个房间之上，让人有点喘不上气来。

她已经尽量让自己抽离这种低气压了，但方熙年还是精准地捕捉到了她默默缩回去的那只脚。他转头过来，幽幽地看她，白皙的指尖按着眉骨。

看表情，应该是很烦躁了。

看他心情差，十安忽然又有点舒服了，没心没肺地问道："午饭，你应该没心情吃了吧？"

方熙年侧头看她，不明白她葫芦里卖什么药。

十安咧开嘴笑，有些幸灾乐祸："我知道你没心情，也不想陪我吃饭，但你既然答应了做我的男朋友，就有义务陪我。但凡你有一点契约精神都不会说一个'不'字。"

方熙年沉默地抿了抿唇。

十安心情逐渐开朗，"说真的，我有点喜欢何洛了。"

方熙年看她。

十安望着他笑得很开心，"因为她可以让你心情不好。这样，也公平一点。"

就像，你总让我心情不好一样。

第15章
约会

餐厅是十安选的,是非常非常辣的湘菜馆,她特意在网上看了评论找来的。

在餐厅坐下后,她象征性地提了一句:"我记得你喜欢吃湘菜。"

方熙年脸色沉闷,说道:"我喜欢吃本地菜,根本不喜欢湘菜。"

但十安没搭理他,自顾自地招手让服务生来点菜。折腾一上午,她早就饿了,但忽然,一双修长有力的手抓住了平板电脑的另一头。

十安抬头就看到方熙年直愣愣地盯着她。

"我来点菜吧。"趁十安分神的间隙,他一把抽走了平板电脑。

十安头一次见他求生欲这么强,忍不住打量他,"怎么,怕我点的菜毒死你?"

方熙年抿唇解释说:"我知道你喜欢什么,但你不知道我的爱好。"

十安盯着他看了一会儿,看到他眼角那滴微弱的泪痣,忽然生出了一些难以言明的错觉。

这话,听上去,他是不是还挺委屈的?

方熙年出生在樊城,上高中时全家才搬来阳城,这么多年,他一直也没怎么习惯吃辣。

正是因为知道这些,十安才特意选了这家店。

她心情不好,就没想让他舒服。

十安撇撇嘴,有点意兴阑珊,"行啊,你点。"

方熙年很快下单了几个看似不辣的菜。

但饭吃到一半，他已经吃不下去了。

辣椒果然不适合长得好看的人，更加不适合假装绅士的伪君子，十安隔着桌子都感受到了方熙年的为难，明明还是初春的天气，他却出了一头的汗。

十安忍不住嗤笑："你陪我吃顿饭得多为难，吓得满头大汗。"

方熙年放下了筷子，什么都吃不下了，抬眼睨她，"那你跟我吃饭是不是很开心，笑得嘴都合不拢了。"

"谁嘴都合不拢了，我现在明明是一张厌世脸。"十安指了指自己的脸，"知道什么是厌世脸吗？就是看到你就讨厌的脸。"

方熙年笑了一下，好像她的反驳只是什么好笑的表演一样。

方熙年当然不知道自己有多讨厌，他没接茬，只是抽出纸巾来擦眼镜。

餐厅包厢里暖光的光晕落在他身上，自然而然就滋生出了些许令人心神荡漾的画面来。从十安的角度看，他摘掉眼镜露出了那蛊惑人心的双眼，此时眼梢泛着红，脸颊也微微红了。

这样的方熙年，让她想起六年前那个还是少年的他，尽管雍容清贵，但再高傲的性子也挡不住浑身散发的青葱气息，曾有几个瞬间，暖暖地钻入她的心间。

十安眼神黯淡，看着眼前的方熙年有一股说不清道不明的情绪。

方熙年注意到她的神色，只扫了一眼便伸手端起一杯水仰头喝了一口，估计是真的不太舒服，他一连喝了好几口，喉结也跟着滚动了两下。但水不解辣，他低头咳嗽了两声，用手背撑着嘴角。

十安见他样子狼狈，有一种总算扳回一局的感觉，幸灾乐祸地笑道："遭报应了吧。吃辣椒爽吗？"

"你看我这么狼狈，爽了吗？"方熙年反问。

十安挑眉，原来他知道她在故意整蛊他啊，她从鼻子里哼了一声："那你还挺伟大的，明知道我想看笑话，你就真的将自己扮作笑话来取悦我。"

方熙年的目光从她嘲讽的脸上扫过，很细微地笑了一声，"我配合你，你应该高兴，你怎么一脸恼羞成怒的样子？"

十安在心里咬牙切齿，高兴，她怎么能不高兴呢。

"那是你眼神不好，看不出我现在一脸兴奋的样子。"

方熙年没有继续跟她逗口舌之快，只是招手让服务员来买单。

十安还没吃饱，忙伸筷子再要夹菜，被他一把拦住。

"你是个运动员，不适合吃这么重口的菜。"

十安反驳道："偶尔一次两次没关系。"

方熙年手上依旧没松开，但也没说话。

十安气呼呼地看他好几眼，"你到底要干吗？"

方熙年幽幽地看她，"我辣得不想说话。"

十安这才注意到他的嘴，原本棱角分明的嘴唇此时被辣红了一圈，一张让人艳羡的禁欲脸此时除了那双眼睛还正常外，其他看上去都格外滑稽。

"噗……"

方熙年笑了一声："现在看出来了，你一脸兴奋的样子。看来我能让你开心。"

十安反应过来，立即收起笑意。

但抬眼，猝不及防地再次看到他嘴角的那一圈红，想到他长这么大，应该没被人这么取笑过的，越想她就越觉得好笑，但她不能再笑了。十安用力掐了掐自己的大腿，好半天才总算忍住了笑。

预料中的暴风雨却没有来，天空不知道什么时候放晴了，路上的行人都放缓了步伐，十安的心情也出奇地好了起来。

车子停在较远的停车场，两人要走过去。这一小段路上，方熙年的喉咙还是很不舒服，就连眼眶都红了好多。

十安手里拿着饭后甜品，时不时看他一眼，肩膀一颤一颤地在他眼前晃。

他很确定，她那颤抖的手是在憋笑。

"你还在笑？"方熙年无奈地扶额。

十安摇头，死不承认："没有啊，我是有原则的人，说了不笑你就不笑了。"

方熙年冷冷地看了她好几眼，他不想看她的笑脸，只能转移注意力，将目光落在了她手中的冰激凌上。

忽然，他鬼使神差地低头，一口咬掉了圆筒冰激凌最精华的部分。

十安的笑戛然而止。她愣愣地看着自己手中被咬得只剩下蛋卷筒的冰激凌，又看了看方熙年。

方熙年嘴里的辣味得到了一丝缓解，随后而来的是牙后槽传来的淡淡甜味，抚平了他满溢在胸口的涩痛。吞下喉间最后一点冰，他沉默了会儿，一如既往地用微笑面对她。

十安一看到他那张皮笑肉不笑的脸，气不打一处来，她猛地一巴掌摁着他的后脑勺，将最后剩下的冰激凌一股脑儿地往他嘴里塞。

"吃吃吃，给你吃，吃死你。"

方熙年还没反应过来就被喂了一嘴巴的冰凉，他下意识地张嘴缓气，十安一把捏住他的下巴，掌心整个将他的嘴封住。

"敢吐出来，我真的会打人。"

冰凉混杂着蛋卷筒的干涩被强行吞进了胃里，方熙年感觉自己的喉咙极其不舒服，但唇还贴在她温热的掌心窝，小旋涡中心的一小坨跟常年打拳的指关节不一样，没有老茧，甚至有一些奇异的柔软。

方熙年的气息像羽毛一样刷过掌心，十安感觉自己的手心有点痒，又有点热，忙松开了手。

十安尴尬地咳嗽了一声，"方熙年，你欠我一个冰激凌。"

方熙年也看了她一眼，目光自然就落在她泛红的耳垂上，他轻喘了口气，闷闷的声音从胸腔里发出："嗯。还你十个。"

说完，他低头去拿西装领口的格子方巾，像什么都没发生过一样。

十安见他拿方巾，目光一沉，"你嫌我脏？"

方熙年看了眼手心的方巾，又抬头看她，曜黑的瞳好像看穿了她，极小声地问道："我在你心里，就是这样的人？"

十安眸光深了深，"不然，你以为你在我心目中是什么圣人吗？"

十安笃定的眼神，让方熙年没来由地一怔。

他抬手，掌心悄悄地抚过有些酸涩的心口，好一会儿，才暗自叹了口气，转移话题道："下次你要动手之前，能不能温柔点？"

十安一看他的假笑就觉得烦，用力地扒拉了一把自己的脑袋，将头发弄得乱糟糟，恶狠狠地回答："我还不够温柔？想必你已经忘记了被暴打一顿是什么滋味。"

方熙年睫毛颤了颤，又一次想起了六年前遭遇的"毒打"。

他记得那会儿自己缠绷带缠了一周，就连去找她时，也是瘸着一条腿的。

其实十安很容易心软，他还记得，在动手的时候，她忽然哇哇大哭了起来，就好像被打的人是她一样。

那还是方熙年第一次听到她哭，在那之前，他还以为她的心有多硬，还以为她一辈子都是没心没肺的样子，但其实他想错了。

他和她之间，最先心软的人每次都是她。

不觉间，方熙年的嘴角就牵出了一抹笑意。

"你笑什么？"十安不解地看着方熙年。

方熙年脸上的笑意却越来越深，"我有点开心。"

但开心什么，他没解释，十安也没再问。

第16章
耍流氓

心情不错的方熙年主动提出来要送她回家。

十安的家在老街区，周边经常会有非法摊贩在夜幕时出现，所以这里的卫生环境也就不太好，满地都是垃圾。

夜深人静，路边几个醉鬼挡在大马路中央。方熙年皱起了眉头，但他不想惹事，只好将车停在人行道前，等那几人走远。

"这附近很危险，你没想过搬家吗？"方熙年敲着手指，奇怪地看向十安。

她撇嘴，不在意地撩起衣袖，亮出手臂上一小块肌肉，"怕什么，这些醉汉来十个都不是我对手。"

方熙年顺着视线，看到她弯起的臂弯，薄薄的外套里凸起一块像小兔子一样的肌肉块。

十安有点得意地捏了捏自己的肌肉，"看看，是不是很想在我有力的手臂上跳舞？"

方熙年轻哂，"你什么时候能有个女孩样？"

十安嘴角的笑意僵了僵，翻着白眼收起手臂："你不看新闻？没看我的拳迷都说我是拳击界的张曼玉？"

方熙年目光上下扫过她，像是在确定她跟张曼玉哪点像，好一会儿，无声地笑了笑。

他们没再继续这个话题，车子很快就在拳馆门口停了下来，借着微弱的灯光，方熙年抬头看了一眼那两层楼的拆迁危楼，一楼唐家拳馆大卷门上锈迹斑斑，就连悬挂在门框上的招牌都脱落了一边，只剩下一边险险悬挂着。他不由得想起上次在拳馆门口忽然坠落的窗户。

方熙年感觉自己的脖子有点凉，拦住了准备下车的十安，"其实公司有提供公寓给俱乐部的成员，如果你需要，我们也可以提出申请。"

十安有点意外，她也不是没想过换地方住，但一来是没钱，二来拳馆里的设备虽然大多无法用了，但总归是个闲暇时练拳的好去处。

"什么公寓，送给我的吗？"

方熙年点点头，"嗯，算是这个意思吧。运动员到年纪退役，房子也不用归还。"

十安一脸窃喜，"那你知道那房子值多少钱吗？"

方熙年确定自己刚才没看错，她看自己的眼神，有一种"这个冤大头真好看啊"的感觉。

方熙年微眯眼，张口道："不低于两百万吧。"

十安一把扶住他的肩，语气有点激动："真的？你不会骗我吧。"

一股淡淡的水果香不期然地灌入鼻息间，方熙年抿起唇角，眉眼也跟着弯了弯，"我什么时候骗过你？"

十安愣了愣，看着他认真的眼，心蓦地一沉。

方熙年确实没骗过她，认为他是粉丝的事情是自己误会了。后来，她告白，他也很确定地告诉自己有喜欢的人了，没有骗过她。

想到这里，十安收回握住他肩膀的手，她咧开嘴角露出一个谄媚又很不走心的笑容，"那……我能不能折现啊？"

方熙年摸了摸自己的耳朵，怀疑自己听错了。

十安挺尴尬，"你看，你们买房子也是花钱，折现给我，还可以打个八折。这样，你们是不是还能省下一笔？"

但她殷切的目光从来没这么真实过，仔细看的话，还能发现眼里冒出来的星星，嗯，带着人民币的那种星星。

方熙年想了想，还是决定告诉她实情："RM地产还有空置的楼盘，公司没有折现一说。"

"啊。"十安有些失望,"这样的话,那就算了吧。"

其实她也觉得有点不好意思,哪有人白送房子的。

得知真相后,欣喜和激动早已经烟消云散,十安立即跟霜打的茄子一样没了精神,她慢吞吞地解着安全带,大有一副翻脸不认人的意思。

方熙年皱眉睨她,"你很缺钱吗?"

这些年她打了不少比赛,身家不菲,怎么会缺钱?

十安半个身体已经踏出了车外,明显不想深谈的样子,"这世上还有不缺钱的人?穷人千千万万,我只是其中之一。"

方熙年看着她半跨出去的脚凝眉。

十安立即惊喜地捧着脸,目光炯炯地看他,"还有商量的余地?"

方熙年抿唇,说:"明天下午我来接你。"

十安脸色一暗,摆手道:"不用麻烦你了,保罗师兄会来接我。"

方熙年笑着说:"身为你的男朋友,这些事情是我应该做的。"

十安默然,想起今天在门口撞见他和何洛的事情,用脚指头想,也知道他是因为何洛才放自己鸽子的,她嗤笑了一声,"那你明天还会放我鸽子吗?"

方熙年一愣,似乎也想起今天的事情。

两人都陷入了尴尬的境地,空气凝固了好一会儿,方熙年才轻轻叹了口气,伸手拿出手机翻到微信朋友圈界面,递到她面前。

十安的朋友圈只有一条横线,这种情况,只有两种可能,要么是她没有开通朋友圈,要么是屏蔽了他。

看十安此时一脸被当场抓包的样子,方熙年知道自己的猜测八九不离十。

他不着痕迹地蹙起了眉,"那你为什么要屏蔽我?"

这世上最尴尬的事情无非就是被当场抓包,而比这个更尴尬的是抓包者是个钢铁直男,还非要当面问个究竟。

十安嘴唇动了动，没说话。

方熙年盯着她看了一会儿，叹口气收回手机，"你上去吧，天黑了。"

说完，也没等十安再开口，他探身将车门拉上，启动车子离开了这令人窒息的地方。

十安站在原地，看着他的车子走远，她犹豫了一下，还是拿出手机点开了自己的微信界面，将方熙年从屏蔽名单里放了出来。

她想，自己可是大气的女拳王，什么风浪没见过，才懒得跟小气鬼一般见识。

回到家里时，已经是深夜了。

方熙年将西装外套随意地扔在了沙发上，扯开领带，刚拿出手机就听到微信连续弹出几条消息，都是十安发来的。

他把手机拿到耳边，十安气急败坏的声音传来："朋友圈我不屏蔽你了，我放你出来不为别的，就是不想跟你一样小气。没见过你这么小气的，我还没怪你呢，你倒反过来怪我了。"

似乎觉得不解气，她连发了好几条，都在数落他小气不是男人。

方熙年一条一条听完了，失笑着打字回复："我们谈恋爱时间短，我是不是男人这件事，你不应该深入了解我一下再下定论？"

消息发出去，果然石沉大海，十安偃旗息鼓没有再发消息。

方熙年无声笑了笑，退出微信。

他拿着手机抵着下巴想了想，还是给陈鸿宇打了电话。

"老板，您有什么吩咐？"陈鸿宇很快接起电话。

方熙年疲惫地揉着眉心，目光一直停留在矮几上关于Herra的训练企划书上："我记得签约的运动员，原来有赠送宿舍的政策。"

陈鸿宇似乎没想到他会过问这件事，有点犹豫："您上次说要缩减福利后，我已经向总部提交撤销申请了。"

方老爷子是出了名的体育狂，当初成立RM体育的原因也正是因为他的一腔热忱。这些年，公司对签约运动员很慷慨，有不少福利政策，但同时也导致了恶果，那些跟着老爷子打拼退下来的老功臣最后都被塞进了RM体育养老。

总之，方熙年接手的RM体育千疮百孔，毫无生气。为了尽快让俱乐部正常运作，他在接手第一天，就将诸多费钱的福利砍掉了。

陈鸿宇早早就将申请提交给了总部，按照计划，明天应该就会审批下来。

"您是有别的安排，需要我追回来吗？"陈鸿宇主动询问。

"算了。你去为Herra找一套安静的房子，资金就记在我名下。"

陈鸿宇的心咯噔了一下，方家虽然做着大企业，方老爷子也是富豪榜的常客，但方家人没有废物，股权还没完全分下来时，方家的小辈们都在子公司各司其职，拿的也是年薪。

其实做RM体育的CEO，年薪也就一套房子的价格。

方熙年当然不会缺钱，但这么大手笔，也不是随便就能拿出来的，更何况，还是送人。

但这不是助理应该过问的事情，陈鸿宇没敢耽搁，挂了电话就开始处理这件事。

半夜，十安缩在被窝里，翻来覆去地睡不着。

她又拿出枕头下的手机，翻到方熙年回的那条消息，十几个方块字她都认识，凑在一块也懂是什么意思，但她就是不明白，为什么方熙年这么不会抓重点，阅读理解是体育老师教的？

她那话的重点是在说他不是男人吗？

她明明是在嫌弃他小气，不够爷们儿。什么恋爱时间短，深入了解一下？都哪儿跟哪儿啊？

换个人来说这句话，她都不会多想，但方熙年这人阴阳怪气，最会话中话这事儿。

十安感觉自己的脸烧得不行，虽然他好像也没说什么，但看着那些文字，莫名有点羞耻。

她捏着手机想，怎么也该扳回一局。

但两个小时过去了，她什么优势也没了，这会儿假装才看到消息，回什么都容易引起误会，除非比他还不要脸。

不就是耍流氓吗，她又不是不会！

思及此，十安从床上坐起来，捧着手机指尖一字一字地敲着文字："深入了解？去酒店的钱，俱乐部走账报销？"

发完消息，十安冷笑着扔开手机，再次埋进被子里，安静了一会儿后，床上的十安才发出烦躁的哀号声，在床上用力蹬了几下被子才平静下来。

方熙年是起床喝水的时候看到十安的消息的，指尖刚刚划开屏幕一口水就堵在了喉间，呛得他连咳了几声才缓过神。

他退出去又回到微信界面，确认了几次，才肯定自己没看错。

收起手机，躺在床上，脑海里总是不听使唤地冒出她说这句话时的样子来，应该是气急败坏的，又或者是满脸讽刺的。

她总这样，明明他们可以有许多种相处方式，但偏偏她总是选择用互相伤害来应对，每次都伤敌一千自损八百。

第17章
吃撑了

天还没亮时，十安匆匆赶到医院，一进门她就被护士带去了季怀新的办公室。

原本她还以为唐三金出了什么事情，有点担忧，但进了办公室，一眼就看到季怀新左手和左腿打着石膏，唯一能动的右手正艰难地握着鼠标。

十安莫名心虚，她还没来得及表达歉意，就见季怀新面无表情地将一张医疗单推到了眼前，"这是医疗费以及算上我这几天的误工费，一共是一万九千七百五十二块三毛钱，零头三毛钱我给你抹掉了，其他的，你找个时间转给我吧。"

十安拿着那张医疗单，还有点蒙，再低头看单子上写的数字，脑袋轰的一下开始运转了。

不就是骨折，医药费这么贵？

十安怀疑地看了几眼办公桌后的季怀新，石膏打在了小腿和左手臂上，腰部还戴着固定器。看这惨样，是应该要花点钱的。

但谁的钱也不是大风刮来的，她本着一分一厘都要清清白白的原则，还是掰着手指头算了算。

季怀新用手指敲了敲桌面，冷着脸看她，"唐小姐该不会想赖账吧？"

十安尴尬地摸鼻子，"怎么会，我可不是那种人。"

季怀新满意地点头，伸手将抽屉里的计算器递给她，"那行，你慢慢算，等你算完我们再聊后续赔偿的问题。"

十安一听这话就炸了："怎么还有赔偿啊？不是都赔钱了吗？"

季怀新鼻子里冷哼了一声，淡漠地瞥她一眼，将胸前的名牌抖了抖，"看见了吗？我可是救死扶伤的医生，我这双手值多少钱，你心里没数？"

十安无语，"不是已经算了误工费吗？"

季怀新冷笑，"你以为那点误工费就能抵得上无数条人命了？"

这话言重了吧，哪有那么多人命需要他救。

可十安也不好再反驳，她张了张嘴，放软了身段，"那你想怎么样嘛。"

看她乖乖妥协，季怀新的嘴角总算勾了勾，他昂着脖子用打着石膏的手戳了一下面前的保温杯，"先去给我倒杯水吧。"

十安还没说话，他又努了努嘴，"哦，我要35度左右的热水，不能太烫也不能太凉。"

十安盯着他看了好一会儿，没说话，只是无比确认这是一张欠揍的脸。

季怀新似乎没有看到她一样，继续提要求："我还没吃早餐，你顺便去食堂帮我买点吧。哦对了，我最近的早午晚餐可能都要你照料了，我这腿走路不太方便。"

十安将手指掰得嘎嘣嘎嘣响，她从牙缝中迸出一句话来："护士不能帮你？"

"医院的每个病人都需要她们，你以为像你每天没事就往医院跑？"季怀新丝毫没有害怕的样子，目光轻飘飘地扫过她掰得作响的手，扬了扬唐三金的病历本，叹气道，"你要不想去也可以……"

十安吸了口气，打断他："我去，你还需要什么？"

季怀新满意地笑了笑，拧着眉头认真思索了一番后，摇了摇头，"没了。我八点之前要吃早餐，晚了病人就来了。"

十安头疼，但毕竟是她有错在先，而且唐三金的命还捏在他手上。她咬了咬牙，最终还是没跟他一般见识，扭头去了食堂。

排队买了早餐打了热水，十安回来时还是晚了，办公室门口已经聚集了不少病患家属，她进不去，只能透着缝隙朝里面看。季怀新这会儿穿着白大褂，戴着口罩，正气势汹汹地跟一个病人说着什么，那病人低着头，不敢搭腔。

十安抽了抽嘴角，心想，这早餐肯定是送不进去了，于是她找了个护士帮忙，小护士一听早餐是季医生的便百般推脱，十安好说歹说才说服了她。

没什么事的十安想去看看唐三金，人还没走到病房门口，手机就响了起来。

"你在哪里？我去接你。"方熙年的声音从听筒里传来，"我在你家楼下，朝窗户扔了石头，你没反应。"

十安听到他提及石头，微愣了片刻。

想起以前方熙年来找她，为了不让唐三金发现，他们设定暗号，敲三下是有东西要给她，扔小石头是想让她下楼见面。

十安捏着电话的手蓦地一紧，看了一眼走廊，才说："我在外面吃早饭。"

收起电话，十安将医院外早餐店的地址发给了方熙年，发完之后，她就去早餐铺点了一份葱油饼和豆浆，坐在门口的小凳子上等着方熙年来。

方熙年还是开着那辆黑色的宾利车，一身精英范儿地走进了破旧不堪的早餐铺。他倒是没嫌弃，一眼就看到门边的十安，一屁股坐在她面前。

豆浆和葱油饼还冒着腾腾热气，刚出锅的。

方熙年奇怪地看着眼前的豆浆："给我的？"

十安不置可否地点头，她吃过早餐了，也吃不下。

方熙年抬手拿汤匙，但始终没有低头喝，探究的目光一直盯着她看。

十安有点生气了，撇嘴道："没下毒。你不吃我自己吃了。"说着就要将他的豆浆搬到自己眼前来，但刚伸手就被方熙年按住了。

方熙年将她的手拿开，端起豆浆浅抿了一口。

豆浆没加糖，味道有点涩。

"这算是男朋友福利吗？"

十安愣了一下，"福利"两个字冷不丁让她想起昨天晚上那条微信，她的脸蓦地一红，"你瞎说什么？"

方熙年目光扫过她的脸，轻描淡写地一笑，"我是指早餐。你想哪儿去了。"

十安尴尬地别开脸，耳朵却红得滴血。

方熙年垂下眼睑，搅动着豆浆，轻声道："其实我很意外，你会给我买早餐。"

又来了。

十安无奈地看他，她鼓着腮帮子，有点烦躁地瞪他，"不吃就走。"

方熙年没再说什么，低头咬了两口葱油饼，细细地咀嚼着。不过就是喝个豆浆而已，他倒是吃出了一副皇家早餐的优雅感来。

十安撑着下巴，不耐烦地刷着手机，游戏里的小垃圾还没捡，她顺手去捡了。

方熙年没有让她等太久，吃饱喝足，拿出手帕擦拭着嘴，他打量了一番四周，不知为何笑了。

"你笑什么？"十安正好收起手机，一抬头就看到他的笑脸。

"我在想，你为什么要在距离你家六公里的地方吃早餐，是这家早餐的味道很特别吗？"

十安脸上有一闪而过的尴尬，"上次试过后觉得味道不错，我早上起来跑步，就跑到这边来了。"

"是吗，那你还挺特别的，穿着拖鞋出来跑了六公里。"方熙年的目光从她的脚上移到了脸上，看到了身后医院的大招牌。

十安一时找不到话答，不过好在方熙年也没有为难她。

"你不想说没关系。"方熙年起身准备离开，他站起来，目光又扫过医院大楼，"如果有什么困难，你可以跟我说。"

说着，方熙年从衣服口袋里拿出现金递给了老板，他不太习惯用手机支付。

但老板也很久没收过现金了,看着一百元一时半会儿也找不到零钱。十安见状,叹了口气,上前就将一百元塞回了方熙年手里。

"一顿早饭而已,我请得起。"十安嘟囔着,拿出手机付钱。

方熙年看了看手心的钱,又看了眼认真操作微信支付的十安,笑了笑,将钱收进了手心。

十安刚回国,还不会用刷脸支付,输入密码的时候想起方熙年在身后,她还特意侧开身体,用手挡住了键盘,才开始输入密码。

方熙年看着她防贼的模样,没好气地笑了笑。

方熙年心情不错,黑人女歌手舒缓的歌声从音响里响起,车子平稳地在路上行驶着。

昏昏欲睡中,十安听见手机响了。

她抓起手机划开屏幕,才发现是一条好友申请,备注是神经内科副主任医师季医生。

十安脸色一变,手机差点滑落,她哆嗦着打开微信,暗自咬着牙,最终还是通过了验证。

方熙年开着车,余光瞄到她这一系列的动作,唇角抿成一条线,表情淡淡。

十安像有什么秘密怕被发现似的,假装不经意地侧过身体,手机也拿远了一些,她通过季怀新的微信好友申请后,第一件事就是飞快地打字,想真诚地解释一下自己为什么没有一直待在医院。但她滔滔不绝的"请假论文"还没写完,季怀新就发了一张图片过来。

是她让小护士带去的早餐——两颗鸡蛋和一杯不加糖的豆浆,下面是季怀新的文字消息。

"就这?你是舍不得钱,还是舍不得让我吃太饱?"

十安一看这文字,就想到早上季怀新跋扈的样子。

她在心里骂了一句脏话,正想删掉"请假论文"破口大骂,又一条消息发了过来,居然还是一条长达三十秒的语音消息。

十安心想,这人不至于发这么长的语音来质问她买的早餐寒酸吧?

没多想,十安就直接点开了语音,悦耳的男声忽然在车厢里响起:"谢谢你的早餐,虽然我……"

车头猛地向前倾,一个急刹车,十安只觉得眼前一黑,脑门直接磕在了车上。

"嘭",脆生生的一声响,手机也滚到了车座底下。

十安揉着发青的额头,正要愤怒斥责方熙年怎么开车的,一双微凉的手盖住了她的额头,轻揉着隐隐作痛的地方。

十安的身体瞬间绷紧。她匆匆抬起头,正好与方熙年看似平和但幽深的目光对上。

"很痛?"方熙年忽然问她。

十安回过神,一把拍开他的手,愤怒道:"你怎么开车的啊?"

十安这才发现,他刚刚将车靠路边停下了。

方熙年柔和的脸沉了下来,声音冷硬:"早餐吃撑了,分神。"

这话听着怎么这么刺耳?

十安不确定他是不是在闹脾气,想看清楚一些,但转眼再看,他的眸光里什么都没有,表情也很平静,像是两个邻居相遇,随口闲扯那样平静。

十安翻了个白眼,额角的疼痛再次袭来,她"嘶"了一声。

方熙年蹙眉,立即抽出了西装上衣的方巾,揉成一团按在了她的脑门上,方巾的布料轻柔,拂过额头时像棉花一样软,让人有片刻的失神。

但十安才不是那种被这么两下温柔举动就搞迷糊的小姑娘,她忽然间想起什么来,一把捏住了方熙年的手腕,"你干吗,不知道淤青越揉越严重吗?"

方熙年垂下眼睑,抽出自己的手,表情淡淡,"知道。"

知道你还揉?

她感觉自己最近的脾气有点好,居然没有动手打人。

可能因为他是金主爸爸吧……毕竟，不能向人妥协，也要向钱妥协。

十安没再说话，车内持续安静了一会儿，连续响起两声微信提示音，她才想起自己的手机还在椅子下，正想弯腰去捡，但方熙年比她手长，一探身就将手机拿了出来。

方熙年将手机递给十安，语气淡漠，"回消息吧，别让人等。"

说完，他转头重新启动车子。

车子再次平稳地在柏油马路上行驶，十安拿着手机，盯着他看了好一会儿，又一次在心里确定，这也是一张欠揍的脸。她都记下来了，留着秋后算账。

这么想着，十安心不在焉地再次划开微信。

新消息不是季医生发来的，只是王保罗询问她跟工作有关的事情，她快速回复后，再次点开季怀新的对话框，就听见方熙年的声音响起："很着急的话，我把车停一边。"

这又是哪一出？现在不忽然刹车，改提前预告了？

十安捧着手机，奇怪地看他，"为什么要停车？"

方熙年掀了掀眼皮，握着方向盘的五指渐收，"我看你回消息很急，车里打字不方便。"

这是什么逻辑？苏格拉底都没你会。

十安盯着他，半天没说出话来。

方熙年垂下眼眸，"是什么重要的人，你还给他带早餐？"他似有若无地勾了勾嘴角，"你向来没这么细心。"

十安眉梢微挑，心里怎么想都有点不是滋味，他该不会就因为这才故意让她的脑袋被撞青？

她越想越气，不满地嘟起嘴，"我不也请你吃早餐了，你一个大男人这么计较干什么！"

方熙年噎了一下，侧头看她。

他只觉得胸闷，短促地吸了口气后，沉下脸，却也没再接茬。

第18章
分手费

安静的RM集团总部会议室里，十安和方熙年到的时候，王保罗和陈鸿宇已经等在会议桌前了。

今天是来洽谈《拳王赛》录制合同的。

王保罗早早就准备去十安家接人，却不想刚到路上就听说她已经出门了，他本来还挺纳闷，向来生活不能自理的唐十安什么时候学会自己打车了。

这会儿，见她跟方熙年一起进来，王保罗挑了挑眉，心中的费解更甚。

但他还来不及打探情况，方映南就顶着一张带着五指印的脸出现在门口。

他倚着门，乐呵呵地跟大家打招呼："来得挺齐全的啊。"

这话是看着方熙年说的。

方熙年神情淡淡地从他的脸上扫过，没说什么，伸手问："合同带来了吗？"

方映南无趣地翻了个白眼，"急什么啊，人家唐小姐第一次来总部，我应该尽一尽地主之谊才是。"

说着，他扭头来笑嘻嘻地看向十安，"唐小姐，我带你转转？"

十安觉得他有点眼熟，想了好一会儿才想起来在发布会上见过。

原来他就是方熙年的哥哥。十安没什么兴趣，直接回绝："不了，谢谢。"

说罢，她好奇地看了一眼他那张被打得通红的脸。

这熟悉的配方，应该是个比她脾气还不好的人干的，她似乎猜到是谁的杰作了。

方熙年心里更清楚，这一巴掌除了何洛别人也干不出来。

其实，方映南跟何洛产生分歧也是跟合同有关。

何洛原本只是看在老爷子的面上答应他出席两期节目，但方映南怎么肯轻易放过她。

一大早，何洛看过合同后就知道自己被骗了，所以单独跟方映南"谈了一会儿"。

不过，方映南脸皮厚，虽然在何洛那里挨了揍，但工作的时候还是摆出了一副总裁该有的架势。

见十安跟方熙年一样无趣，方映南也没什么开玩笑的兴致了。

陈鸿宇将合同给每人都发了一份。

十安拿着合同，随手翻了几下就没什么兴趣看了。合同的事，向来是王保罗在把关。

而且，这次参加《拳王赛》，她本来就是被迫为之，也没什么好纠结的。

十安很痛快地签了字，半点要求都没提。

对于十安没提补偿要求这件事，方映南很意外。虽然RM集团财大气粗，但毕竟是生意人，能省一笔是一笔。

方映南满意地收起合同，笑得合不拢嘴，"唐小姐真是敞亮人！"

可方熙年却清楚地看见了坐在他对面的十安脸色有多难看，神情有多后悔。

什么敞亮，都是装的，十安心里早就滴血了。

早知道让方熙年做自己男朋友这么伤钱，她就是打死也不能同意。

可说出去的话，就跟泼出去的水一样，覆水难收啊。

这会儿，被方映南这么一夸，十安的表情就更难看了，但在人前也只能豪横地摆手，"嗨，没多敞亮，就是热爱上节目而已！"

方熙年笑出了声音。

笑声成功让十安更尴尬了，她抓了抓后脑勺，有点不高兴地看方熙年，"我很好笑？"

经她提醒，众人也都纷纷看向方熙年。

方映南是最了解自己这位弟弟的，别看他平日里搞得多么绅士，其实骨子里比谁都冷漠。从小就是个假笑男孩，什么时候真诚笑过？

笑声还这么爽朗——不会是中邪了吧？

方映南刚想问清楚，就听见弟弟眉眼弯弯地回了一句："没笑你。"

谁信啊？

反正十安是不信的，她撇嘴瞪他一眼，看向方映南，问道："没别的事情了吧？那我先走了。"

方映南刚反应过来，点头道："没事了，先走吧。"

十安正要起身，方熙年忽然将一个信封推到了她面前。

"给你的。"

十安低头看信封，愣了愣，又看了他一眼，才狐疑地伸手抓起信封拆开。

信封里倒出来一把钥匙和一张物业登记卡。

十安拿着钥匙震惊地看他，"你该不会真的送我房子吧？"

方熙年"嗯"了一声："有什么问题吗？"

十安见他一副"老子有钱，老子不在意一套房子"的神情，一时之间竟然有点不知道说什么好。

讲道理，如果这真的是俱乐部福利，她也不会扭捏矫情，他硬要给，她收了也就收了。

但其实那天晚上后，她问过王保罗，原来RM俱乐部确实有赠送运动员宿舍的福利，但这福利已经取消了，不然当初早就写在合同里了。

方熙年这房子，来历不明不说，其背后的目的也很难说清楚。

她前脚刚逼着他跟自己交往，后脚他就送来一套房子，除了分手费，她想不出任何别的理由。

"那我还是不要了吧，你们给有需要的人吧。"

乍听见十安说不要，众人看她的眼神都充满了同情，还真是好久没见过这么有"骨气"的人了。

王保罗差点扔掉手里的水杯，"不、不是，你再考虑考虑？"

十安撇了撇嘴，笃定道："没什么好考虑的，我清楚自己在做什么。"

王保罗想死的心都有了，恨不得直接拿封条封住她的嘴。

方熙年也蹙起了眉，他深深地看她，不是很明白，"为什么不要？"

十安沉吟片刻，也看他一眼，有点泄气地说："方熙年，我们单独聊聊。"

方熙年抬头看她，拧着眉沉默了好一会儿，点点头，转头示意其他人先出去。

想看八卦的几人在他冰冷的眼神下，不得不退了出去。

只剩下两人的会议室陷入了短暂的沉默。

十安坐在办公椅上，只觉得脑袋嗡嗡地响着，她悄悄看了一眼方熙年，方熙年也在看她，给了她一个鼓励的眼神，示意她有什么话就放心说。

十安抬手揉了揉自己的后脑勺。通常她比较为难时会做点小动作。

方熙年勾唇笑了笑，没说话，又看了她一眼，"你想跟我说什么？"

十安想不明白，方熙年的目的是什么。

他的确可以对她很好，甚至也可以像对待亲人一样护着她。

但损害自身利益？这不是他的为人。

她长长吸了口气，鼓起勇气打破了沉寂："你该不会看我住的地方太破，可怜我打发叫花子吧？"

方熙年的思绪成功被她带偏，"你见过有人打发叫花子这么大手笔的？"

十安也愣了一下，她有点难为情地抓了抓后脑勺，"那你是什么意思？这房子给我既不能折现，又不能卖掉，我留着白欠你一个人情？"

方熙年笑了笑，才回过神来，原来她在意的是这个，"房子可以卖掉，"他又想起什么来似的，"在你亟须用钱的时候。现在应该没那么紧迫吧。"

十安蒙了一瞬，她很怀疑自己是不是听错了。

这怎么跟上次说的不一样，他不是说过那是只属于终身制会员的免费住宅吗？

方熙年这么抠门的人，忽然这么大方，好让人害怕啊。

十安又抓了一把脑袋，脸涨得通红，舔了舔干涩的嘴角又问："那你这是要给我分手费吗？"

方熙年没想她会这么问，明显怔了一下。

其实他对跟唐十安谈恋爱这件事，没什么太大的感觉，就像是个玩笑，只是多了一些偶尔逗她的话题。忽然听她这么问，他才意识到两个人跟以前不一样了。

方熙年坐回椅子里，手指无意识地敲击着桌面，迟迟没有回答这个问题。

他莫名想起吃早餐的时候，唐十安积极付钱的样子。

她不想欠他的，不管他给她什么，她总想为这种示好找点理由。

方熙年好看的指尖停顿在了桌面，他侧目去看十安，"如果你非要找一个理由的话，你可以这么理解……"

话还没说完，十安就迫不及待地打断他："不需要，我说过节目录制结束后我们银货两讫，你不欠我什么。"

因为他的沉默，她早就在心里认定了他就是要给她"分手费"的事实。

十安又是那种面子占上风的人，她不允许这种丢脸的事由方熙年率先提出来。可是她也确实没钱反手扔给他百来万，像个不缺男人的富婆那样羞辱他。

所以，她也只能表现得像纯情少女一样，什么都不图，什么都不要。

如果非说她要图他什么的话——

十安盯着方熙年的脸看了好一阵，想当初，如果不是他长得好看，她也不至于隔着老远一眼就能看到人群中的他。

如果不是那一眼，她的人生也不至于这样。

方熙年见她出神，张口说了什么。

但十安压根儿没在听，只觉得那张自带柔光的嘴一直动个不停。

她想，早晚有一天，她要堵住那张讨人厌的嘴。

眼睛这么看着，心里也蠢蠢欲动。

十安忽然抬头，双眼闪烁着红光，死死盯着他，"方熙年。"

方熙年诧异地回视她，不明白她为什么忽然喊他名字。她半晌没反应，他便"嗯"了一声。

十安抓着桌子站了起来，她一步一步靠近他，眼神闪烁着，"如果你觉得欠了我什么的话，就用别的还吧。"

方熙年垂眸看她。

十安不知何时已经将他抵在了半人高的会议桌之间，他微愣，忽然她反手摁住了他的手，猛地一低头，牙关就撞向那片天生泛红的唇角。

关于接吻，十安只偶尔在电视剧里看到过，没什么实战经验。

但此刻的愤怒，让她本能地报复性撕咬，牙齿磕到嘴角渗出了血迹，口里尝到了甜腻的腥味，她才撑着桌面退了回来。

她终于出气了，但这种感受并没有很好。

因为她看见方熙年如墨的瞳孔里倒映出她狼狈的样子。

她抬手抹掉嘴角上的触感，勾起嘲讽的笑意，"以前我那么想要，现在试过了好像也不过如此。"

方熙年渐渐回过神，乌黑深邃的眸光里泛着危险的光，不错地盯着她。

十安不期然和他的目光对上,她能清楚看到他眼睛里被长睫毛盖住的似笑非笑。

她微愣,原以为他应该愤怒的。

忽然十安有点慌了,故作轻松地耸肩一笑,"既然你这么想摆脱我,就这样吧。"

方熙年放在桌面上的手微微弯曲,他看着她,不知该笑还是该恼。

他不说话,十安只觉得,整个会议室的空气都变得稀薄了,她有点呼吸困难。

方熙年几不可闻地叹了口气:"不是分手费,也不是可怜你。"

十安不解地看他。

方熙年抬了抬眉梢,"你不是说不想参加节目浪费精力吗,房子只是替代钱的补偿。"

第19章
沉迷

十安无地自容，满脸通红地看了方熙年一眼，两眼，三眼……

"所以，你刚才……"方熙年指了指自己的嘴，笑道，"是因为害怕我跟你提分手，才不想接受？"

十安此时恨不得找个地洞钻进去，没有地洞就只能欲盖弥彰地背过身用后脑勺示人。

十安声音闷闷的，"嗯。"

方熙年笑了一瞬，目光落到她发红的耳根上。她背对着他，他只能看到她蹙起来的鼻尖，小小的，倒也很可爱。

他伸手，从背后揪了揪她的衣摆。

十安背脊一僵，声音颤巍巍的："干吗？"

方熙年嘴角一弯，偏头看她，"原来你真的觉得我们在谈恋爱。"

"不然你以为我在陪你玩过家家，我看起来很幼稚？"十安上一秒还有点害羞，这一秒额角的青筋已经暴出来了。

刚刚的吻，原本她还带着一点报复的小情绪，但现在，她很清楚自己的心脏被方熙年亲手摁住了，导致她只能长久地屏住呼吸。

但她还是怀疑心底的破碎声，也被他听见了。

为了掩饰，她只能放大音量来掩盖，"方熙年，你什么时候才能做个人。"

方熙年很轻地叹了口气，语气既温柔又委屈："那你还每天对我恶语相向、横眉冷对？"

方熙年成功堵住了十安想反驳的话。

十安愣了愣，也有点蒙了，"那应该要怎么谈？"

她没谈过恋爱，确实不知道应该怎么做才对。

方熙年拉住了她的手，指尖在她掌心轻柔地捏了捏，没等她反应，五指穿过她的指缝，与她十指相扣。

"那你跟着我的步伐来，我教你。"他顿了顿，又抬手将她额前的碎发抚开，露出漆黑的眸子，"牵手、整夜睡不着地想念对方，因为一句情话脸红心跳。这些，我们都试试。"

那试过之后呢？

十安想问，但手掌传来的触感，让她的心狂跳，难以抑制。

最终她还是没能问出口。

十安面无表情地拉开门，贴着耳朵在门边偷听的方映南和王保罗差点没站稳，踉跄了一步。

但两位吃瓜群众默契地互相扶着对方，摆出一副无关己事的样子。

王保罗用手做风扇状，讪讪道："那个什么，两位方总，我们就先告辞了。"

说着，他拖着十安的手就进了电梯，也没管别人是不是也要上。

电梯门一关，十安就垂下僵直的肩靠在墙壁上无声地大口喘气。

她觉得自己真的没出息，方熙年随便撩拨两下，居然就控制不住地腿软。啊，好害羞啊！哎，脸好烫啊。

忽然，一只冰凉的手落在额头上，惊得十安猛地退了一步。

"你干吗？"

王保罗收回手，"你生病了？"

王保罗似笑非笑，视线意有所指地扫过她的嘴角。

她没涂口红，没有奇怪的颜色，但就是莫名其妙觉得好像……刚刚在办公室里发生了什么激烈的事情。

十安注意到他的眼神,此地无银三百两地捂了捂嘴。

"小方总就是你的那个黑粉吧?"王保罗果不其然哼笑了一声,"你的人生里也就黑粉这么一个男人,很好猜的好吗?"

十安没否认了,咂巴了两下嘴,有点羞怯地挠了挠后脑勺,"不过,你都看出来了,我是不是表现得太过了?我这样的女孩子,应该不招人喜欢吧?"

看着十安小心翼翼的模样,王保罗猝不及防地愣了片刻。

有点不适应的王保罗明显变了脸色。但是他想,孩子头一次动心,得呵护。

这么一想,他代入感就特别强,当即撸起了袖子。

"方熙年敢不喜欢你?我得去把他打成残疾任你为所欲为!"

"别,你别。"十安连忙拉住他,"我又不是土匪要抢压寨老公,你斯文点。"

斯文?这下轮到王保罗急了,"完了完了,看来你是真的被男色迷惑了。"

"什么就叫我被迷惑了,就不能是他喜欢我喜欢得要死吗?"

她话音刚落,王保罗就扑哧一声笑了出来,他很不给面子地扫了她几眼,露出怀疑的眼神。

不出意外,因为这个眼神,王保罗在走出电梯之前,左右两边脸上重重地挨了两个匀称的拳头!

但王保罗似乎并不难过,反而挺开心。

关于方熙年和十安在会议室里磨蹭了将近二十分钟的事情,方映南内心里一直有个大胆的猜测。

但他没有当面质问方熙年,只是不怀好意地笑着看他。

下午跟节目组的人开会,方映南也故意挑选了方熙年对面的位置坐,时不时冲他抛来一个暧昧不清的笑。

"赛制方面我有新的调整——"方熙年几次讲话讲到一半，都被他那瘆人的目光打断。

方熙年放下手里的节目策划案，呼了一口气，沉默地盯着方映南。

讲话声戛然而止，众人都不敢讲话，方映南求生欲为零地回瞪他，"干吗？我不能用眼睛看你？"

方熙年没说话，从椅子上站起来，径直走到他身后，一把握住了椅背。

方映南似乎意识到什么，骂骂咧咧地叫起来："方熙年你敢……"

话音未落，方映南连人带椅子飞了出去。

门外接连响起方映南的惨叫声。

众人面面相觑，在总部工作过的人都知道，方家有两位祖宗，老大方映南就是个混世魔王，谁也不想招惹他。当然，因为他平时没什么好人缘，大家也不同情他。

但是现在看来，眼前这个平日里最温顺的方熙年，好像才是大魔王啊……

片刻间，会议室里安静极了。

方熙年瞥见门外摔了个狗吃屎的方映南，也没什么兴致开会了。

散了会，众人不敢逗留，飞快地收拾完东西离开。

好不容易才从地上爬起来的方映南，气得指着方熙年破口大骂："方熙年你还是人吗？我可是你亲哥哥啊。"

哥哥？方熙年瞥眼看他，"我没有兴趣跟猴子当兄弟。"

说罢，他冷漠地踏过方映南的身体，走进了电梯。

整了方映南，方熙年心情不错。

车子刚到市郊时，他临时将约饭的地点改成了四方餐厅。

方熙年轻车熟路地走进餐厅，正好撞见何洛端着一碗汤路过。

四方餐厅是何洛的母亲开的私房菜馆，从前生姨在方家做工的时候,不少商界大佬欣赏她的厨艺,后来餐厅开业,豪客们也给足了方老太爷面子,久而久之四方餐厅也在城中小有名气。

何洛虽然早已经在拳击圈闯出了名堂,但时不时也会来帮忙。

"你怎么来了?"她看见方熙年,也没停止收拾餐具。

方熙年回道:"约了人吃饭,他正好在这附近。"

何洛忙交代他找位置坐,自己则闪身进了厨房。

开放式厨房里,何洛跟忙碌的生姨说了什么,生姨立即朝着他的方向看来,冲他做了个有好吃的的动作。

方熙年笑了笑,也回了她一个嘴馋了的委屈动作。

小时候家里大人忙,一直是生姨照顾着方家两兄弟。

何洛也是那时随生姨住进方家的,或许因为寄人篱下,她自小性格成熟,也担任起了关照小少爷的责任。

起初性格古怪的方熙年对她并不算友好,但何洛对他的照顾无微不至,几乎陪伴了他整个童年时期。

何洛很快就给他端来了一碗热气腾腾的汤,像小时候那样吹了吹才递给他,"快喝,我妈特意给你准备的。"

滑肉汤的香气灌入鼻息,暖意也沁入了心脾。

方熙年忙接了过来,吹散汤面上的油星子,浅浅抿了一口汤汁,忽然道:"听说你今天打了方映南?"

明知故问。

何洛努了努嘴,"嗯,没怎么使劲儿。"

方熙年脸上平静,拉开椅子示意她坐下稍做休息。

何洛也没拒绝,抬手夹了一小块红烧肉到他碗里,"吃吧,刚煨出来的,你哥可没你有口福。"

她的动作太自然,方熙年不由得低头咀嚼着食物,葱香味直入味蕾,肠胃整个都舒畅了。

何洛忽然说道:"对了,我答应了你哥去参加《拳王赛》。"

方熙年不意外,换了一道菜吃了一口,问道:"他今天挨打就是因为这事儿吧?"

何洛抿唇,没说是,也没说不是。

方熙年咀嚼着食物,良久,才讽刺一笑:"那他还挺有办法的,能说服你。"

何洛是MMA(世界格斗锦标赛)上唯一夺得金牌,创造了历史的中国女拳王。她这样的人,去做综艺节目会被体育"专家"公开评判不务正业,如果处理不好,也会像十安一样,被贴上认钱的标签。

因为这事儿,十安跟他如何闹的,他不是不清楚。

何洛明明知道运动员最忌讳损耗这些精力,但她还是答应了。

就为了方映南?

莫名地,他吃不下眼前的饭菜了。

方熙年笑了一下,但那扬起的弧度毫无温度。

何洛微诧,抬手想碰碰他,"你不高兴啊?"

"没有。"方熙年摇摇头,侧身避开了她的碰触。

不过转瞬间,他的眼神就变得陌生而疏离。

何洛意外,手在半空中僵了僵。

方熙年注意到她的神色,似才想起什么来,后知后觉地收起了浑身的冷峻,笑了一瞬,温和道:"你去忙吧,我一个人待会儿。"

何洛张嘴,犹豫了一下,没再说什么。

第20章
她是女孩

孟江林来的时候，方熙年面前的汤碗已经见了底。

他慢条斯理地吃着小菜，知道孟江林向来都得迟到半个小时。

孟江林风尘仆仆地赶来，抓起桌上的水杯咕噜咕噜灌了两口，"你这大忙人怎么想起找我了，该不会有什么事情要麻烦我吧？"

嘴上虽然抱怨着，但他还是毫不客气地抓起筷子，先塞了食物到嘴里，吃得狼吞虎咽。

孟江林是方熙年的大学同学，两家一直是邻居，孟江林从小就跟在方熙年屁股后面混，就连后来上大学都读的同一个专业。

说起来，读大学的时候，如果没有孟江林，他和十安后来也不会走那么近。

孟江林风卷残云地吃得差不多了，品着茶问他："说吧，你到底有什么事？该不会让我调查你哥吧？"

大学毕业后，方熙年去英国留学读了研究生，孟江林对学业没什么兴趣，就开了个私家侦探所玩，没事就调查别人隐私，还总撺掇方熙年光顾生意。

方熙年摇了摇头，"不是，我是想……"

孟江林打断他："我说你这人还真是，你哥白天应酬工作，晚上相亲各政商千金，你怎么每天就这么不上心。"

"你不也一样？"方熙年不太在意地说。

孟江林有点不服气地放下茶杯,"你跟我比什么,我是独生子,等我家老子百年归去后,他的金山银山不也还是我继承。"

方熙年没继续跟孟江林掰扯,说起正事来:"十安回来了。"

孟江林手里的筷子啪嗒一下落在了桌上,但很快,他又淡定地抽出一张纸巾擦嘴巴,"哦,那什么,我晚上还有事,我就先走了。"

人还没站起来,方熙年的手掌已经落在他肩上,他淡淡道:"你最好打消现在去找她的念头。"

孟江林有点烦闷地扒拉了两下脑袋,"大家都是好兄弟,这么重要的信息你不共享就算了,还不让我叙旧也太霸道了吧。"

方熙年轻哼一声,收回了手,淡然又平静地说:"我们在交往。"

"什么?"孟江林傻眼了,着急忙慌地坐下,"不是,你们到底什么情况啊?你忽然喜欢她了?"

方熙年指尖捻着桌上的薄荷糖,迟迟没有下一步动作,只说:"拳击俱乐部需要她,我们谈了条件,她要求的。"

他顿了顿,又说:"就节目录制期间。"

孟江林听见这话更蒙了,说不嫉妒是假的,毕竟大学时,孟江林第一次见十安,就被她六十个引体向上的伟岸身姿吸引了,也不在乎十安是不是女版人猿泰山,就陷入了单恋之中。

不过,这段短暂的"暗恋"很快就在他看见女神摘掉假发套露出锃亮的脑门后无疾而终了。

怎么说,十安也算他半个女神,说出来的话自然就变得酸溜溜,"呵,我怎么听着,你就是个工具人?"

方熙年张了张嘴,没说出话来。

孟江林敲了敲自己的脑门,忽然想到什么,"她该不会得绝症了吧,为了满足愿望什么的?"

方熙年无语地看着他。

"要不我去调查下她?"孟江林说,"不过,我女神那身板不容易生病的啊,不该啊。"

方熙年蹙着眉思索了片刻，却没有点头。

孟江林看他如此纠结，也皱紧了眉，他很清楚方熙年在克制什么，多少有点唏嘘，"你这到底什么情况啊？你要真不喜欢人家，就别耽误人。这年头谁还玩契约恋爱这么狗血的把戏啊，要说你没私心我也真不信。"

这话成功难住了方熙年，他剥开了薄荷糖的包装纸，将糖含进嘴里。

好半晌，方熙年才淡淡说道："我没有私心。能让她开心一段时间，也算我的补偿了。"

说完这句话后，他用牙齿磨碎了嘴里的那颗薄荷糖，味道不如他想的甜，分明是苦涩的，他莫名想起上次那只冰激凌，两道眉毛就拧成了一团。

孟江林一直盯着他，嘟囔着："你这……到底把她当什么了啊？"

方熙年艰难地吞下糖末，"她在我这里，和你一样，不是什么特殊的存在。"

孟江林张口结舌，一脸看渣男的神情看他，"那你这就有点过分了，人家拿你当男朋友，你却只想做她兄弟。"

方熙年顿了顿，牙齿差点咬到舌头，"做兄弟有什么不好？"

孟江林撇嘴，"好什么好。我做了你这么多年的兄弟，你什么时候对我好过？"

想到这里，孟江林又有点委屈了，"不过说起来，你这家伙就算认兄弟，也请你公平对待好吗？大学两年，你对我可没有对她那么好。"

方熙年别开脸，声音很轻："因为，她是女孩子。"

晚饭十安随便吃了点，在医院食堂打烊之前去打包了一份炒饭给季怀新送去。

刚走到办公室门口，手机就响了一下。

是季怀新发来的。"听说你给我买了炒饭？原来你还记得自己差点断送一个优秀医生的前途。"

"送到我休息室来，饭冷了，我就不吃了。"

"爱吃不吃，给你惯的！"十安盯着手机屏幕骂了一句，抬手就将手里的炒饭扔进垃圾桶。

她转身刚走了没两步，又想起他是唐三金的主治医生这回事。

妈的，也不知道有没有地方可以投诉。

脑子里虽然很不乐意，但身体还是老实地从垃圾桶里翻出了炒饭。

还好里面没什么垃圾，包装盒也还算完整。

饭送到季怀新手里时，他一只打着石膏的腿放在凳子上，半个身体瘫在单人床上，捧着盒饭，满足地吸了一口气，"太香了，你怎么知道我喜欢食堂的炒饭？"

他迫不及待地拆开包装盒，吃了一大口，嘴里发出满足的声音。

十安看他吃得香，也没好意思说出这饭刚经历过一道垃圾桶的洗礼，只是心虚地赔着笑脸，说道："还不是因为我也喜欢，才给你买的。"

季怀新估摸着是忙了一天没吃上两口饭，狼吞虎咽的时候，嘴角还沾了一点饭粒，他捏筷子的手朝她竖起了大拇指，"果然跟我一样有品位。"

十安抽了抽嘴角，笑道："是，是，你最有品位了，连腿上的石膏都打得异于常人，格外清秀。"

季怀新似乎很满意她拍马屁的造诣，没再说什么，暴风般吸入完炒饭。

十安又勤快地收拾了垃圾，还给他倒了一杯温水，才扭捏地表示要先走了。

医生休息室她是不能进来的，在经过管理处时，她听见季怀新很不要脸地跟人在电话里说她是他女朋友才放她上楼。

她想着，万一下楼的时候再碰上刚才拦着她的人，她还是要解释一下的。

不过，话还没说出口，季怀新已经挂着拐杖站了起来，对她努努嘴,"我送你下去。"

十安张口就要拒绝,就又听见他说:"你不用觉得荣幸,我只是想让你找一天去城郊帮我打包四方餐厅的汤来喝,提前感谢你一下。"

荣幸个鬼,感谢个屁。

十安差点没翻白眼,"喝汤哪里不能喝,去什么城郊。"

季怀新错愕地看她,"你连四方餐厅都不知道?这家餐厅的汤,那滋味你是不知道有多好,别家的我可不要,我就想喝他们家的。"

这人也太没脸没皮了吧。

十安这么想着,不知不觉跟他走到了入口。

方才守门那老头儿还在,脸上笑呵呵的,暧昧地看着两人,"季医生女朋友怎么不留宿一晚啊。"

十安反应了一下,才想起他在说自己,正要开口反驳。

季怀新说道:"我这小破地方,也没她打地铺的空间啊。"说着他还冲十安努努嘴,"你快走吧,要待久了我可真没地方留你。"

什么男人,半点风度也没有。

十安也不知道是不是阳城跟自己犯冲,她这才回国没多久,怎么碰见的人净是这种讨厌鬼。

一个方熙年就够了,还来个季怀新,这俩是变着花样来讨债的吧?

算了。十安深吸了两口气,也就没跟季怀新计较了。

她哼了一声,没再说什么,扭头就走了,脚步快得就像是被鬼在追。

翌日,十安练完拳,吃过午饭就打车去了季怀新心心念念的四方餐厅打包了汤。

捧着热乎乎的瓦罐汤回到医院,却听护士说他今天休假,一整天没消息了,给他发了微信也没人回复。

虽然她不了解季怀新,但平日也听护士们提及过,这人算是手机癌晚期,就算手残疾了,但凡有两根手指头能动,他也会回消息的。

她没敢耽搁,一口气跑到了后面的医生宿舍。

得知季怀新昨天回了房间后就一直没出来过，十安有些担忧："他一整天也没叫外卖？"

大爷点头，"我也觉得奇怪，平时他们医生下了班都是直接回家的，如果不是要加班一般也不会留下来过夜。"

大爷跟着十安一起上楼，两人在门外敲了半天的门也没动静。

"季医生这是什么情况？要不，我去喊人来……"

老头儿的话音还未落下，十安双手握着门把手用力一踹，哐当一声，门就开了。

大爷抱着瓦罐汤，震惊得下巴都合不拢了。

十安没理会他，在狭小的房间里搜罗了一圈，连床底下都看了，也没有看见人。她没多想，转身又去了洗手间，果然在花洒下看到倒在地上……赤裸的季怀新。

"哎哟……"紧跟其后的老大爷瞧了一眼就立马闭上了眼。

十安也愣了一下，但救人要紧，她也没多想，嘴上念了一句"非礼勿视"，抄起一条浴巾盖住重要部位，然后双手托起他，将他整个人抱了起来，朝着门诊的方向狂奔。

她气势汹汹，吓得路上的人纷纷让路，议论声四起。

孟江林刚走进医院大门，就看到了这壮观的一幕。

一个五大三粗看起来还是个光腚的男人，居然被娇小的女孩子抱在怀里？还在狂奔？

他拿出了吃瓜必备神器——手机，对着那个背影拍了一张照片。

拍完照，孟江林还想欣赏一下自己的摄影技术，但看着屏幕里的那张脸，他的眼皮跳了跳，有点不敢相信，又放大照片看，才确定这个"人猿泰山"正是自己的女神。

女神果然是女神，抱起男人来就是帅气万分！

这么想着，他赶紧将照片发给了方熙年。

第21章
旧友相逢

小会议室里，方熙年低头翻看近半年的预算报表，扫了一眼在座的几人，嘴角勾起一抹凉意。

"这份报表，我不会签字。"

俱乐部的首席教练安平率先开口："小方总，你刚来俱乐部，不了解我们的运作也很正常，这笔钱是必须花的，你是不知道，现在养这些运动员多费钱。"

方熙年继续温和地笑着，抬手将一沓文件推到他面前。

安平扫了一眼封皮后脸色骤变，当即坐直了身体看向方熙年。

"这是什么意思，要知道我们在你爷爷面前都是有几分薄面的！"

方熙年没生气，只是敲了敲桌面的文件，笑道："安平叔，现在闭嘴，还来得及保住你的薄面。"

安平气急，站起来就指着他的鼻子："你……"

方熙年嘴角勾了勾，像看小丑一样看着他。

他什么都没说，但安平看着他阴冷的目光，却不敢再说半个字，只能涨红着脸，恨恨地咬牙。

方熙年毫不在意，淡淡收回目光，"鸿宇，送客。"

话落，陈鸿宇立即上前，直接毫不留情地将人赶了出去。

安平走后，安静的房间里空气尤其凝重，没人敢说话，都在等着方熙年下达指令。

方熙年反手将预算表盖上,张口正要说话。

叮——叮叮——

手机屏幕里连续弹出几条消息。

众人顺着响声看去,只见方熙年微蹙着眉,还是拿起了手机。

"大新闻!猜猜我拍到了什么?"

微信是孟江林发来的,一张不算清晰的照片紧跟着弹了出来。

方熙年点开图片,上面一道红笔将一双赤条条、毛茸茸的腿圈了出来。

"重点给你圈出来了,你懂?"

方熙年拿着手机,眉头越皱越深。

十安一口气跑到了门诊,其间,昏迷的季怀新在剧烈的颠簸和透心凉的寒风中醒来过一次。

但他只看了自己的身体一眼,就再次晕了过去。

这次,他是被气晕的。

急诊科医生帮着看了看季怀新的情况,也不是大问题,就是洗澡的时候滑倒了,脑袋磕在马桶上,砸晕了。

"脑袋没什么大问题,就是刚刚一路过来,他吹了风,得预防感冒。"医生说完,目光还在季怀新的身上扫了几眼,露出了一丝晦暗不明的笑意。

大家都是同事,早就听说住院部的季医生平时为人嚣张,今天好不容易逮到这么一出,这事儿怕是要被笑上一年的。

季怀新整个人缩在被窝里,不敢出声,只觉得自己丢人丢到家了。

等众人一走,十安可就坐不住了。

她心里是有愧疚的,毕竟刚刚是她将只裹了浴巾的季怀新送到病床上的,但话说回来,也是她救了他。

这么想着,她又鼓起勇气替季怀新拉下了遮住脸的被子。

"你别躲了,他们都走了。"

季怀新终于露出了一张比番茄还红的脸，怨怼地瞅着她，也不说话，但看那小表情，不是满腹的委屈又是什么？

十安有点烦躁地抓了一把后脑勺，提醒他："我可是你的救命恩人，要不是我，你死在宿舍里都没人知道。"

季怀新又看了她几眼，眼神中透露着羞愤和无语，但很快，理智战胜了他。

季怀新闭了闭眼，吞了下满腹的怨气，问她："我的汤呢？"

还真是吃货，这时候也没忘记汤。

十安在凳子上找到那包裹得严实的瓦罐汤，递给他。

"你快喝吧，一天没吃饭了吧，需要我去给你买点粥吗？"愧疚感让她放软了语气。

季怀新虚弱地摇头，"不吃了，我喝点汤。"

十安看他一脸病容，也有点同情，忙不迭地帮着将包装纸拆掉，弄得清清爽爽的递到他面前。

但季怀新偏不，他摇了摇头，抬起一根手指头指了指她。

十安不明所以，"干吗？"

季怀新张了张嘴："你喂我，我手痛。"

理智拉住了十安，她没将一罐汤拍到他脸上，只是温柔地拉起被子，将他的脑袋也盖住了。

十安笑了笑："你还是入土为安吧。"

季怀新摇晃着脑袋钻出来，瞪着她，"你别忘记了，是谁把我摔骨折的，如果没有骨折，我也不会在洗澡的时候滑倒。"

他眯着眼，又说："我没找你赔精神损失费，已经非常善良了。"

十安盯着不要脸的季怀新看了良久，最后，她还是以喂猪的手速，伺候他喝汤。

季怀新感觉她在报复，喝完一口又一口，简直应接不暇，嘴都张不过来，最后干脆自己先放弃了。

"算了，等我手不麻了我自己喝吧。"

在唐三金的病房里，孟江林等了好一会儿，自己带来的香蕉都吃了两根了，实在吃不下了。

等得无聊，他就干脆给方熙年发轰炸消息。

那张图发出去后过了很久，方熙年都没回复他消息，他都怀疑方熙年是不是故意装死。

于是又将拍的无数个角度的照片抹掉背景全都发了过去，还附上声情并茂的解说。

"哇，我女神抱小娇夫的姿势真帅！"

"到底是哪个幸运儿这么好运，能被我女神拥入怀中啊。"

"这样的女友力我也好想拥有啊！"

正发得起劲时，手机振动了一下。

孟江林低头一看，果然是方熙年发来的。

"你在哪儿？"

"呵，真冷漠。"孟江林撇嘴，捏着手机恨铁不成钢地摇了摇头，"你急了。"

"不要逼我问第二次。"方熙年秒回消息。

孟江林偷笑，隔着屏幕都能感觉到方熙年此时比冰块还冷的脸。

方熙年越暴躁，他怎么就越觉得开心呢？

孟江林继续在被掐死的边缘疯狂试探，又连发了几个表情包，就是不说自己在医院拍到的照片。

但发过去的消息都石沉大海，方熙年没再搭理他。

十安站在门口，一脸的嫌弃，"孟江林，你怎么知道这里？"

听见响动，孟江林立即跟做贼一样默默收起手机，看到女神，控制不住地扬起满面笑意。

"哇，没变。我女神还是那么英姿飒爽。"有心理阴影的孟江林目光不由自主地落在她的脑袋上，"不过，你这头发……"

十安看他慌里慌张的眼神，顿时想起大学时他看到自己光头的样子,跟见鬼一样撒丫子跑掉的情景。

也正因为如此,她对他向来没什么好脸色。

十安翻了个白眼,故意吓唬他:"假的,你再不说,我就摘下头套吓死你。"

孟江林立马认怂,拉开椅子坐在床边,"我来看咱爸啊。"

十安没计较他口中的"咱爸",走上前一把拎住了他的领子,孟江林立刻像鹌鹑一样乖乖自己站在一边,将唯一的位置恭敬地让给了她。

十安在椅子上坐下,跷起二郎腿,"我是问你怎么知道这里的,还知道我爸的事情?"

孟江林这人虽然没什么别的优点,但打小就会看人眼色。

他瞅着十安这副样子,心里也琢磨出点味儿来,她不想让人知道她爸住院的事?

既然如此,作为小迷弟的孟江林自然立马老实交代,"我大学毕业后开了家私人侦探所,调查别人隐私这事儿我最拿手。"

原本他还得意地想要炫耀一下自己的本事,但转头见十安的拳头已经攥紧,咽了咽口水,话锋一转,"还不是方熙年,他跟我一打小报告,我一好奇就顺手查了点你的事。"

提到方熙年,十安的脸更沉了,"他也知道了?"

孟江林的脑袋摇得跟拨浪鼓似的,"没、没,我可是诚实守信还经得住考验的老实人,你放心吧,我不会告诉别人的。"

十安打量了他好几眼,才将信将疑地点头。

她的脸色好了很多,刚要开口,手机忽然响了。

十安奇怪地拿起手机。

方熙年直接甩了一张微信对话截图过来。

聊天对象正是眼前这位"老实人",而自己抱着季怀新飞奔的那照片上画的红圈、配的文字都和这位"老实人"平日的作风非常吻合。

"我在医院楼下。"

"我们谈谈这张照片……和照片里的男人?"

第22章
别动摇

得知方熙年来医院了,孟江林忽然尿急,抓起手机就急匆匆奔向了医院的后门。

十安看着他像老鼠一样很快就跑得不见人影,嘲讽地哼了一声。

十安转身小跑去路边,却先一步遇到了王保罗和丽莎两人。

丽莎提着大包小包,老远看到十安就兴冲冲跑了过来。

"十安十安,我听你师兄说,你谈恋爱了。"

十安被她劈头盖脸地一问,反口就否认:"瞎说,没有的事。"

丽莎嗔怪地看她一眼,"谈恋爱这么好的事情,你干吗还瞒着我们!上次太匆忙没看太清楚,这次我可瞧仔细了,你那黑粉还真是个极品啊,那小白脸就跟漫画里走出来似的。"

十安就知道王保罗这个大嘴巴肯定什么都说了,冷不丁地扫了一眼王保罗,王保罗却跟没看见她一样,扯了扯丽莎的衣服。

但丽莎压根儿没理他。

"我们刚刚在门口遇上,他还跟你师兄打招呼来的。"说着,丽莎暧昧地凑近了她,小声道,"你那黑粉斯斯文文的,但看身形,绝对是个穿衣显瘦脱衣有肉、欠睡的猛男。"

十安差点被口水呛到,"他就是俱乐部的老板,不是什么黑粉。"

丽莎笑道:"脸都红了,还不承认。你师兄可都跟我说了,你喜欢他喜欢得不得了。"

"丽莎!"保罗求生欲极强地抢白道,"师妹啊,你别误会,我没说你喜欢得不得了,我只是说你挺喜欢小方总的,还质疑自己的魅力来的。就这点,别的我没多嘴了。"

不是,大哥,合着你全都说完了,还觉得自己只说了一点点?

丽莎不在意地推开王保罗,一副过来人的架势把手搭在十安肩上,"不管怎么样,女孩子不能太嘴硬,你喜欢人家是要主动的。"

主动什么?十安的脑回路还停留在"欠睡的猛男"上,这会儿听着丽莎的话,怎么听都不太对劲。

"主动联系啊,勾引他,还要懂得求关心什么的。"丽莎手扶着十安,继续谆谆教诲着,"你平时就是太要强了,以前我在美国的时候,就见你打跑过追求者。我知道你这样的就是嘴硬,明明心里喜欢得不要不要的,嘴上还死不承认。你是不知道有多少女孩子都毁在这儿呢。"

十安觉得脸疼,迟疑地问道:"我不是这么心口不一的人吧。"

"你是。"丽莎郑重其事地拍了拍她的肩膀,"听姐的,对待黑粉这种斯文败类,你得主动点。"

十安尴尬地咳了一声,道:"那个,他在等我,我先……"

丽莎恍然醒过神来,立即笑眯眯地拍了拍她的背,"对对,你先去约会。回头我再教你。"

十安想说自己不是去约会,但看着两人脸上的姨母笑……

还是算了,跟他们说话太浪费口舌了。

十安耽搁了几分钟,方熙年等得有点不耐烦。看见她面不改色地走来,面上一沉。

他什么都没说,只是车内的气压很低。

今天陈鸿宇开车,他非常会看眼色地拉开车门,"唐小姐,坐后面。"

十安忍不住瞥了陈鸿宇一眼,但还是乖乖坐在了方熙年身边,"去哪儿呀?"

方熙年盯着她看了一会儿,见她没什么特别的反应,半晌才低头看了看自己的表,淡淡说道:"去吃饭吧,想吃什么?"

"川……"菜字还没说出口。

方熙年眉心一紧,没给她机会说出最后一字,直接吩咐陈鸿宇:"去华盛酒店。"

是欠揍的直男无疑了,十安忍不住瞪大眼看他。

干吗啊,问了又不让她去吃想吃的东西。

大约是觉得她的眼神过于"炙热",车子开动时,方熙年又回头看了她一眼,不咸不淡地解释了一番:"酒店的顶楼有一家法国餐厅,环境还不错,很适合约会。"

约会?这两个字一出现,十安感觉车内的气氛瞬间微妙了。

十安僵硬地看了一眼开车的陈鸿宇,他就像聋了一样毫无反应。

她又扭头看了方熙年一眼,他依旧平静沉稳,脸上还带着淡淡的笑意回视着她。

十安背脊一僵,冷不丁想起方才丽莎说的话。

她咂巴了下嘴,小声问道:"你跟师兄是说我们要去约会?"

方熙年不置可否,"有什么问题吗?"

问题有点大了!

"他满世界去说,嘴巴跟一张喇叭似的。"

"你跟我去吃饭见不得人?"方熙年下颌紧绷,侧目瞥她。

倒也不是见不得人,她只是觉得好突然啊,她穿了一身运动服就出来了,对比他一身西装革履,这怎么看都不配吧?

哪有去西餐厅,只管自己帅,不管女伴有多丑的!

不过,这不是重点。

"你不是来找我谈什么照片的事吗?"

提及照片,方熙年从鼻息间哼了一声,他没说话,目光从她脸上打量过,交叠在腿上的指尖很细微地动了一下。

好半晌,他才说:"吃饭的时候聊。"

直到一起坐在了餐厅里,十安吃饱喝足才明白过来,他为什么要在吃饭的时候聊照片的事。

可能是怕她吃不下饭？

吞下最后一口牛排，十安也庆幸自己没有换一身裙装出门，不然肚子肯定塞不下。

吃饱喝足，她的心情倒是放松许多，端起水杯正要喝，方熙年冷不防地就将手机上的照片打开，放到了她的面前。

照片被放得很大，季怀新那根毛茸茸的腿最为扎眼。

十安差点一口水喷出来。

方熙年一手撑着下巴，一手轻敲屏幕，冷声道："解释一下吧。"

两人就这样面对面僵持了半分钟，方熙年叹了口气，说："你为什么要抱他？"

十安嗔怪地看了方熙年一眼，倒是老实交代起来："有个人晕倒了，我英雄救美……啊不对，我就是路见不平拔刀相助，送他去急诊室。"

方熙年笑了一下，讽刺道："你在路上遇到的人，光着身子？"

"也不是，我在他浴室发现他的。"

"浴室？你一个女孩子去一个男人的浴室？"方熙年阴阳怪气地冷笑了一声。

大脑缺根筋的十安打量方熙年好几眼，眨巴了下眼睛，"其实就是我去给他送晚餐他没反应，我就砸门进去了。差点看了不该看的东西，我也不是故意的。"

说完，她忍不住偷瞄他。

但方熙年沉默了一瞬，目光越来越凉，"所以，你还给他送饭？"

十安一愣，"不是，重点是我不是故意的。"

方熙年又瞥她一眼，"上次的早餐也是他？"

"是啊，没错。"

有那么一会儿，十安感觉自己的脖子要被他的视线切断了，但她输什么都不能输掉气势。

她挺直了背脊，毫不畏惧道："有什么问题？"

方熙年呵笑一声："你还差点看了不该看的东西，所以是看到了，还是没看到？"

十安咽了咽口水，说："也没看多少。"

方熙年抿了抿唇，不说话了。

十安瞄着他，越想越觉得不对劲，忽然脑海里灵光一闪，她的脸色陡然一变，"你在吃醋啊？"

方熙年抬眸，眼神寒冷。

十安被他的气势震撼，下意识地缩了缩脖子，"不是就不是嘛……这么凶干吗？"

方熙年没正面回答，反问道："你没看到多少是看了多少？"

良久的沉默后，十安终于绞尽脑汁想到了最佳方案，她自信一笑，说道："就一点点，很少！没你的好看。"

这下轮到方熙年沉默了，他低垂下眼眸，看着眼前的水晶杯，用手指摆弄了几下。

刺耳的声响让十安蹙了蹙眉，她方才反应过来。

他……是不是误会了什么？

十安用手背摩挲下颌，立即解释道："我是指……腹肌。"

方熙年沉默片刻，嘴角不知不觉间噙着笑，"我的更好看？"

他的笑意变得意味深长，"你什么时候看过？"

十安大脑宕机了好一会儿。

她才后知后觉地想起，自己说漏嘴了！

恨不得抽自己几个大嘴巴子的十安，顿时脸红如潮。她这人虽然力气大，但架不住还懂羞耻，很多事情说出来比做起来更丢人。

更何况，当年她明目张胆地喜欢他的时候，没少干这些偷鸡摸狗的事。

"怎么？哑巴了？"方熙年见她闭口不谈，身体朝前倾了些，距离她的脸更近了几分，声音低沉，"害羞了，还是害怕了？"

刹那间，十安能感觉他身上的热气也正往自己脸上拍打。

她的大脑顿时闪回到了六年前。

大学的时候，方熙年报了游泳社，他别的体育项目都不怎么样，但在水里就是另一番景象了，出水时的芙蓉面更绝，均匀标志的身材时刻在散发着诱惑。

十安没少爬墙去游泳馆偷看。

当然不只是看，她还像痴汉一样隔着玻璃吹口哨，没少被游泳馆的看门大爷逮现行，要不是她跑得快，现在恐怕早出狱了。

想起这茬，也不知道怎么的，方熙年那副矫健美好的身体自然而然地就再次钻入了她的脑子里。

十安咽了咽口水，但理智尚存，她没有对方熙年做出流氓举动。

心情莫名变得愉悦的方熙年长久地"嗯"了一声，坐回了自己的位置，"看来，是我误会你了。"

十安一脸蒙，"什么意思？"

方熙年笑了笑，摇头道："没什么，只是上大学的时候有一个经常偷看我游泳的变态而已。"

——噗！

十安被自己的口水呛到，猛地咳嗽起来。

方熙年见状，立即起身绕到她身后，轻轻地帮她拍了拍背。

方熙年似笑非笑的声音从身后传来："多大点事，怎么还吓到了。"

十安已经完全不想说话了，现在只求他能闭嘴，继续做安静的美男子。

也不知道是不是自己的心声被听见，方熙年递了一杯水，就没再提及这件事。

一顿饭吃得劳心费力，十安感觉自己整个人都没什么力气了。

结了账，她像游魂野鬼一样跟着方熙年进了电梯。

百来层楼下到负一楼，是需要一些时间的，而此时的观光电梯外，城市的夜景尽收眼底。

华灯初上的阳城安宁静谧,隔了一条星湖的城市被分成两端,一端夜色深沉,而另一端因为灯光秀变幻莫测、璀璨生辉。

十安贴近玻璃门,将整个城市的风光纳入眸中。

烦恼和尴尬一扫而空,她心情不错地示意方熙年也看窗外。

"我以前没看过灯光秀,没想到这么好看。"

方熙年不知什么时候移步到了她身侧,也抬眸看去,熠熠的光芒闪烁着不同的纹路,照亮了大半座城市和他身旁的十安。

她像个孩子一样,脸上绽放着笑容。

他的眸光,也跟着柔软了许多,"看来带你来这里来对了。"

十安扭头看他,嘴角也跟着勾了勾。

忽然,方熙年放在左腿一侧的手,有密密麻麻的痒感传来。

他低眉看一眼,十安的小手指不知道什么时候钓了上来,然后她的手试探性地动了一下,他没做出反应,她的指头便缓缓地一根一根地钩上他。

一股温热钻入他的掌心,暖意也趁虚而入落在心上。

他再抬头看时,十安却像是什么都没发生一样,目光还是紧紧地盯着远处,眼中,一瞬一瞬地闪过光芒。

让人不想打破这种美好。

他的语气也跟着轻了许多,唤她:"十安。"

"嗯。"十安盯着远处的目光没有收回。

方熙年又笑了一下,握着的手也晃了一下,"你是不是还喜欢我?"

掌心里的五指僵了僵,下意识地要抽回手,但被他紧紧攥住了。

"就这么喜欢着吧,别动摇。"

第23章
死直男

夜晚,十安失眠了。她躺在床上翻来覆去,拿起床头柜的日历簿翻了翻,仔细数一数,距离恋爱之约,没剩下多久了。

她的指尖捻着今日日历的边角,犹豫良久,才恋恋不舍地撕掉了这一页纸。

扔开日历本,她更精神了,干脆下床找点事情做。

但不管她拖地也好,洗衣服也好,脑海里还是不停地闪烁着方熙年捏着自己的手时,灯光下的影子。

方熙年是真好看。一想到这些,她就又控制不了地想起他游泳时……嗯……当年要是再流氓一点,她说不准都上手成功了。

越想越多、越想越复杂的十安再也平静不下来了,就连拖地也赶不走脑海里方熙年冲着她扭腰、招手,不停勾引她的画面。

哇……谈恋爱真的要死人咯。

翌日一大早,十安就被自己的美梦笑醒了。

梦里的方熙年像个等着被凌辱的小可怜,眼巴巴地望着她,身上和脖子上都是斑驳的鞭痕。

而她,拿着马鞭仰天狂笑,像个坏脾气的富婆,一鞭子一鞭子地抽在他身上,他咬着下唇,闷哼出声。

每一句委屈的嘤呜声都让她觉得快乐。

咯咯笑了几声后，满房间的空气就忽然陷入了尴尬的静止中。

十安一下子从床上坐起来，她恍惚地环顾四周，手边的言情小说已经滑在地上。

她揉了一把自己的脑袋，尴尬地起身将小说塞回了书架，之后用冷水洗了脸，将梦里乱七八糟的画面一通洗了去才没让脸继续发烧。

匆匆吃过早饭，十安照例打了两小时的拳，才洗了澡准备出门。

今天要去录制《拳王赛》的电视台开一个短暂的小会，也就是说，除了昨天和明天外，今天她还要见到方熙年。

十安忐忑地来到电视台，电视台主楼是七层高的老式楼房，电梯窄小，十安没挤上电梯，便绕着旋转楼梯走上去。

没走两步，就在楼梯间撞见了何洛和方映南。

方映南一米八几的大高个儿小鸟依人地靠在何洛的肩头，双臂紧紧地箍着何洛的腰正撒着娇。

"小洛洛，你不生气了吧？"

掐着嗓子的嗲音，让人听了想打人。

十安看着眼前这一幕，无奈地抠了抠太阳穴，也不知是应该抬脚往前走好，还是往后退好。

她冷不丁抬头看了一眼背对自己的两人，只见何洛推开了方映南的脑袋，一脸的嫌弃。

"你离我远点，我不吃这一套。"

方映南的脑袋继续凑上去，"小洛洛，你别再生气了嘛，你这样我之前不是白挨了一巴掌嘛。"

何洛一根手指头戳在方映南的脑门上，仰头道："你好恶心。"

话虽如此，她也没有一拳头砸过去。

方映南立即不要脸地握住了她的手指，顺势捉着她的手左右摇晃身体，鼻子里哼出几声："嗯嗯？"

"呕……"

十安实在忍不住了，突兀地发出了声音。

旁若无人的两人也诧异回头，见到十安，何洛的脸色明显铁青。

方映南倒是不改厚脸皮的本色，语气正经了一些："唐小姐，没想到你居然有偷听的爱好。"

她睇了他一眼，没多在意，目光转向何洛，抱歉地笑了笑："我要上五楼。"

何洛尴尬地侧过身让开了道，"哦，我们也要去五楼，一起吧。"

方映南见状，也立即跟上去。

"洛洛，我们一起。"

何洛一个转身，朝他恶狠狠地扬了扬拳头。

方映南这才给自己的嘴巴拉上拉链，默默跟着两人一起上楼。

方映南领着两人来到会议室，他们到的时候里面已经坐了不少人。

众人一见到何洛纷纷热情地喊了一声："方总，何小姐。"

有好几个人明显是何洛的粉丝，表情很激动，但又不想被人看出来，只是涨红了脸看她。

没人认出十安，她不甚在意地抬头看了一眼，方熙年稳若泰山地坐在会议桌首位，只略略抬头扫了一眼进来的三人，便低下头看着手上的文件。

十安觉得意外，下意识地扫了何洛一眼。

他最在乎的何洛来了，居然没有半点反应？

正奇怪间，坐在方熙年左下首两个位置的王保罗冲十安招了招手，"Herra坐这里来。"

他一开口，众人都纷纷抬眸向十安看去。

那几个热情招呼何洛的素人选手好奇地投来目光，Herra的大名他们自然听过，只是国内很少见她，大家不熟，也就没多热情而已。

十安径直朝着王保罗的位置走去。

刚要坐下，手边的方熙年自然地抬手，侧身拉开了身旁的椅子，正好挡住了她的路。

方熙年目光淡淡地扫过她，轻声道："坐我旁边。"

会议室里原本一直处于严肃的气压下，这会儿冷不丁听到他开口，大家也都露出了诧异的目光。

十安也很意外，今天何洛来了，她心底莫名就蒙上了一层怯弱感，她在潜意识里就认定了，方熙年最应该亲近的人是何洛。

他是属于何洛的。

她不确定，自己是否要在公众场合昭告他们的暧昧关系。

但方熙年没有移开目光。

见她迟迟没动静，他干脆放下手中的资料，侧头朝她看来。他什么都没说，只是如炬的眸光迫使她尽快做出选择。

十安回视他，又抬头看了一眼方映南和何洛。

方映南鞍前马后地为何洛拉开了椅子，何洛也没拒绝，像女王一样落座。

看着眼前的情景，十安冷不丁地想起方才在走廊的一幕。

十安觉得自己似乎明白了方熙年的意思。

他就是故意的吧？想让何洛看到。

既然如此。十安低头笑了笑，一瞬间就做出了决定。

她一屁股坐在他的身旁，微微探身在他耳边吹气："谢谢。"

声音不大，但四周的人刚好能听见。

方熙年放在椅背上的手微僵，片刻后，他抬手，指尖轻轻拂过耳垂，"不客气。"

他的姿势，看着就像是将十安圈在怀里，轻柔又自然。

众人见两人视若无睹地亲密，有好事者看出什么端倪来，目光暧昧地扫过两人。

一旁的方映南还不怀好意地吹了一声口哨。

方映南嗤笑："我说你们腻歪够了，该聊正事了吧？"

方熙年瞥了他一眼，自然地收回了手，嗓音清冷："开会吧。"

然后调整姿势，坐直了身体。

十安无声地看了他一眼，也跟着轻挪身形距离他远了一点。

做完这一切，她才注意到对面有一道目光落在自己身上。何洛正冲她浅浅地笑着，但她分不清楚是什么意思，只能回以一个礼貌而疏离的笑。

眼前每个人的位置上都放着一张赛制表，为了转移注意力，十安只好将视线一直锁定在上面。

现场一共来了十二名素人拳手，节目组在他们来之前已经通过每个人的特点按照三人一队分成了四组。

除了十安和何洛，节目组还另外请来了两名世界级的男拳击手。

林赛和马坤都是国际拳王赛事上的常客，林赛跟十安曾在一档体育竞赛节目中见过，两人也算打过照面。

马坤是十安的前辈，他签约Box Club时，十安还在打黑拳。后来十安在拳击圈有了名字，马坤也离开了，据说当时闹得很难看。

除此之外，他还是国内唯一一个拿到三星荣誉的男拳手。

这些年他自己成立了俱乐部，在国内各大节目和赛事中露脸多，知名度也颇高。粉丝的偏爱让马坤心高气傲，他看不上十安这种花拳绣腿的女拳手，在挑选战队的时候也就没客气，当仁不让地率先选走了量级最高的一组。

这档节目，难就难在是无量级对决赛。

"我们区别于其他拳击节目最重要的一点，就是展现拳击手的台前幕后，节目会记录下各位的方方面面，包括日常训练。"

整个赛制的内容乏味枯燥，十安意兴阑珊，低头看了看自己放在腿上的手，又莫名地扫了一眼方熙年桌下的手。

方熙年的手细长又毫无杂质，像是白玉一般的艺术品，就跟他的人一样，泛着凉意，好看但清冷。

十安忽然玩心大起，伸出食指在他的掌心画了两个小圈圈。

"目前的分组只是第一期的安排……"声音戛然而止。

方熙年倏地瞪大了眼，他侧头，警告地看着十安。

她不在意地笑笑，手指继续画着圈。

方熙年蹙眉，扫了一眼正在等他继续说下去的众人，抿着唇线，"四组选手需要抽签两两对抗，靠分数来获得名次，按照名次，选手有反选导师的权利。"

话音一落，他桌下的掌心倏然收起，趁她不注意，一把捏住了她的手指。

"如果有人选同一个导师，战队人数不平均呢？"另一边，有人提出异议。

方熙年在桌下捉住十安的手，面上却毫无波澜地回答："那对不起，也只能这样持续到节目结束。"

他的话一说出口，在场所有人都出奇统一地安静了。

一直没说话的何洛终于开口了，率先替大家提出了疑问："这赛制，怎么听起来像在考验导师？"

为了不让十安捣乱，方熙年此刻全副注意力都在桌下，忽然听见熟悉的声音，他僵了僵，猛地一反手，用力将十安的手按在大腿和掌心之间。

五指穿过她的手指，与她的手交缠在一起。

十安总算安分了些。

松了口气，方熙年这才抬头看了何洛一眼，他的语气依然是公事公办，甚至带着冷意。

"不然节目组花这么多钱请导师来只是做摆设？"

何洛一怔，其他人也面面相觑。

十安也下意识地看向方熙年，她抿了抿唇，忽然有点理解为什么何洛跟方映南关系更亲密，而方熙年只配做备胎。

果然，死直男不配拥有女神。

第24章
工具人

会议结束后,陈鸿宇来通知大家移步去对面的餐厅吃饭。

十安早就饿了。她摸着肚子,一早做好了预备冲的姿势,准备第一个冲到餐厅,第一个拿起筷子。

"你跟我们一起。"幽幽的声音在耳边响起。

十安的背脊一僵,一回头就见方熙年带着笑意的目光正从她跃跃欲试的脚上掠过。

他转而又看向何洛,"去四方餐厅吃吧。节目录制期间可能要麻烦生姨给Herra配营养餐,得让她去熟悉一下。"

十安摸了摸脖子,莫名有一种自己被当工具人使的错觉。

果不其然,何洛僵了一下,飞快地看了十安一眼,再看方熙年时,尴尬一瞬即逝,脸上继续保持着微笑,"好啊,既然是你请求的,她应该不会拒绝……"

"你倒是很上心。"方映南不嫌事大地调笑,"不愧是Herra,我怎么不见你对其他人也这么好,还要亲自去求生姨。"

方熙年不置可否,笑道:"Herra是俱乐部的王牌,我身为负责人自然上心。"

十安皮笑肉不笑,没接茬。她越来越怀疑方熙年是故意惹这一出的。

就为了让何洛看见他对她有多好?说起来,还挺幼稚的。

方熙年没再继续营养餐的话题，侧身看向十安，朝她伸出手，"走吧，你坐我的车。"

十安没握那伸出来的手，她只是侧身拿起了桌上的手机，回答："行吧，给你一个做司机的机会。"

方熙年也不觉得尴尬，收起手，又看了王保罗一眼，"王先生自己有开车来吧？你先走？"

王保罗被他整笑了，拿起椅背上的外套二话不多说，点头道："成，我家十安就交给你了。"

他与方熙年错身而过，没发现话音落下时，方熙年微蹙起的眉头。

从会议室出来，十安就跟在方熙年身后，在心里盘算着等会儿要点什么菜犒劳自己。忽然一阵闹哄哄的声音响起，十安抬头一看，不知道从哪儿钻出来两个肌肉男，气势汹汹地拿着棒球棍冲了过来。

"兄弟们，给老子弄残他们。"

距离最近的方映南被敲了一闷棍，何洛脸色一变，冲了上去一个利落的拳头扛住袭来的棍子，"咣咣"的重击声直接落在肉上。

眼看一个肌肉男掉头朝方熙年挥去，十安瞬间反应，也是一个箭步就冲了上去，飞起一脚正中肌肉男的后背。

"哎哟！"那人惨叫一声，身体前扑，机敏的方熙年趁机利用车门，一把夹住了肌肉男的手，他的同伴见势不妙，立即调转方向转而攻击十安。

十安当即摆出一个标准的拳击姿势，猝不及防的肌肉男三号被打中脑袋，愤怒地摸了摸自己的肌肉块。

"妈的，看我今天不弄死你！"肌肉男三号抡起棒球棍就要落下。

几声口哨声响起，肌肉男见势不妙，要逃，挣扎时将方熙年推翻在地，方熙年一个趔趄，脑门直接磕在了车身上，砸出了响声。

十安见状，顿时气得像一头愤怒的狮子，直接将两人踹翻在地，

148

扑上去疯狂地补拳头。

保安及时赶到,才阻止了她满腔的怒火。

没好气地又踹了一脚那个伤了方熙年的肌肉男,十安这才解气地拍拍身上的灰尘转身往回走。

此时的车边,方映南站在车头,娇气包一样叫着:"哎呀哎呀!痛痛痛!你轻点,轻点。"听声音,还夹着一丝啜泣。

何洛关切地查看伤口,于是看似凶巴巴的何洛又低头吹了吹他脸颊上只破了一点皮的伤口,"还有哪里痛?腰呢?受伤了吗?"

方映南泪眼婆娑,"嗯,有点受伤,还痛。"

有了之前在楼梯间的经历,十安对两人的腻歪早已经见怪不怪了。她撇撇嘴,这才想起来,没人看顾的方熙年还坐在地上。

十安绕到后车门旁,狼狈的方熙年正灰头土脸地坐在地上。

跟方映南相比,他这里倒是安静得有点凄凉了。

陈鸿宇不在身边,便没有人立即上前关心他是否受伤。

十安抬起的脚在半空中微僵了一瞬,最终还是心软地走了上去。

走近了,她才看到他额头好大一块淤青已经冒了出来,两大坨挂在脑门上,样子格外滑稽,但显然受伤最严重的不是脑袋,而是他的脚踝,关节处不知道被什么钝器划破了,带锈的血迹已经模糊一片。

十安吸了一口凉气,忙不迭地伸手想要扶他起来。

但方熙年却摇头说:"我自己可以,还不需要靠女人保护。"

另一边,何洛已经将方映南扶上了车,正急急忙忙想要离开。

十安沉下脸,说不出是可怜方熙年还是为自己难过,只能无奈地勾了勾唇。

她不明白臭男人为什么非要在这种事上这么逞强。

就因为那个人是何洛,所以才不想要丢脸?

想到这里,十安感觉自己那颗因为担忧而跳动的心忽然就平静了,现在浑身上下只剩下暴打肌肉男的酸痛感了。

她没有再说什么,收回手。

方熙年吃力地扶着车门，一点一点地站了起来，站稳后，他才缓缓吐出一口气，隔着一道车门看十安，"我说了，我可以的吧。"

十安面无表情地点头。

这时，何洛和方映南也注意到这边的情况，看到他脚踝处的伤口，何洛惊讶地喊了一声："方熙年，你流血了！"

"没事。"

何洛变了脸色，"什么没事啊，你这额头也受伤了，这么严重，走，我送你去医院。"

说着话，她抬手就要上前去扶方熙年。

方熙年像个卑微的备胎，"真的没事，我让小陈过来接我就好。"

十安忍不住抬头看他，她其实不想掺和，但心里实在堵得慌，还是一把冲上前，从何洛手里抢过了方熙年的手臂，让他搭在自己肩上。

"你带方映南回去看看伤口，这边我来。"她冷冷扫过何洛和方映南两人，也不等回答，自顾自地就将方熙年一股脑儿地塞进了车里。

方熙年想说话，被她恶狠狠一瞪，"闭嘴，我是你女朋友，你不让我送你去医院，想让谁送？"

方熙年被噎得没说出话来。

十安也没管何洛和方映南，直接发动汽车，见两人还杵在门口，她有点不满地摇下车窗，"愣着干什么？你们等着被车撞？"

两人这才反应过来，让开了道。

十安熟练地驾驶汽车，恨不得将市区当赛道开。

坐在副驾驶的方熙年头一次坐她开的车，有点蒙。

"你什么时候学会开车了？"

十安瞥了他一眼，没回话。

方熙年拉着扶手，不敢大动作，"其实不用这么快，我的伤口没有多严重。"

十安边看着后视镜，边冷哼道："我只是生气，不是因为你。"

但话说完，脚下还是放缓了速度，无名火也消散了许多。

车子缓慢行驶后，十安问他："刚才那两个人怎么回事？"

方熙年调整了坐姿，语气有点淡："还不清楚，晚点让人去查。"

十安撇嘴："你该不会平时仇家太多，自己都不记得了吧？"

方熙年瞥她一眼，十安被他看得缩了缩脖子，嘀咕道："不是就不是，一脸要吃人的样子是怎么个意思，又不是我打的你。"

方熙年听着她不满的声音，嘴角却勾起了一抹弧度，"谢谢你，第一时间冲上来保护我。"

十安张嘴想反驳说"才不是因为心疼你"，但想起他那股子在何洛面前的倔强，心里又气不打一处来。

"谢什么，这不就是我作为工具人的用处吗？"

方熙年眉心紧蹙，"不要这么说自己。"

十安嘲讽地笑了下，"你不乐意听我就不说了。"

"你刚刚有没有受伤？"方熙年短促地吸了口气，直接转移话题，"我看到那个人朝你挥棍子，很吓人，下次不要这么鲁莽了，就算是为了救我也要先保护自己。"

迟来的关心让十安愣了愣，她抿起唇角，"嗯。"

方熙年还想说什么，电话铃声不合时宜地响了起来。

他拿出手机，是陈鸿宇打来的。

"我没事，你不用过来了。"顿了顿，他又开口，"调查一下，这件事跟安平那帮老家伙有没有关系。"

声音低沉到让人不寒而栗，十安下意识地扭头看他。

他拿着电话，脸如寒霜，让人看了只觉得残酷，"上次说的那些文件交给检察院吧，既然他敢动我，就应该学会承受牢狱的滋味。"

收起电话，方熙年才注意到十安看过来的目光，短暂地僵了僵后，他的脸上又一次扬起温和的笑意，轻声问她："怎么了？"

十安摇头收回目光，没说什么。只是在心里想，臭男人在两副面孔切换之间，居然已经这么纯熟了。

转眼间，已经到了医院。

十安轻车熟路地将车开了进去。

今天运气好，医院大门外的露天停车坪刚好有空位，她单手握方向盘，一把就将车倒了进去，帅气的样子让路人纷纷注目。

下了车，十安直接来到副驾驶边上，伸出手示意方熙年，"我抱你进去吧。"

医院门口路人不少，方熙年看了一眼自己的脚，又看了看她的手，破天荒地有点难为情，"我自己进去吧。"

十安拧着眉看他的脚，伤口此时已经没有流血了，但开口的位置血痂混着灰尘看上去很是触目惊心。

方熙年固执地撑着椅子想站起来，但刚起身，就吃痛地皱了皱眉。

十安看他这副样子，整张脸都皱成了一团，转身弯腰双手一收，直接将还没准备好的方熙年给揽上自己的背。

"你放我下来……"方熙年扶着她的肩，急忙想要挣脱。

他一动，十安的身体也跟着摇晃了两下，她脾气暴躁地一巴掌拍在他屁股上，"你别动，别逼我对你公主抱。"

屁股上火辣辣的触感让方熙年涨红了脸，他抬头扫了一眼路人的目光。

冷不丁想起孟江林给自己发的那张照片，方熙年感觉自己三十年的修养和脸面已然全部丢尽了，这让他越发难为情。

眼看着路人的目光越来越炽烈，而十安根本没打算放下他。

他只能无奈地叹了口气，压低声音，祈求她："那你快点。"

耳朵被一阵热气拂过，十安身体微僵。

好一会儿，她才反应过来，尴尬地咳嗽一声，从喉咙里哼出一声："嗯，知道了。"

第 25 章
心情

十安对各个门诊非常熟悉,很快就挂了号,找到了负责的医生。巧得很,这次给他看病的门诊医生也是上次帮季怀新检查身体的那位。

他对十安印象相当深刻,见到她背着一个大老爷们儿进来,眼皮挑了挑。

"唐小姐,你这一天天的很忙啊。"

十安看到是熟人,也有点尴尬,"张医生,你还记得我啊。"

"怎么会不记得,前几天抱着一个裸男来我这儿,新闻都传遍整个医院了。"又笑了笑,调侃她,"不过,看来上次的事情你经常做,这不,今天就又背了个新帅哥来。"

"裸男"两个字成功引起方熙年的注意,他抬眸看了对方一眼,又看向十安。

十安尴尬地抓了抓脑门,"对了,季医生还好吧?"

张医生努了努嘴,笑道:"他能有什么问题,当天晚上就活蹦乱跳地闹着要回去值班了。"

十安松了口气,今天她可是装死了一整天才逃过给季怀新送饭的奴役的。刚才来医院的路上本着救人心切的态度,她也没想会不会撞见季怀新这个冤家。

这么一想,莫名就有点心虚。

方熙年忽然开口,语调很冷:"张医生,麻烦你看看我的伤口。"

十安这才想起什么来，也连忙附和着："对，张医生麻烦您给看看，这么好看的一张脸，还是不要留疤好。"

张医生见方熙年一张眉清目秀的脸，笑起来，"你男朋友啊？这么紧张。"

十安下意识地看了方熙年一眼，还未说话，方熙年已经抢答道："嗯，男朋友。"

他说完，还温柔地笑着，抬手揉了揉十安的脑袋，"既然她不喜欢我留疤，那可能就要麻烦您用点心了。"

亲昵的动作让十安尴尬。

张医生看着两人的互动，心中直感慨，看来季怀新这小子遇到强敌了。他没再多说什么，仔细替方熙年检查了伤口，快速地开了药。

"等会儿去上个药，这些天少碰水，也少使劲，没什么大事情，好得很快的。"

十安听着医嘱，连连点着头要送方熙年去处理室，这次方熙年说什么也不让她背了，就算单脚跳着也要自己跳进去。

十安见他如此固执，只好眼看着他像兔子一样蹦到了处理室。

处理室里就一个护士在忙前忙后，冷漠地替方熙年上完药，又提醒十安："你帮我按着棉球。"

十安一根手指头刚按上去，方熙年就"嘶"了一声，痛得别开了脸。

她立马放缓了手劲儿，但嘴上却不依不饶着："一个大男人还这么怕痛。"

方熙年见她嫌弃，便咬着下嘴唇没说话了。

小护士可没十安心软，接手包扎伤口后，手劲儿比十安还重，方熙年本就细皮嫩肉，何时吃过这种苦，一直拧着眉头久久没有散开。

十安见他一张脸都皱成了团，也有点心疼，忙叮嘱护士："小姐姐，你轻点。"

小护士戴着口罩，只露出一双眼睛，瞥了她一眼，"要不你来？"

十安收了声，顿时没话可说了。

小护士也不知是出于报复还是心情不好，打结的手更重了。

十安看着难受，也跟着龇牙咧嘴，但看着冷脸的护士也不好发作，只好上前把手放在方熙年头上，笨拙地揉了两下，"没事，忍一忍就过去了。"

像狗一样被撸毛，方熙年的身体明显僵了僵，但奇异的是，这种感觉让他心情愉悦。他抬头看她，眉眼弯弯，像狐狸一样笑着，"嗯。"

十安见他笑得这么灿烂，刚想收回手，但方熙年倏然抬手，抓住了她搁在脑袋上的手，顺势将她的手按在了掌心。

方熙年放低了声音，委屈道："其实还是很痛，让我捏一捏。"

十安无语地看着自己的手，才发现自己的手居然比他小好多，整个手掌正好就被他包裹在中心。

热乎乎的触感传来，她感觉自己的脸刷的一下变热了。

十安有点难为情，不好意思地瞥了眼小护士，小护士正巧在看两人，眼睛也跟着弯了弯。

上完药，已经是饭点了，走廊上匆匆走过不少拿外卖的身影。

十安扶着方熙年刚走出电梯，在大厅里迎面撞见了腿上同样缠着绷带的季怀新，她一慌，直接缩到方熙年背后，试图借他一米八的身高让自己成为隐形人。

但眼尖的季怀新还是一眼逮到了她，当即冷呵了一声："哟，饭票，想溜？"

十安眼见躲不开了，干巴巴地笑着从方熙年身后走了出来，装作刚好偶遇一样，"季医生，好巧啊，你也来看病。"

季怀新漫不经心地扫过被她当挡箭牌的男人，不轻不重地应着："不然我来这里吃饭啊。"

"吃饭"两个字被他咬得尤其清晰，十安心里一咯噔，就知道他没那么好对付。

155

脑子里快速地思考着撒谎的可能性，但身旁的方熙年并没有给她思考时间，和煦地看着眼前的男人，问十安："十安，这位先生是？"

十安"啊"了一声，才想起这茬，忙不迭地跟给两人介绍，"方熙年，我老板。这位是季医生，我……"

"我是她的债主。"季怀新插嘴自我介绍道。

十安满脸尴尬，"他说得也没错啦。"

方熙年脸色煞白，轻飘飘地扫了十安一眼，再次抬头看季怀新，目光阴冷，"她欠了这位什么？钱的话，我可以帮忙。"

季怀新感受到敌意，也眯着眼打量着眼前的男人，"这是我和唐十安的事情，不用麻烦别人。"

方熙年眉宇动了动，嘴角衔着冷笑，不再开口。

两人身高差不多，在气势上谁也不输谁。但再往下看，谁也没有比谁好，脚上也都缠着两条绷带，四舍五入也算是半个残疾人了。

季怀新的视线落在十安脸上，"所以，跟你在一起的男人，都逃不过成为残疾人的命运？你到底是什么魔鬼？"

十安一脸愤怒，"关我什么事，还不是你们自己不小心。"

季怀新扬了扬自己打着绷带的腿，一脸问号。

十安心虚地缩了缩脖子，"我都赔钱了，你就不能消停一会儿？"

显然季怀新没打算放过她，他毫不在意地甩了甩脑袋，不客气地笑着说："我到现在还没吃饭呢，还要撑着病体来换纱布，我多惨一人。被人放鸽子就算了，有的人做错了事还死不承认。"

说着说着，他居然还装可怜地抽泣了两声。

十安在心里暗骂了一句"戏精不要脸"，佯装羞愧地皱着眉，"我今天真有事，要不我给你点外卖？"

方熙年忍不住睨了她一眼，"再在医院待一会儿，我的伤口应该就要愈合了，可以直接去拆线了。"

"噗……"十安成功被带偏了，她下意识地看了他的脚一眼，顿时明白过来他在提醒自己应该走了。

一看时间，是挺晚了，她怎么着也该送方熙年回公司的。

这么想着，十安面对季怀新的表情更为难了，"实在不好意思啊季医生，我今天真的有事，我明天再来找你……"

"明天？也行，不过我刚得知了一个好消息，看来你是不想听了。"季怀新摆摆手，一副你不听会抱憾终身的样子。

十安听出了弦外之音，心里一咯噔，立即赔笑看着方熙年，"要不你再等我一会儿，我跟季医生说一会儿话，很快就结束。"

方熙年没开口，但看十安的眸光充满了阴霾，僵持了两秒。半晌，他才吐出话来："随便你。"

这语气，明显是生气了。

十安担心是手术的消息，也顾不得其他了，只看了他一眼便拉着季怀新在角落说话。

跟十安想的差不多，手术方案终于定下来了。

"接下来我们会对病人做一个全面检查，如果没问题手术会尽快安排。"

十安有点激动，下意识地拉住了季怀新的手，"你没骗我吧？"

唐三金的事情拖太久了，这些年她一直等啊等，终于等到曙光快要降临了，她怎么能不高兴？

"没、没，我怎么可能骗你。"忽然被人占了便宜的季怀新也蒙了，毒舌的他头一次结巴了。

但柔软的触感不过刹那间就消失了，十安松开了手，还有一点语无伦次，催问着："那什么时候能检查完？"

季怀新摩挲着指尖方才的碰触，心里多了一层失落，但专业的医生涵养让他很快找回了理智，神情严肃了许多，"按照计划，做完所有的检查应该是下周了，所以手术日期暂定在了下周六。"

十安连连点头，心中的喜悦还在荡漾。

季怀新见她不说话，以为她对手术担忧，忍不住安抚地拍了拍她的手臂,"参与这次手术的都是资深专家,方案也是在我们慎重商议下决定的,手术肯定有风险,但我们会尽所能地救你父亲。"

十安连连点头,又一次谢过他,这才开心地转身告辞。

另一边,方熙年一直关注着两人,虽然听不见他们说了什么,但他还是头一次见到十安那么开心,原来她开心起来更像个小孩。

原来……她在别人面前会笑得这么开心。

方熙年想到这里,只觉得脚上的伤口更痛了,连带着心脏也紧了一下。

他忍不住像个毛头小子一样向前跨了一步,伸手拽起她的手就往外走。那一刻,胸腔里慢慢弥散开来的酸涩感让他想起了许多有关唐十安的事。

想起大学时期,她在篮球场上突如其来的表白,他一笑而过,并没有当回事。

尽管,那天午后他发现她偷偷在天台难过。

想起她一脚踹在打他的男人的屁股上,为他打抱不平。

想起她听说他痛,眼里满满都是掩盖不住的关心。

她的喜欢那么直白。

他忽然惊觉,自己其实很可怜。

这世上唯一坚定不移地站在他身边的人,其实从头至尾都只有她一人。

这样的唐十安,应该只属于他一个人才对。

第26章
节目录制

经过新一轮的分组后，很快，节目的第一期录制就被提上了日程。

临出发之前，十安还是照例在拳馆打了一会儿拳头，其间手机一直响个不停，一个回合下来，她才满头大汗地抓起手机。

手机上，方熙年一连发了三四条微信。

"伤口好像发炎了。"消息下面是一张浸血纱布的照片。

就这点事还值得他拍张照片？

十安拧着眉头回忆，好像自从去过一次医院后，他就从一个臭男人变成一个骄纵的小公主了？

但是发这么恶心的照片给她有什么用，她又不是医生啊。

正想着，她划着屏幕往下面看，越看脸色越难看。

"但是今天要去节目录制现场，感觉不能自己开车了。"这句话还配上了一个痛哭流涕的表情。

这完全不符合方熙年的人设，十安有被惊到。

她看着微信消息，鼓着腮帮子思索他话里到底是什么意思，难不成这年头做个见义勇为的好人还得提供售后服务？

但是，方熙年这可怜巴巴、莫名委屈的语气，有戳中她……

十安捏着手机犹豫半响，试探性地回了一条消息过去。

"要不，我去接你？"

回完消息，她就直接将手机扔一边，然后去洗澡了。

等洗完回来，方熙年果然直接甩了一个地址过来，她穿戴整齐后，还是打车去了他公寓楼下。

十安按照地址来到南中小区，在门口报了名字后由保安领着上楼，但越往里面走，她就越觉得地方眼熟。直到看到楼下那棵长得特别像歪脖树的老槐树，她才想起来，上次王保罗将方熙年送的那套房子出租前，她曾跟来看过，也是这个地方。

不过当时她只关心能租出去多少钱，压根儿记不住小区叫什么名字。

因为这棵老槐树，她还吐槽方熙年连选地址都选了个招魂的地方，一看就是没安好心。

没想到，他居然也住在这里，同一个小区，同一栋楼，门对门？

十安看着1101和1102两个门牌号，惊得眼珠子都鼓出来了。

如果没记错的话，她当时还吐槽1101这个门牌号，一看就是房主跟她有仇，简直就是要她光棍一辈子的意思。

这么看来，他其实早就知道她把房子租出去了，为什么不问自己？

十安莫名很心虚，所以，当方熙年来开门的时候，她的声音不觉就放低了。

"方先生，您需要什么服务？包接包送外，还附送你一个免费的微笑服务。"

方熙年下意识地摸了摸自己的脖子，"我最近哪里惹到你了？"

她平时有那么可怕吗？

十安皮笑肉不笑地摇摇头，"没有啊。"

方熙年微眯起眼，一脸的不信，"哦，那就是你惹到我了，你在背后做了什么对不起我的事情？"

怎么还学会举一反三了呢？

怕他想太多，她连忙压下心虚，认真地否认，"我没有，你别胡说。"

话音刚落，方熙年身体忽然前倾，鼻尖差点碰到她。

十安吓得背脊一僵，差点就反手一拳头呼过去，但残存的理智拉住了她的拳头。

方熙年似乎很满意她的反应，目光一直凝在她脸上，似乎是看到什么好玩的东西，他笑了笑。

"你的脸上有惊慌失措、矢口否认和心虚。"

十安不信他，梗着脖子，"哪里，我怎么没看见。"

方熙年勾唇，指腹点在她的眼角和因为辩解而涨红的脸，"这里，还有这里。"

啊这……他也太较真了吧？

十安冷哼一声，一把就抓住了他那还落在她眼角处的手指，跟着用力朝反方向一掰。

"知道你为什么会挨揍了吧，平时到底惹了多少祸事，还一点数没有？"

疼得双眼直冒金星的方熙年一脸不可置信地看着十安，可怜巴巴地闷哼。

对上他那双泛着"泪光"的眼，十安心里一软，迅速扔开他的手。

方熙年吃痛地咬了咬牙，但还是云淡风轻地解释道："上次那事是意外，商场上难免会遇到一些流氓。"

"我听你这话的意思，合着就你是好人是吧。"

方熙年不置可否地点头，"对别人来说不一定，但对你，我一直是善解人意。"

十安扬了扬拳头，"你想试试当猪头脸的滋味吗？"

话音一落，方熙年立即识时务地将麻木的食指隐藏到裤兜里，理直气壮地说："不了，我没有这种爱好。"

这认怂的小样儿还挺萌的，十安差点没绷住，抬手稳住了想要上扬的嘴角。

半晌，十安才稳住心神，问及正事："你这双腿，怎么走？该不会是我想的那样吧……"

方熙年奇怪地看她，"你想的什么样？"

十安哑巴了下嘴，没说话。

方熙年整个心刚提到了嗓子眼,忽然一阵天旋地转的感觉袭来。

十安一只手穿过他的手臂,另一只手直接穿过他的膝盖窝。方熙年还没来得及惊呼,就见十安双手托起了自己的身体。

脸,刷的一下就红了。

这种公主抱的姿势比背着更羞耻。

"我想的就是这样,你还满意我对你的服务吗?"

方熙年的脖子也跟着爆红了一圈,无处安放的双手别扭地支在半空中。

他一动,十安的手就掐他的屁股,语气再自然不过地说道:"别动,摔倒了可别怪我。"

方熙年深吸了口气,绝望在心底蔓延,在心里一直默念"冷静,我是绅士",默念了五遍,心情总算平静了。

然而当下了楼,正好撞上从车里下来的陈鸿宇,他感觉自己重塑的信心再次崩塌……

在陈鸿宇惊愕的目光下,十安直接将方熙年扔进了车里。

"没有司机?自己不能开车?看来你真不把小陈当人看。"

方熙年板着脸,仿佛耳朵聋了,甚至还一本正经地提醒她:"我跟导演约了十点见,还有半小时就迟到了。"

陈鸿宇立刻拉开了车门,示意十安赶紧上车。

但十安僵在门口半晌没动作,用沉默表达着自己对上当受骗的不满。

方熙年等了好一会儿,才拉下脸冲她露出了一排洁白的牙,"上车吧,不然该晚了,你们录制之前还有很多事情要准备。"

近乎讨好的语气加上嘴角若隐若现的小酒窝,简直诱人得要命。

但十安绝对不承认自己是被美色诱惑才放弃了抵抗,她只是担心节目来不及了,所以才上车的。

这么想着,她的心情忽然就好了,连带旁边的方熙年也顺眼了许多。

十安时不时撇头看他。

阳光正好,光晕落在他半张脸上。

藏在金边眼镜后的眼睛也染上了一层金色,尤其是她最喜欢的那颗泪痣,也被一粒熠熠的光点掩盖,调皮地晃动着,让人的思绪不自觉便被他牵引着走。

忽然,车子猛地一个急刹,运动神经敏感的十安奋力朝前伸手支撑,却一把摸到了柔软又热乎乎的地方。

十安低头,才发现自己整个人压在了方熙年的大腿上。

……是挺敏感的位置,但也不算太尴尬。

十安尴尬地抬头,正好对上他看过来的目光,极近的距离让彼此的呼吸交缠。

空气短暂地沉默了。

最先打破沉默的人,永远是方熙年。

因为脸皮厚,他总是第一时间发现这种暧昧小气氛,然后不知廉耻地说出来。

"你别看我太入神,不然待会儿再摔倒,我就没这么快的反应了。"

为了掩饰尴尬,十安慢条斯理地从他腿上坐起来,别开通红的脸,好像什么都没发生一样开口道:"窗外的景色真好。"

方熙年扭头看了一眼窗外的工地,语气中带着笑意,"嗯,我也真好看。"

下了车,陈鸿宇借口要去停车,便将方熙年交给了十安。

方熙年瘸着一条腿,连忙将手臂搭在她肩上,以防她又要整人,压低了声音在她耳边叮嘱。

"里面人很多。"

"人多啊……"十安笑着看了他一眼,抬手就要做出公主抱的姿势。

他立即向后闪避了一下,引来十安哈哈大笑,"逗你玩。"

方熙年脸一沉,求饶地看她一眼。

十安眨了眨眼,也就没再逗他了,一手扶着他的腰朝演播厅走了进去。

最近电视台同期节目挺多，不少演播厅外都人满为患。

十安架着方熙年也看得热闹。

方熙年难得见她这么高兴，主动跟她介绍："1号演播厅场地大，这次录的节目应该是台庆的活动。"

十安觉得奇怪，"你怎么什么都知道？"

方熙年撇嘴一笑，"RM集团和南方卫视的合作很多，我刚进公司实习的时候是在商务部工作，常来这里开会。"

十安若有所思地点头，原来他们老方家的公子哥也不是养尊处优，难怪方熙年为了工作和利益这么不择手段，都是工作压力闹的啊。

两人走到录播厅入口，就见几个素人队友在里面闲聊。

十安虽然记性不好，但对待工作的事情一向很认真，她一眼就认出其中有两个人是自己队里的，女孩叫林素，男生叫赵仟。

"听说马坤是三星拳王，他真的好厉害啊。"林素语气委屈，"不像Herra，那么瘦弱，个子还没我高。"

对面的男孩见她如此说，心里也有点得意，但面上还是安慰道："其实她还不错啦，听说是WBC的冠军。"

"冠军又怎么了，她还能是马坤的对手？今天组队赛最后一轮是导师对抗，要是运气不好，对上马坤只有跪的份了。"林素无奈地说着，"反正，做好第一期就垫底的准备吧。"

有人同情地拍了拍林素的肩，"别想了，女拳击手又不是只有Herra，总有一次抽签可能抽中何洛的吧？不能够每次都倒霉抽到男拳王吧。"

"何洛？我记得她打败过拳王艾伦欽。"

林素听了表情越发委屈，"所以，就算抽中何洛，我们也只有一个'输'字了，这个节目设置太不公平了，无量级对抗赛，我们毫无优势……"

"你们不准备录制，在这里闲聊可以聊出个冠军来？"一个高大的人影从演播厅里走出来。

王保罗似笑非笑地扫了一眼众人，显然听到了他们方才的对话。

有人认出他是Herra的经纪人，纷纷逃走。

王保罗眼瞅着几人离开，转头就看到站在门口的十安和方熙年，十安反而笑了笑："嗯，我怎么忽然觉得这个节目有意思了。"

方熙年拧着眉宇，"被人小看，还开心？"

十安扬了扬自己的小拳头，比起马坤那些人来说，她的拳头确实小了一号，但她毫不在意地冷嗤一声："看来，我要是不打到马坤叫爸爸就不配站在这个舞台上了。"观察了一会儿自己的拳头，她忽然又扭头问方熙年，"你有没有什么暗箱操作，让我第一轮抽签就抽中马坤？"

方熙年和保罗无语地瞥她一眼。

方熙年叹了口气，"马坤来参加比赛，让何洛都很有压力。"

十安冷哼，从鼻子里哼了一声："怕什么，怕他跪着向我求饶？"

方熙年见她如此狂妄自大，忍不住抿了抿唇角。

王保罗看两人的状态，也忍不住在心里暗暗叹了口气，但作为唐十安的经纪人，就算她逞能，他也该跟她是一伙的，于是帮腔道："我们十安是挺厉害的，打得马坤叫爸爸也不是不可能。"

此话一出，果然引来方熙年一个凉凉的眼神。

只是这眼神刚飘过去，十安一个拳头就举了起来。

方熙年自然而然地移开目光，仿若没看到她，咳嗽了一声，说："你去准备吧，我在这里等陈鸿宇。"

十安觉得他这傲娇又胆尿的模样有点可爱，偷偷抿起唇角笑了笑，但转瞬又故意板着脸哼了一声，转身走了。

第27章
狂妄

王保罗追在十安屁股后面，不时回头看看跳着走的方熙年，越看越觉得乐和，忍不住赞赏地冲十安竖起了大拇指。

"你这丫头真是开窍了啊，还知道套路了。"

十安被他一脸的赞赏看得莫名其妙，挑眉回敬道："什么意思？"

王保罗捶了她的肩膀一小下，"还跟我这里装呢，你跟我说，是不是你找人打断了方熙年的腿，然后再以圣母光辉的形象照顾方熙年？你从哪本言情小说里学来的套路啊？"

十安无语，这种套路真是闻所未闻。

她转移话题道："医生来了吗？你找了新医生？"

一说起这个，王保罗立即担忧地看了她的手臂一眼，"我把赵家禾从美国请回来了，她已经到了，在休息室。等会儿找个时间，让她帮你看看手的情况。"

十安不在意地哼了一声，"我们又不是去上坟，你一副愁眉苦脸的表情做什么。"

王保罗立即咧开嘴笑了笑："也对，老赵既然来了，好好调理一下你的身体，状态还可以维持个十年八年的，怕什么。"

十安不想拆穿他过于乐观，但这种时候她也不喜欢说丧气话，哼了一声就傲娇地昂起了脑袋。

赵家禾是十安在Box Club的时候就跟着的医生，对她的身体状况最了解。简单做了一些体能检测后,赵家禾便拉着王保罗去外面单独说话。

十安慢条斯理地穿戴整齐,看向两人,"有什么话不能在这里说?不管我身体出了什么问题,都不用这样藏着掖着。"

赵家禾思索片刻,直接道:"还是老问题,你不能老这么不间断地训练了。你的年纪不小了,肌肉和韧带都有旧疾,人的精力是有限的,这样消耗是在缩短你的未来。"

这些都是老生常谈的问题,十安听了一半就不太想听了,"您直接跟我说重点。"

赵家禾有点尴尬,她看了一眼王保罗,得到肯定的答复后,半晌才叹气道:"真的不是什么严重的问题,我只是怀疑……"

"怀疑什么?"

赵家禾深深地看她,"你还记得有一年在纽约参加比赛时,你的眼睛有过一段时间的黑影吗?"

十安点头,她记得有这么一回事。当时她对战日本选手久保玲月,最后一个回合时忽然眼前一黑,才让她失去机会输掉了比赛。

"当时我们对你做过全面的检查,没发现明显的问题。"赵家禾抬手指了指自己的眼角,"但最近一次我看过你的全身报告后,发现视网膜一处有很小的阴影,我们担心你的视网膜神经出现了问题。"

十安微张了张嘴,一时没说出话来。

"当然,仅仅是我的担忧。"赵家禾又说,"这次保罗叫我来,也是担心你。"

十安的心仿佛被人掐紧了一样,她其实很怕,怕自己也会像唐三金那样忽然有一天就倒下了。

"不过你也不用担心,我和佛兰德医生也有讨论过,或许只是普通的飞蚊症。"

"那我需要注意什么?"十安问。

赵家禾耸肩,"减少训练时间,如果还想多打两年比赛,其实像这种节目能不参加就别参加了。"

十安尴尬地清了清嗓子,"既然参加了,就好好打吧。"

做完检查后,接下来的流程就是抽签选对手了。

十安来到抽签室的时候,其他三个导师拳手已经在里面了,而摄影机和主持人也一应俱全,节目从这一刻正式录制了。

抽签室里的气压很低,尤其是呼声最高的马坤,从十安进门起就没正眼看过她,一直和身边的林赛讲话。按照惯例,正式抽签之前,主持人会先热热场,跟大家聊聊天,比如"你希望抽到的对手是谁?"。

于是十安听见马坤自信满满地说:"我当然希望对手是林赛了。"

主持人不嫌事大地追问:"为什么呢?众所周知林赛可是有诸多经验的老将,又做了教练,在战术和指导方面有超强优势。"

马坤笑呵呵地回答:"正因为如此,我才不想欺负女人嘛,节目播出去看我打女人那得多丢人啊。"

在场的女人一号何洛当即黑了脸,二号女人十安原本谨慎地坐在椅子上,听了他的话后,反而轻松了下来,双手环臂,身体自然地靠在了椅背上,她看笑话的神情果然吸引了主持人的注意。

"唐小姐,那你呢?希望自己抽到谁做对手?"

十安嘴角一勾,也没站起来,大爷一样保持着自己的坐姿。

她抬头淡淡地问主持人:"我有一个问题,如果嘉宾有需求的话,可以跟别人交换抽签吗?"

主持人似乎没料到这个情况,愣了一下说:"好像没说不可以。"

"既然没说不行,那就是可以咯。"

主持人笑道:"算是吧,所以你想换成谁?"

十安冰冷的眸光朝着对面的马坤看了过去,"我希望不管谁抽到马拳王,都能跟我换。"

"你想跟我打?"马坤嘲讽一笑,轻蔑地扫了她两眼,"我是没问题,但你到时候哭鼻子可反悔不了。"

十安笑了笑，低头掸了掸衣服上没有的灰，"嗯，我这辈子也没学会'反悔'两个字怎么写，倒是你到时候可不要跪着叫'爸爸饶了我'。"

"你……"马坤显然没料到她这么没节操，当即气红了脸。

"不过，你要是现在求饶，没准儿我还能手下留情。"十安笑着说。

"噗。"在一旁看戏的何洛忽然发出了笑声，她从椅子上起来，先是给了十安一个赞赏的眼神，随即淡淡地扫了眼马坤，笑道："看来，这签也没什么抽的必要了。林老师，不如我们自动成为对手吧。"

言下之意，是支持十安的做法了。

坐在一边的林赛跟何洛挺熟，拍了拍大腿站起来，"我看行。"

主持人见另外两人都这么说了，为难地看了看一旁的马坤，他已经气到脸色铁青了，反观十安，依旧一副唯我独尊的恶霸样。

沉吟片刻，他忽然笑道："既然大家都没意见的话，就这么定了。倒也是很随意的规则呢，不过，这样更有意思不是吗？"

马坤还想说什么，但主持人没给他说话的机会，很快就结束了这一环节。

关掉摄影机的瞬间，马坤就气急败坏地拉开房门走了出去。

方映南似乎挺高兴，一看到十安就撇嘴笑了笑："可以啊，我还愁没话题呢。"

王保罗和方熙年都揪着一张脸，十安刚要张嘴说话，走在最前面的马坤已经愤怒地找上了方熙年。

"小方总，这就是你们俱乐部的拳击手？如此目中无人，你们也支持她这么明目张胆地破坏规则？"

方熙年自然很生气，他冷着脸看十安，眉头越皱越深，没想到十安这颗定时炸弹，在节目刚开始就给他制造了麻烦。

十安懒得解释，也回瞪着方熙年，一副爱谁谁的样子。

方熙年睨着她，好半响才无声地叹了口气，再抬头淡漠地看向马坤,声音如冰窖:"如果你害怕,可以向她求饶。"

他冷冰冰的话在走廊里格外突兀。

众人诧异,似乎没想到他会帮十安说话。

最意外的还是十安,什么时候起,方熙年会站在她这边了?他不是向来都只会对她横眉冷对,假装温柔的吗?

马坤显然因为这话气得不轻,铁青的脸,颤抖着手指着他,"这就是你们节目组的态度?!"

方熙年看他的眼神就像是在看跳梁小丑,"如果你不愿意接受,也可以选择现在退出。"

"你……"马坤差点当场暴走。

方映南当即使了一个眼神。

一旁的主持人立马上前拉着马坤到一旁安抚,也不知道两人怎么说的,马坤之后就没有再闹了,只是对十安也没什么好脸色就是了。

众人离开后,方映南似笑非笑地哼了一声,"我亲爱的弟弟,你好像忘记了我们都在工作,你这么明目张胆地偏袒自己人,有点过分了吧。"

方熙年不以为意地撇撇嘴,"找个替代马坤的人不难。"

"是不难,但你这私心也太昭然若揭了吧,还让不让我办节目了?"

"那是你的事情。"方熙年抬眸,平静地说完,便转而看向立在一旁没说话的十安,指了指自己的轮椅,"愣着做什么,过来推我。"

十安"啊"了一声,才走过去握住了把手。

"走吧。你该去现场准备了。"

十安抿着唇,在众目睽睽之下推着他转身离开。

电视台的走廊很长,十安走得不算慢,但还是被何洛追上了。

何洛从后面拍了拍十安的背,看样子还挺高兴,"你们该不会来真的吧?上次看你们那么亲密,我还以为只是闹着玩呢。"

话是问十安的,但目光一直落在方熙年的脸上。

十安的脚步停了下来,她看了一眼笑得像八卦记者的何洛,心突突地跳着。她不明白何洛是什么意思,只好顺着她的目光看向方熙年,似乎是在等他回答。

方熙年垂着眼,半晌没开口。

整条走廊忽然陷入了静谧,落针可闻的尴尬空气慢慢升腾。

十安的心也跟着揪了起来,好像有什么东西密密麻麻地在上面攀爬,她张口刚想要否认。

方熙年忽然说道:"你不应该先关心一下我的伤势吗?"

话是对何洛说的,十安的脸刷的一下沉了下来,但她一直低着头,没有人注意到她的神色。

突如其来的话题转移,避开了问题本身,但却像是给了否定的答案一般。

何洛笑了笑,飞快地瞥了眼他脚上的伤,笑道:"这点伤对我们来说不算什么,十安也觉得他小气吧。"

话题忽然带到她了。十安才抬头笑了笑,目光沉静无波澜,像是方才发生的事情跟她无关一样。

"是啊,这点伤算什么。"

得到她的回应,何洛跟着笑了笑,她落落大方地拍了一把方熙年的肩膀,"不过,你不是有人关心了吗,还要我的关心做什么。"

方熙年没说话。

何洛冲两人挥手,"对了,我得赶紧去准备了,我们队和林赛队先开场。你们慢慢来。"

十安继续推着他走,只是全程没有什么话可说了。

方熙年见她沉默,忽然一手捏住了轮子,车子推不动,十安也就停了下来。

方熙年疑惑地问她:"你不高兴?因为什么?"

其实也没什么高兴不高兴的,十安脸上的情绪淡了淡,"你刚才那样跟马坤说话,真的好吗?我其实有点担心,会不会因为我惹出什么麻烦来。"

她闭口不提有关何洛的事，听语气好像是真的懂事了。

方熙年很少见她如此善解人意，但不知为何，心里却不太痛快。

他沉默半晌，忽然对她招了招手，"你低头。"

十安不明白他要做什么，但方才他总归是帮自己说了话，思忖片刻，还是乖乖低了脑袋。

一只手落在了脑顶，掌心摸着毛茸茸的脑袋按了按，然后又像顺毛一样揉了揉。

陌生的触感让十安愣了愣。

她僵着脖子半低着脑袋，一点动作都不敢做，生怕不小心破坏了这奇异又莫名让她觉得舒服的画面。

"……你为什么要揉我脑袋？"

钢铁直女在某些方面，真的太难以让人理解了。

方熙年揉着那颗小脑袋的手顿了顿，他一笑，"因为想夸你做得好，虽然制造了麻烦，但在你的专业领域，你不必受委屈，也不必为了别人压抑自己的骄傲。"

十安弯着腰，距离他的脸很近，微微抬眸就碰到他的眼睛。

是很认真不伪装的神色，让她没来由地心里一颤。

"我以为你会很生气。"

方熙年笑了笑："是很生气，所以你一定要赢，才算对得起我。"

十安顿时明白过来他这么做的举动，就好像奖励猫猫狗狗那样，以为顺顺毛，她就能拼了命地赢得比赛，达到他的目的。

"除了想让你赢之外，维护你还有别的原因。"

在十安变脸之前，他已然游刃有余地转移话题。

他自然地收回手，笑得温柔深情，"因为你是我的人啊，不维护你，我维护谁？"

我的人……

砰——心像是被什么东西击中了。

第28章
战术

方熙年这人，尽管跟天气一样难以预料，却也跟天气一样无可避免地让她喜欢。渣男这种东西，就跟吃零食一样，明明知道吃多了会长胖，但还是忍不住想吃。

节目正式录制时，现场的光明亮到刺眼，大屏幕上还播放着四大导师的履历，机械的男声一直在循环。

观众们早就在自己的位置坐好了，有人在窃窃私语，也有导播在做最后的准备。

十安不知道是被谁拱上台的。

嘈杂的环境中，十安在环形沙发上坐下，身边坐着的人正是何洛。

何洛冲她笑笑，样子很友善，却让十安想起方熙年在上场前说的那句没头没尾的话。

她循着舞台下万千攒动的人头望去，还是一眼看到了那个无法被遮盖光芒的男人。

方熙年没坐在轮椅上，他靠在一侧舞台边缘的位置，站在那里没动，一直凝着眉，四周没有人敢上前，他的存在将整个沸腾的现场划分成了两个世界。

十安看着看着，忽然就笑了。

不知道是不是感应到她的笑，台下的方熙年心有感应一般扭头看来，正好捉住她还没来得及逃开的目光。

"好好表现。"方熙年用口型无声地对她说着。

十安做了一个"你烦不烦啊"的小动作，但还是乖乖点了点头。

方熙年这才满意地冲她一笑，又比了一个吃东西的小动作，意思是"你表现乖一点，我带你去吃好吃的"。

十安撇嘴，心想，谁稀罕啊？

但身体还是不由自主地呈现出了一种乖乖的姿势，不再东看西看。

她想，其实方熙年有时候也挺讨人喜欢的。

但他讨人喜欢的时候，又让她很烦躁，心像被很多只蚂蚁密密麻麻地爬过，一种害怕失去又强烈地想得到的情绪总是萦绕着她。她从未如此强烈地想要拥有过一件东西。

方熙年的出现让她有了欲望，就算明知道他不是什么好人。

既然忘不掉，就只能尽可能地去讨他的喜欢了。

他喜欢赢，就赢给他看好了。他喜欢她夺得荣誉，夺回来就是了。

便是如此简单，再难的，也做不来了。

男主持人浑厚的倒数音后，正式拉开了比赛的序幕。

两张沙发，分别摆在擂台左右两边，就像近距离观战台一样。

十安和何洛坐在一边，林赛和马坤在另一面。

在自己的队员上场比赛之前，每个导师都可以上台去指导，何洛跟自己的队员分析战术就用了近十分钟，五个脑袋凑在一块，嘀嘀咕咕不知道说了什么。

十安悄悄打了个哈欠。在她看来，无惧战斗就是最严谨的战术。

但显然何洛不这么认为，聊完后，几个人都充满了自信，何洛连回程的步子都带着风。

"说起来，我们这是六年前那次后，第一次站在同一个擂台上。"

何洛在十安身旁坐下，小声交谈着。

十安也不知是被她勾起了回忆还是怎么的，迟疑半晌，才点点头问道："你分析了什么战术，这么久。"

她不着痕迹地避开了上一个话题，何洛意外地挑了挑眉，却也没说什么，笑着抱拳靠在椅背上。

"待会儿你看了就知道了。"

因为是团队作战，队员上场的名次其实很重要，所以，这次何洛特意沿用了经典的田忌赛马战术。

十安看了半天，其实也没看太明白，脑子一根筋不会绕弯是一方面，但更重要的原因是，她一直认为拳击这种运动没有高低之分，比拼的向来是在擂台上的爆发力，平时强化训练再厉害的人，也可能会遇到爆发力超强的对手，稍不注意，也是一个输。

当然，上帝保佑，何洛的战术分析基本没错。

将近两个小时的录制，四个回合下来，最终估算分值的时候，何洛组的分数明显超出林赛组一截。

何洛冲上台与自己的队员们来了个大大的胜利的拥抱。

看着他们几个人抱在一起蹦蹦跳跳，就跟拿了世界冠军一样快乐，十安也忍不住看了一圈自己队友的位置，那四个人要么一脸紧张兮兮，要么懒散无状。

说起来也挺愧疚，其他导师早就跟队员们打成一片了，而自己，硬是没想到在节目录制之前跟大家联络感情。

抱着这种愧疚之心，十安决定还是在上场之前给他们打打气。

两组比赛结束后，很快就轮到他们了。

在这之前，大家多少也听过她和马坤的一些龃龉，很明显，他们现在对十安的怨气已经连装都懒得装了。

十安过去时，除了方才在门口说小话被抓包的林素一脸紧张之外，其他人都没什么好脸色。

尤其是大老粗赵仟，他看到十安，冷哼了一声，不客气地问道：

"我们有什么战术没？你该不会什么都没准备就来参加节目了吧？"

十安看了他一眼，难得脾气很好地没发作，一本正经地点头，"当然有战术啦。"

"是什么？"林素紧张地发问，"我跟对面的刘琳打吗？她的身形好像跟我差不多。"

面对如此真诚的发问，十安依旧保持着难得的微笑，她还不知道刘琳是谁，抬头望了过去，问："那个穿红白相间衣服的是刘琳吗？"

林素脸一白，"不是，是那个穿黄衣服的。"

十安点点头，了然道："跟谁打，你们按照自己的心意来就行，不用特意跟我商量。"

她说完，还觉得自己挺善解人意的。但显然其他人并不这么认为。

有人当即道："那你等于什么都没说。"

十安点头，耸肩，一副理所当然的样子，"你们对自己的实力最了解，难道不是早就在心里为自己确定了目标吗？"

说话的人明显一愣，恶狠狠地瞪她一眼，没吭声了。

十安笑了笑，撇嘴道："那你们还要听我的战术吗？"

赵仟抿了抿唇角，冷声道："你说。"

十安满意地点头，招呼大家靠过来，她学何洛跟他们脑袋挨着脑袋，压低了声音说道："我的战术就是，给我干！干死他们。"

十安再次被嫌弃了，这次没有人想再听她的话，纷纷扭头去找自己的座位。

没人回答，十安抓了抓脑袋，又说了一句："那就祝你们好运。"

几双白眼扫了过来，其中有一张脸还很愤怒。

十安倒不生气，只是摆摆手道："瞪我也没用，我也不能帮你们上台打比赛。"

说完，她也不管其他人的反应，转身就往回走，身后的四个队员面面相觑，无语地摇头，其中一人还对着她的背影比了一个中指，这不满的情绪简直要溢出屏幕了。

"你怎么回事啊？不打算好好比赛了？"十安一坐下，何洛就凑了上来，担忧地看着她。

十安似乎并不在意，她反而觉得好笑地看了何洛一眼，"你替我操心什么？"

说得也是，何洛撇撇嘴没说话了。

叹了口气，十安靠近她耳边解释道："他们本就对我有意见，不管我安排什么战术，他们也不会信服。这才第一次比赛，输赢有那么重要？"

何洛惊讶地张了张嘴，她盯着十安看了好一会儿，才后知后觉道："我发现了，你是我强劲的对手。你说得对，我不应该替你操心。"

其实对十安来说，这一场比赛，其他人赢不赢没关系。

最重要的是，她能不能赢得了马坤。

如果连她都输了，那么以后的节目大家更没信心了吧。

胆小的林素第三个上场，对战的正是她口中所提的刘琳，看来对方也选了她。

刘琳是马坤团队里身板最小的女孩子，跟十安有一拼，在量级上就输了林素一头，也不知是不是因为这个原因，林素明显松了口气。

十安懒散地半窝在沙发上，眯着眼看林素试探性挥出去的拳头。

她忍不住蹙眉。

对面的刘琳身形灵巧，防御的步伐非常老练，几个拳头攻击下来，林素已经气喘吁吁。

"怎么回事，看来你没给你们组这个小妹妹上课啊。"何洛看了几眼后，忍不住跟十安吐槽。

十安敲着手指头没有回话，她的目光一直盯着对面的刘琳，计算着对方的持久力。

刘琳是在第一回合两分二十秒时正式反击的，反击的势头很猛，短短几十秒便反超林素，一举拿下分数。

第一个回合结束，林素靠在塑胶带仰头急促地呼吸，状态明显焦急了起来。

十安看着计时器，在心里分别计算了一下两人出拳的速度。

因为是业余比赛，不用打满十二个回合，按照赛制，三分钟四回合结束。按照目前两人的力量和持久力来算，林素唯一有可能赢的机会是在最后一回合的最后一分钟反击，但前提是，她需要懂得保存力量。

但显然林素并没有这么想，第二回合一开始，她就铆足了劲，加快了出拳的速度，企图不给刘琳出拳的机会。

嘭——

无须到第四个回合，第三回合刚结束，林素整个人便吃力地瘫倒在了地上。

第四个回合输得易如反掌，短短十几分钟赛程里，Herra战队的第一梯队率先出了一个大丑。嘲笑声和喧闹声接踵而至。

十安偷偷看了眼自己战队队员所待的位置，只见林素垂头丧气地坐下了，其他几个人跟她说了什么，几个人纷纷转头看过来，对十安抛出了并不友好的白眼。

十安撇嘴，没搭理他们。

很快，第二轮比赛依然输得很彻底。

轮到最后的队员上场的时候，十安干脆悄悄跟编导请了个假，让他们暂时不要把镜头往这边打。

马上就要到导师赛了，她也要下台准备，编导自然很快放行。

下了台，十安独自在角落里找了片空地休息。

第一时间就注意到她的赵家禾和王保罗立即提着医药箱偷偷摸摸走了过来，赵家禾剥开两粒药递给了她。

"干吗？"

"止痛药。"王保罗递了瓶水给她，"我知道你的脾气，不劝你了。"

吃止痛药也不算犯规,十安没跟他啰唆,仰头痛快地吞下了药。

刚把水还给王保罗,方熙年拄着拐杖走了过来。

他的目光扫过医药箱,眸光一暗,看向十安:"你哪里不舒服?"

十安勾了勾唇,不甚在意地摇头,"止痛药,我就是提前预防一下。放心吧,我不会输的。"

方熙年明显一滞,随即并排与她坐在台阶上。

"我是问你为什么吃药,是不是有什么地方不舒服?"

"啊?"十安看他,意外地看到他眼里的担心。

方熙年看着她一脸认真的模样,嘴角泛起一丝苦涩,叹了口气。他低头理了理自己的衣摆,"如果身体不舒服,跟我说也可以的。"

十安盯着他看了好一会儿,忽然笑了,像个孩子一样开心。

"知道了,我不会拿自己的身体开玩笑的。"

"不过,你要是担心比赛的事情,也可以问,我不会给你们方家丢脸的。"说话的间隙,她的目光匆匆地扫过他单薄的唇。

方熙年僵了僵,冲十安尴尬地笑了,"被你拆穿了。"

低头假意整理自己的西装衣摆,他声音低沉了几分,"我确实担心。你的战队几乎全军覆没,你不能输。"

"嗯……"

方熙年放柔了语气:"你要是赢了,我答应满足你一个愿望。"

十安撇嘴,双手托起腮来认真思考,"好啊,那你带我去一个地方吧,我没有门路找地方,你的人应该能找到。"

方熙年凝眉,"什么地方?"

十安侧头冲他咧嘴一笑,"赢了再告诉你。"

"好。"方熙年看她笑得这么开心,忍不住提醒,"但要是你输了,我什么都不会答应你。"

十安紧紧地盯着他,他似玩笑的话里藏着认真,眼里写满了"你要有赴死前行的坚定"。

她咽下了所有酸涩,语气坚定:"你不用提醒我,我也知道的。"
方熙年不明地看她,"什么?"
"我会赢的,哪怕是为了我自己。"

第29章
KO 之王

为了营造拳王赛的氛围，在正式进入导师赛环节时，节目组调暗了灯光，将场子炒热成拳王争霸赛现场。

十安穿着王保罗特意带过来的战服，靠在休息区，仰头灌了一口水的工夫，何洛已经换了清爽的衣服走过来。

方才和林赛的比赛时，这两人仿佛做做样子，打了个友谊赛，最终的结局是两人比分相差不多。

何洛一副看戏的姿态，冲十安眨眨眼，"我很期待你的表现。"

"那你拭目以待吧。"十安脱掉了外袍，露出精干的小臂。

她大步流星地准备上场，作为RM集团的"亲女儿"，节目组毫不吝惜地将镜头频频给她。

十安一个跨步利落地翻身上了台，在属于自己的红方阵营靠塑胶带坐下，王保罗立即给她递来牙套，戴上咬口护牙等护具。

哨声一响起，立即引爆了现场，观众们的尖叫声回响在耳际。

十安碰了几下自己的拳击套，才正面迎上对手马坤的目光。

两人都戴着头套，看不清对方的表情，但透过他瞬间变成斗鸡的迎战姿势，十安还是感受到了他满腹的怨气。

对待怨夫，十安向来毫不手软，甚至不给他一丁点的机会。

在上场之前，王保罗问她有什么战术。

她当时没回答，其实她早就做好了准备，既没有听从赵家禾的建议随便打打就算了,也没有听从方熙年的话,只要赢就可以了。

她要KO马坤,让他惨烈地倒地不起,颜面扫地。

枪声一响,十安就如同一头狂暴的狮子一样迎头扑上,猛烈的拳头快而重地朝对手最脆弱的地方落下。

王保罗一颗心紧紧地揪着,他了解她,从她出拳的状态上已然猜到她想做什么了,但对面的人好歹是三星拳王啊,就算多年疏于训练,怎么可能那么轻易被KO。

马坤双拳护头,矫健地连连往后退。

拳头连续多次落空,十安并没有伤他分毫。

王保罗焦急的神色全落入了方熙年眼里,他也皱起了眉,没让自己发出任何声响。

身边的何洛在分析战术,"她这么打不行啊,体力会耗尽的。"

方熙年没说话,却难得地双手合十,抿紧了唇角凝视着前方。

台上,十安的拳头明显有减弱的趋势,马坤觉察到时机,松开了护住脑袋的拳头,挥拳反击。

就在他以为自己完全可以反击时,红色的拳头却再次接踵而至。

马坤比她以前所遇到的拳击手更会躲避,但很可惜,她发现了他的弱点。

这么多年,他光学会了闪避,在如雨点般密集的拳头落下时,他的反击在她眼里缓慢得如同慢动作。

十安没有跟他纠缠下去的意思,她收回手,不过呼吸之间,马坤再次抬拳朝她的脸奔来,十安用力一个侧身,同时竭尽全力地挥出一个直拳,方位是马坤的左侧脑。

马坤一低头,险险避开了那个看起来会打断鼻梁的重拳。

然而,猝不及防的瞬间,只听到一声咔嚓响,马坤吃痛地仰面往后退。

不过眨眼的片刻,十安的另一只拳头一勾拳从马坤的下巴落下。

众人这才反应过来,直拳是个假动作,而这一记才是致命一击。

马坤连退几步，整个人仰面躺在塑胶带上。

十安步伐和拳头一样快，在他还未有下一步反应时，一拳头再次从他脑袋和后颈落下，直接将人挥打倒地。

观众席上，忽然有人站了起来，全场哗然。

似乎没人料到，三星拳王马坤居然被KO了！

裁判第一时间冲上前，蹲在趴在地上的马坤边上，一拳一拳地捶着地面，倒数声在观众的引领下振耳发聩。

"六，五，四，三，二，一！——第一回合，Herra获胜！KO马坤！"

"太厉害了！"

大屏幕上，十安飒爽的身姿被拉得很长。

她利落地摘掉护具，因为战况太激烈，绑高的长发蓬松开来，几缕被汗水浸湿，但她毫不在意地晃动了两下脑袋，用戴着拳击套的手拨弄了两下，转身靠在了角落上的临时休息区。

"啊啊啊……她好帅啊！！妈啊！我恋爱了！"

"天啦，太帅了吧！我要嫁给她！"

身后是女孩们发出的尖叫声，但十安并未得意，她时刻关注着一点一点从地上爬起来的马坤。

这次，她是彻底惹恼了马坤，隔着老远她都能感受到他怨毒的眼神，跟上场之前的耀武扬威完全不一样。

王保罗和赵家禾一人帮忙喂水，一人帮忙擦汗。

"你刚刚的打法太危险了，你给我收敛点，还有三个回合呢，不要到最后得不偿失。"

十安不屑道："这就危险了？你怕是没见过什么世面。"

"妈的，不吹牛会死啊！"王保罗忍不住爆了一句粗口。

正巧第二回合的哨声吹响，十安站起来，冷哼道："今天爷就让你见见世面。"

王保罗无语地看她一眼，恨不得掐死她。

但擂台上的事情，还真只能是她说了算。

擂台上，红色的身影和蓝色的身影很快就碰撞到了一块。

拳头的重击声，一声一声落下——

"第二回合，Herra KO！"

"第三回合，Herra KO！"

短短七八分钟，十安已经打完三个回合，她喘着气一屁股坐下，王保罗和赵家禾立即上前。刚喘匀气，最后一个回合的哨声再次吹响。

此时的马坤已经有些站不稳了，他借助塑胶带的力量才支撑自己站起来。

反观十安，虽然受了点伤，但她看起来毫无影响。

"这就是你说的打不了几个年头？我怎么看，她再打个一百年都没问题。"

王保罗死死地盯着擂台上，刚好看到十安一个起跳，拳头直接落在马坤脸颊上，马坤被打得脑袋一偏，喷出了口水。

赵家禾也是很费解，"我真的没给她吃违规药。"

"马坤这些年一直在吃老本，疏于训练。"方熙年的声音在两人身后响起，"十安的打法虽然很激进，但正好可以对付他。"

他不知何时从观众席上下来，此时正抄着手，一脸骄傲地看着台上的人。

赵家禾不认识方熙年，奇怪地看了一眼王保罗。

王保罗后知后觉小声在赵家禾耳边嘀咕："我知道十安这家伙怎么这么给劲了。"

王保罗上下扫了几眼方熙年，撇嘴道："毕竟是爱情的力量。"

方熙年的目光依旧没有移开擂台，只是，他能感觉到自己的心跳空前地加剧着。

他忽然知道十安为什么这么拼了。

不仅仅是她想赢了马坤扬眉吐气。

灯光熠熠的拳击擂台上，不停以暴力姿势挥舞着拳头的身影此时占据了他所有的目光。

他很少有机会这样近距离观看她打比赛，这是第一次，刺眼的光圈下，她晃动的马尾以及挥洒的汗水，每一帧都像极了某个升格镜头，一点一点在他眼前掠过。

"Herra VS 马坤，最终回，Herra KO！！"激动的男声划破整个会场，擂鼓般的掌声猛然响起。

十安迎着掌声缓步走下舞台。

人们一哄而上，方熙年也被他们拱着上了前。

"我刚刚帅吗？"

喘着粗气的女声在耳边响起，恍惚间，方熙年才回过神。

十安站在他的面前，笑着又说了一句："我这么帅，快夸我啊！"

方熙年看清楚了她的脸，脸颊上有淤青，不算严重，但满脑门的碎发都被汗水打湿了。

尽管大汗淋漓一身狼狈，但依旧如她所说，帅得一塌糊涂！

他忽然忘记了怎么回答，只伸出双手，无视腿上的伤，用力将她一把抱了起来，但声音却很低沉："嗯，你真帅。"

十安诧异地瞪大了眼，双手撑着他的肩膀，"你的腿……"

"没事，我不疼。"

十安这才低头看到他满脸的笑意，刹那间，心里不经意地被撞击了一下。

有点疼，也有点涩。

她抿紧了唇，声音如蚊子："这么帅，你喜欢吗？"

方熙年想，应该是喜欢的吧。

不然，她抱着自己胳膊的手不住地颤抖时，他的心怎么也会跟着颤抖了一下？

他拖着她的身体，温柔地放下她，这才注意到她的手上也有淤青和不知道被什么刮开的伤口。

"这才第一次录制，怎么打得这么狠？"方熙年的语气里满是埋怨和关心，"让医生给你包扎一下。"

十安低头瞥了眼自己的手，没说话。

其实，她的思绪还停留在方才自己提出的那个问题上。

等了一会儿，他还是没有回答。

她便低头嘀咕了两句，"还不是因为你说要赢。"

方熙年没接话，只是顺势接过了毛巾，食指和大拇指环住她的手腕，替她一点点地擦着淤青周边的汗水。

手臂上传来麻麻痒痒的触感，十安在心底叹了口气，任由他拉着没有挣扎了。

清凉的药膏覆在了手背上，方熙年正帮她仔细地涂抹。

"上完药就去换衣服吧，还有采访要做。"

简短地交代完接下来的工作安排，他收拢起她的拳头，安抚似的拍了拍。

公事公办的样子让十安瞬间清醒，她撇嘴，收起自己的拳头，只觉上完药的肌肤很烫，烫得她掌心痛。

十安没说话，转身就往更衣间走。

王保罗和赵家禾不知道什么时候跟上她，鬼鬼祟祟地将她堵在了门口。

"先看看手。"赵家禾举着药箱。

十安无奈，只好将手交了过去，就算涂了药膏，但斑驳的红痕还没有完全消散。

王保罗立即紧张地哇哇大叫："这该不会是什么凝血问题才会迟迟没消吧？"

赵家禾淡定地检查了关节和几处皮肤，"只是皮肤比较敏感，红痕才会持续这么久。老王，你也不要太一惊一乍了。"

王保罗这才长长舒了口气，拍着胸口小心翼翼地问十安："刚才我看方熙年跟你偷偷摸摸地说话，你们俩那动作也太亲密了吧。"

十安被他说得莫名其妙,"我们不是一直很亲密吗?这有什么。"

保罗无语地瞥她一眼,低声吐槽:"不害臊。"说完,他还是一本正经道,"我还不是怕传出不好听的谣言。前面都是记者。"

十安撇撇嘴,不太在意的样子,"你这思想也太狭隘了吧,不能因为我是世界冠军就剥夺了别人跟我亲近的权利,要是方熙年被人说闲话,那也是他应该承担的。"

王保罗无语地翻了翻白眼,"我是担心别人说你,毕竟方熙年是豪门公子,有些八卦平台最喜欢男欢女爱这种新闻了。"

十安冷哼一声,"怎么了,豪门公子配不上世界冠军?"

王保罗被她堵得哑口无言,气得不再说话了。

赵家禾做完了伤口处理和检查,又老生常谈地交代她减少运动量,絮叨了好一会儿才肯放人。

他们三个出去的时候,正好撞见方熙年和几个记者站在会议室门边讲话。

看到十安,他便立即笑着示意她过去。

做专访的都是方熙年团队精心挑选的体育记者,一整个队总共采访了二十分钟,其中有十五分钟记者都在提有关十安的个人问题。

十安避免了和马坤的冲突,将话题引到了节目身上,一来二去也让其他人露了脸。整个采访期间还算和颜悦色。

记者离场后,十安和方熙年也正打算离开,却忽然被队伍的几个人给拦住了去路。

为首的是脾气最差的大块头赵仟,他神情严肃,应该是鼓了好大的勇气才敢站在她面前。

十安奇怪地看他一眼,"你们这是……要找我单挑?"

几个人被她问住了。相比节目之前鄙视和瞧不起的眼神,这会儿大家看她只剩下崇拜了。

"那个,录制幕后那天,我们会早点到现场等你。"

经他们提醒,十安才想起来,这节目要连续录一段时间,包括幕后她做教练教他们。

十安掀了掀眼皮,"随你们啊。反正,我不会早也不会晚。"

几个人盯着她,一时半会儿竟然不知道应该说什么了。

僵持了一会儿,最终还是赵仟拧巴着脸尴尬道:"其实大家是想跟你套近乎。"

十安微微张嘴,愣了愣才反应过来,"哦,是这样啊。"

但她也不太会处理这方面的人际关系,只能笨拙地抓了抓耳朵,道:"不用,你们该咋样就咋样吧,跟我套近乎我也不会对你们好的。"

几个人的目光暗了暗,但十安也没什么好说的了,尴尬地摆摆手就准备离开。四个人看着她走远的背影,都有点不知所措。

第30章
隐秘心事

打赢了比赛，方熙年带她吃大餐。

但车子刚到四方餐厅停车场入口，就看到另一边方映南和何洛也从车上下来。

看见对方，四个人都很意外。

"你们是约好的吗？"十安目光在三人之间扫过，忽而笑了一声。

方熙年没有回答十安的话，方映南已经主动凑上来邀请两人，"既然这么巧，就拼个桌吧。"

说完，两兄弟齐齐看向何洛，好像十安的意见根本不重要似的。

何洛大方地点头，"没问题，好不容易录完节目当然要吃点好的。"

几个人边朝里面走，边商量着吃什么菜好。

十安跟在身后，纳闷地想，这三人应该是这里的常客了。

走了一段距离后，方熙年才发现好像有什么东西丢了，回过身看了看，发现十安慢吞吞地跟在后面，缓缓吐出一口气。

他站在入口处等了一会儿，才等到十安。

"怎么走这么慢？"

十安不想说是因为不想破坏他们三人的和谐，左右看看，才找了个借口道："我看这里风景好，所以多留意了一下。"

四方餐厅最出名的就是院子建得好，安静的小古楼矗立在湖中心,去到小楼的通道是一座小桥,桥下种了荷花,正是初春的时候,荷花冒出了尖尖。

"我想去四周看看,你们先去点菜。"

方熙年难得见她如此有兴致,给她指了几处可去的地方,便没说什么了。

十安顺着他方才所指的方向走了走,靠近溪边的一栋小房子里设备齐全,摆放着各类供人等候时休闲的玩具,她在屋子里转了一圈,发现角落还有一台小型八角笼,里面居然挂了一个沙袋,椅子上还放着两个拳击套。

十安正觉得惊奇,转而又看到墙壁上贴了不少老照片,其中一张充满回忆的老照片吸引了她的注意。

照片上一个十一二岁的小小少年和一个十五六岁的少女并排站着。身后,大片大片的蔷薇花簇拥着两人。

仲夏时分,女孩穿着碎花裙子,手挽在小少年的臂弯甜甜地笑,她身旁的小少年虽然没笑,但眼底的欣喜不言而喻。让人印象最深刻的是,他有一双清秀的眉目,狭长的眼角下还长着一颗令人心动的泪痣。

从十安这个角度看去,两人就像是从童话世界走出来的男女主角。

十安踮脚伸手抚平了泛黄的边角,她才发现这张照片是被剪过的,应该还有一半,但消失了。

"被撕掉的那个人,是我。"一道男声忽然在身后响起。

十安回过头,方映南正嬉皮笑脸地看着她。

他的出现,证实了这张照片上的人的确是她脑海里想的那个人。

十安收回手,问他:"那撕掉你的人,就是方熙年了?"

方映南惊讶地看她,"看来你真的很喜欢熙年,这么了解他。"

十安不明白他为什么忽然扯什么喜欢不喜欢。

方映南转头看那张被撕掉一角的照片上,忽然不怀好意地笑了笑:"不过,我劝你啊,还是不要喜欢方熙年这家伙了,他这种人就是没心没肺的,可不值得被人喜欢。"

十安奇怪地看他,"你在挑拨离间?"

方映南一愣,说:"我是为你好,熙年这人就喜欢利用人心达到目的,也不知道到底伤过多少女孩的心。"

十安听出点意思来,他居然在背后捅自己弟弟刀子。

方映南眼皮一挑,说道:"你这人怎么回事,我只是好意提醒你远离渣男。"

"提醒我,别搞笑了,也不照照镜子看看自己嫉妒的嘴脸。"十安冷嗤。

"我嫉妒他什么了?"方映南被气笑了,有点口无遮拦,"我嫉妒他被你们这些傻子喜欢啊?装装样子就把你们这些小姑娘骗得团团转,呵,傻子,方熙年这种渣男,你别看他对你多好似的,但要他爱你,你做梦吧,这辈子都没可能,他这辈子最爱的人只有他自己,他就是个自私自利的……"

十安看着滔滔不绝的方映南,脑袋里一阵嗡嗡响。

她忽然觉得很吵,很烦躁,而眼前的人,真的好讨厌啊……忍不住就抬起了脚,"嘭"的一声,方映南只觉得屁股一疼,他震惊地回头,还没来得及反应,十安又是一脚踹在了他屁股上。

扑通一声,方映南猝不及防地摔了个狗吃屎,好巧不巧地摔在了刚进来的何洛和方熙年的脚边。

何洛和方熙年傻眼,冷不丁抬头看十安。

十安也没想到自己刚作案就被逮个正着,也鼓着眼睛打量两人,这两人,一个是方映南的弟弟,一个是青梅竹马的恋人。她感觉自己怎么解释都有一种仗势欺人的味道,一咬牙,一闭眼,干脆老实招了算了:"你们没误会,我确实是打了他。"

面对十安的大方承认,方熙年不知道应该笑还是该生气。

一转头,看到方映南捂着屁股从地上爬起来,骂骂咧咧地瞪着十安,"你有什么毛病……"

方熙年还是没忍住笑了,下意识地挡在了十安的面前,"有话好好说，不能打架。"

家长式的劝架脱口而出，十安和方映南都愣了一下。

方映南捂着屁股甚至有点委屈，"你还护着她是吧。方熙年，你是不是觉得这个女人打了我你还挺高兴？"

方熙年站在方映南和十安中间，"高兴还不至于。"

"那你笑是什么意思？"

方熙年睁眼说瞎话："我没笑。"

噗——

十安没忍住，笑出了声音。

方映南恶狠狠地瞪向十安，一看她笑，感觉自己的屁股更痛了，满腹的委屈顿时化成了愤怒，抬手就想去抓人。

方熙年顺势一挡，直接将他的手拍开，"你不能动她。"

"有没有搞错，她打我就行？"方映南气得呛了两声。

方熙年将十安挡在身后，语气森然："我说不行就不行。"

方映南鼓着眼珠子，气得再也说不出话来了。

被方熙年掩藏在身后的十安此时跟他近乎是同样的表情。

方熙年什么时候这么男人了？

十安看着比自己高出一个脑袋的方熙年，怎么都想不起来当年在大学时自己保护他的样子。

有什么东西涌上了喉间，一开始是涩的，但慢慢蔓延至全身，居然变成了甜味。

是吃了冰激凌的甜味。

十安抬手扯了扯方熙年的衣袖，嘴角泛起了一丝笑意，"那个，你放心吧。"

方熙年扭头看她，也跟着笑了笑。

他一笑，她就忍不住飘了，于是很不要脸地说出了后半截话，"方映南想动我，有点不自量力，我一只拳头就可以干翻他。"

方映南猛地吸了一口气，他愤怒的目光再次转向了十安，没想到，她扬起自己的拳头耀武扬威地晃了晃。

方映南吞咽了两下口水，觉得自己要报复回去确实有点自不量力，但是……他有何洛啊。

他打不过她，但没说不可以搬救兵啊。

这么想着，方映南一转头，哭丧着脸委屈巴巴地看向何洛："洛洛……"

何洛见方熙年和十安两个人合起伙来欺负他，心里也有点不满，她像护小鸡崽一样将方映南拦在身后，"咱们打拳头的，明人不说暗话，你打了方映南我很不高兴。"

看架势，今天要是没说法这事儿就没完了。

十安下意识地看了方熙年一眼，见他没说话，她的胆子自然就肥了。

她不甘示弱地迎上何洛的目光，"说吧，单挑还是打群架？"

何洛一愣，"这么社会的吗？那就单挑吧。"

"行，打起来。"十安当即就要撸袖子。

两个男人听了面面相觑。

方映南张嘴想说什么，但担心自己又说错话挨揍，只能转头看方熙年。

方熙年低头叹了口气，伸手拦住跃跃欲试的两人，"先吃饭吧。"

"吃什么饭，吃饱了就不想动了。"十安已经将袖子卷到了胳膊处。

方熙年拉住她的手，目光落在她斑驳的手背上，轻抿唇道："为方映南打架不值当。"

方映南不满道："我说，你们就不能尊重一下我吗？"

方熙年瞥他，"她们接下来还要录节目。"

方映南只好咽下了满腹的委屈，"熙年说得对，其实我没事，只是摔了一跤，你们还是别打架了吧。"

要是打出个好歹来，残了，伤了，这也不好上节目了，影响就不好了。

方映南这人虽然不着调,但在公事上还是继承了方家的严谨基因。

见两人都这么说,十安和何洛确实犹豫了。

为了方映南打架好像……听上去确实不是什么值得骄傲的事情。

但两人架势都摆足了,也有点下不来台,谁也不想成为第一个认怂的人。

正僵持着,方熙年递上了台阶,"这么精彩的对决赛,当然要留在下次在擂台上打。"

斗鸡一样的十安听着他温柔似水的话,顿时就觉得要什么脸面啊,方熙年不香吗?

她火速收起拳头,冲何洛叉腰昂头,"既然方熙年替你求情了,那就下次吧。"

何洛看着她死要面子的样子,笑起来,"唐小姐有点可爱呢。"

有点可爱,然后呢?

十安怎么也没想到,自己居然也能和情敌勾肩搭背,一副姐俩好的架势携手坐在一张饭桌上。

而且,她这位情敌还格外殷勤。

"这是老锅煨红烧肉,蛋白质丰富,多吃身强体壮。"

十安艰涩地吞肉,嘴上的油还没擦掉,一筷子干笋又送到了碗里。

"这道干笋炒肉是熙年的最爱,你应该也会喜欢。"

何洛热情布菜的样子像极了卖假药的药贩子。

十安开始怀疑她是这家餐厅的托儿了,然而这个想法还没说出嘴,就从方映南嘴里听说了餐厅的老板是何洛的妈妈。

吃到一半的十安顿时就觉得嘴里的红烧肉不香了。

她本来就不爱吃红烧肉,只是碍于面子勉强吃了两口。

但不知情的何洛还在热情地催促:"你怎么不吃啊,吃呀。"

十安无语地看了她一眼,正想着应该用什么说辞拒绝,眼前就伸来一双筷子。

方熙年将她碗里的红烧肉夹到自己的碗里，一脸的包容，"不喜欢吃就不要勉强自己。"

可是……十安迟疑地指了指那块沾了饭粒的红烧肉，"你不嫌脏啊？我用筷子戳过的。"

她没好意思说，那块肉有百分之九十的概率沾过她的口水。

但方熙年摇了摇头，"不介意。"

十安抿紧唇，盯着他看了良久，脸刷的一下就红了，心也快要跳出嗓子眼了。

为了掩饰自己的心跳声，她慌忙埋头吃东西，再也不肯开腔说一句话了。

没有十安配合，何洛便将自己的热情尽数转移到了方映南身上。

方映南倒是一脸享受，何洛送什么到嘴边，他就乖乖吃什么。

十安却开始脑补，何洛和方熙年这两人在一起吃饭的话，会不会互相给对方夹菜，夹到饭桌都空了，谁也没吃上一口？

第 31 章
我女朋友

吃饱喝足，十安和方映南像大腹便便的孕妇一样叉着腿一前一后地走出包间。

这个时间，餐厅也差不多要打烊了。

何洛最近因为要参加节目，一直住在市区，按照来时的搭配，陈鸿宇开方熙年的车送十安回家，方映南送何洛，合情合理。

但眼下方映南一副即将临盆的样子，怎么看都不像是能正常开车的样子。

"要不，熙年你让小陈把我们每个人都送回家算了？"不要脸的方映南率先一步占据了车后排的位置，还不拿自己当外人地冲站着的人招手，"何洛站着干什么，都上来吧。"

何洛迟疑地看了方熙年一眼，没有动。

方映南急了，"你不是跟他住同一个小区？正好顺路。"

方熙年也冲何洛点了点头，她才慢吞吞地坐进了后排座。

十安眼看几人都上了车，拉开车门也想要坐进车里，方熙年站在门口却抬手拦住了她。

"怎么了？"

方熙年解释说："你住在反方向，送完你再送我们时间很晚了。"

十安抬起的脚僵住了。

方熙年紧接着说："我叫车送你。"

也不等十安有所反应，说完，他径直就朝着路边走去。

十安抬脚想跟上，才发现脚步很沉。

几乎是一瞬间，身体里的温暖尽数被抽走。也不知道是不是因为夜太深了，她只觉得自己此时浑身充满了寒意。

片刻，一辆空车停在了两人面前。

"上车吧。"方熙年绅士地拉开了车门。

十安抬眸看了他一眼，点了点头，"好。"坐进车里，她顺手直接关上了车门，"师傅，麻烦你去老城区。"

方熙年的手放在门把手上，还没来得及动作，车子便匆匆驶过。

出租车开得很快，转眼间整个车身就没入了黑暗之中。

方熙年低头看着自己的手，心中一沉。

她是生气了？

方熙年僵了僵，忍不住又看了眼车子远去的方向，抬脚回车上，像没事人一样吩咐陈鸿宇："先送何小姐。"

方映南见他闷着，有点幸灾乐祸，"唐小姐肯定生气了，哈哈活该。"

方熙年终于有了反应，回头瞥他，"你不说话，没人把你当哑巴。"

方映南嘴贱，当然不可能乖乖闭嘴，还想嘲讽两句，何洛一巴掌将他的脸摁在车窗上。

"你闭嘴。"

方映南委屈地眨了眨眼，没敢说话了。

车里终于安静了，何洛犹豫了好一会儿，才试探地问方熙年："你刚是想跟唐小姐一起走的吧？"

方熙年放在腿间的手动了动，片刻他回身冲何洛笑了笑："没有。她的性格很好，不经常生气，你不用自责。"

"没生气就好。"何洛缓缓松了口气。

夜晚的城市很安静，路上没什么车辆，陈鸿宇将车子开得飞快，不到二十分钟就到了南中小区楼下。

何洛率先下了车，但她站在车边等了一会儿方熙年也没下车。

"你先进去。"方熙年从前排探出脑袋来,"明天我要用车,送完映南,鸿宇还得将车开回来,我觉得麻烦。"

何洛愣了一下才反应过来,笑着说:"嗯,其实你不用解释。"

方映南脸色一冷。

方熙年勉强一笑,车子继续前行,但车内出奇地安静。

方映南最受不了这种窒息感,他扒拉了两下脑袋,伸出脑袋看前排的方熙年,"不过你怎么不问我,唐十安为什么要打我啊?"

"你挨揍,也不是意外的事情。"方熙年头也没抬,语气很淡。

方映南气得吸了口气,忽然不怀好意地呵呵笑了两声:"其实是因为我说你自私又渣,她一生气就动手了。没想到她这么天真,居然相信你是什么好人。"

边说,他边睨着方熙年的动静。

果不其然,方熙年那张死人脸上有了裂动的迹象,但依旧是晦暗不明的神色,"她是因为我才动手打你的?"

方映南盯着他看了好一会儿,觉得自己还是弄不明白他到底在想什么,讪讪地撇嘴:"四舍五入算是吧。"

方熙年点点头,表情很快恢复自然。

忽然,他指了指靠右的路边,"靠路边停车。"

车子稳稳停下,方映南立即觉察到事情不对。

"方熙年,我还没到呢,你不会要赶我下车吧?"

方熙年没回答他,下车绕到了后排车边,方映南立即双手拉住了门把手,"我死都不下车!这起码还有五百米,这么晚了,我一个人回去危险!"

方熙年拉不动车门,脸色难看,"给你两个选择,现在下车走回去,要么明天早上再回去。你自己选。"

方映南的手恋恋不舍地松开了,一阵汽车尾气飘过,方映南站在路边,绝望地看着距离五百米远的家。

"方熙年,你给我等着!"

回家的路上，十安的情绪不怎么高，但意外地接到了季怀新的电话。

季怀新的声音似远又近："唐十安，你家在多少栋？怎么这么难找？"

什么栋？

十安捏着手机反应了半晌才明白过来，奇怪地看了看四周，居然真的在电线杆下看到一道鬼祟的身影。

季怀新？不会吧。

她将信将疑地收起手机，猫着步子靠近黑影，一巴掌还没落下去，就见黑影条件反射地一哆嗦，手中的袋子吧唧一下落在地上。

"啊！鬼啊！"

季怀新捂脸大叫了两声，看清楚是十安后又大叫了两声，足足五秒，他才总算平复心情，黑着脸瞪十安。

"你走路怎么没声音啊，吓死人了。"

十安看着他受到惊吓的样子，也很委屈，自己什么都没干呢，他怎么就这么胆小？

"你不是医生吗，怕什么鬼啊。"

季怀新捡起地上的黑色袋子，脸色难看地瞥她一眼，嗫嚅道："我没怕，只是你这个小区也太破了，我担心遇到个流氓什么的。我又是伤患，万一要打架，我肯定打不过。"

他不提还好，一提这事儿，十安下意识地看向他的腿和手。

其实季怀新的伤好得差不多了，石膏拆了，脚上的纱布也只剩下三指宽的一小片，但面对十安的目光，还是一副柔弱的样子。

十安倚在电线杆上，面无表情地看他表演，没有露出一丝关心的意思来。

他也觉得无趣，演不下去了，只能讪讪地咳嗽一声，指了指她的额角。

"你身上的伤处理过了？"他问了个不相干的问题，目光似有若无地扫过她身上的斑斑淤青，略嫌弃道，"处理得很草率。"

十安奇怪地看他，季怀新不自然地努努嘴，扬了扬手里的袋子，从里面取出药水和棉球，"我今天看到你的节目了。"

十安恍然明白过来，"所以你来找我不是因为唐三金的事情？"

"关心一下你不行啊？"季怀新不耐烦地拖起她的手，将她拉到梨树下的木椅上坐下，"谁给你处理的伤口啊，纱布都没包好，要是感染发炎了留疤就丑了。"

说着话，他便自顾自地用蘸了药水的棉球拭她的额角。

十安下意识地往后仰脖子，"你为什么要关心我？"

季怀新气得笑了笑："我又不是要吃了你，你怕什么？"

就是你这样忽然献殷勤更可怕啊……

十安到嘴边的话还没说出来，就听见一道刺耳的喇叭声响起，两人都受到了惊吓，扭头朝着发出声音的地方看去。

只见黑漆漆的小巷子外，一辆黑色的车停在路口，刺目的光正好落在两人身上，那光好像还很不满似的，用力地晃了两下。

就算十安脑子不清醒，但眼睛总没瞎，站在那儿的不是方熙年又是谁？但他没有下车，车头的光不知为何晃了几下，忽然掉了个头，逐渐远去了。

季怀新下意识地看了十安一眼，笑了笑："你不追啊？"

眼睛差点被晃瞎的十安好半响才回过神，不明所以地看他，"为什么要追？"

季怀新道："他看起来像生气了。"

十安恍然，撇撇嘴说道："你的意思是，让我追上去哄他？"

季怀新摇头，"不，我没那个意思。"

十安撇嘴："还是算了吧，我就算是长跑冠军也不一定能追上车子。"

听见她的回答，季怀新莫名有点开心，忍不住在心底哼起了歌，手上的动作也欢快许多，手舞足蹈的样子不像在上药，像是跳舞。

十安觉得他有病，自己受伤了他还这么开心。

但算了，毕竟季怀新也不是好东西，她还是乖乖地举着手任由他重新包扎吧。

果然专业的医生就是不一样，伤口包得整整齐齐，不像赵家禾恨不得将她的手指包成木乃伊。

十安盯着自己的伤口欣赏了半晌，琢磨着应该如何夸季怀新，忽然，一束光再次袭来，接连响起汽车的轰隆声和关门声。

两人下意识回头看去，方熙年不知道什么时候又倒了回来。

这次他没有犹豫，径直跨步朝两人走了过去，气势汹汹的样子看上去要吃人。

季怀新已经上前一步挡住了方熙年的去路。

方熙年看着眼前的男人，又看一眼他身后的十安，生气地挑了挑眉。

"季医生，你挡路了。"

季怀新冷笑，"你不是走了吗？怎么又回来了？"

方熙年目光带着凉意，语气却有点示弱："我后悔了。"

十安忍不住抬眸，想说什么，但话到嘴边，莫名顿了一下。

季怀新将她的小举动尽收眼底，沉下眼睑，面对着方熙年讥笑了一声，"有的事情不是你想怎么样就怎么样的。"

方熙年见十安没反应，神色更冷了，嘲讽地回看季怀新，"最近的医院业务很差，医生都兼职上门服务了？"说着，他抽出了几张纸币往季怀新手里一塞，"医疗费，够吗？"

季怀新看了几眼手里的钱，没有收也没有说不收，目光却戏谑地扫过方熙年受伤的脚，似笑非笑地说道："现在的伤患都不爱进医院了，业务当然差了。"

方熙年眯了眯眼，没接茬。

季怀新没有再继续这个话题，倒是有趣地看向十安，问道："这位先生管得这么宽该不会是你男朋友吧？"

十安张口正要说不是，季怀新又补充了一句，"你可千万别说是，不然我会生气的。"

十安奇怪，忍不住看他，季怀新什么意思？

正琢磨，方熙年的声音持续冷了两度，忽然道："没错，我是她男朋友。"目光迎上季怀新投来的视线，谁也不甘示弱地看着对方。

空气明显僵持了两秒。

半晌，季怀新笑了笑，低头将钱叠好，还给了方熙年，"那我就不好意思收钱了。"

方熙年抬眸，神色愠怒。

季怀新咧嘴，"实不相瞒，我挺喜欢你女朋友的。既然你们还没结婚，她还可以有新的选择。"

"她不需要有新的选择。"方熙年平静的眼里泛起寒意。

季怀新皮笑肉不笑，"你说了可不算。"

方熙年收回目光，没有再与无赖聊下去的意思。

他转头看十安，口气满含威胁："你该回去休息了。"

说完，也不等她开口，抓起她的手就走，季怀新刚想上前，但抬眸的瞬间，见到十安陌生的眼神，他的脚步一顿，最终没有跟上去。

方熙年拖着十安到黑漆漆的楼道里，陈旧的老楼道很安静，只有脚步声一下一下响起，然后一次又一次地照亮了声控灯。

十安不耐烦地甩开他的手。

方熙年手中一空，僵了僵，"你刚刚为什么不反驳，那个医生他喜欢你。"

十安抬眸看他，"我为什么要反驳？"

方熙年僵住，"你是我女朋友。"

十安笑了下，"很快就不是了。"说完，她吸了吸鼻子，像没事人一样，露出礼貌的微笑看他，"怎么样，何洛安全送到家了？"

方熙年张嘴想解释，但还是说："对不起，我应该先送你回家的。"

十安耸肩，"我这种身手，不需要人送。"

方熙年抿了抿唇，迟疑半晌，微微叹了口气，"如果你没生气，就让我送你到家门口。"

第32章
地下拳庄

两人一路无言走到门边。然后她停下来，笑着对他说："我不方便邀请你进去坐。这个时间太晚了。"

方熙年盯着她的脸看了一会儿，忽然笑了，"你家里藏了男人吗？不让我进去。"

十安眉心揪了揪，"你在说什么屁话。"

话音落下，两人都沉默了。

静默中，方熙年喘了口气，绅士地帮她拉开了身后的铁门，无奈道："你不想我进去，我就不去了，早点休息。"

十安话也没说，转身要回屋。

方熙年又忍不住压低了声音忽然开口："那个季医生……就是我送你去医院那天，你着急去看的朋友吗？"

十安一愣，想起重逢的那天，她确实有这么说过。

方熙年见她不回应，笑了笑："没事了，明天我来接你，早点休息。"

十安奇怪，"接我去干吗？"

方熙年几不可闻地叹息："答应过你的，你要是赢了比赛就带你去你想去的地方。"

地下拳庄啊？

十安意外，"你怎么知道我想去干吗？"

方熙年笑了笑："保罗告诉我的。"

十安心想，王保罗真是个大嘴巴，但面儿上还是感激地看他，"谢了啊。"

方熙年盯着她，"不生气了？"

十安撇嘴，"嗯"了声。

方熙年这才松了口气，伸手揉了揉她的脑袋，什么都没说，然后掉头往楼下走，因为脚上的伤还没有完全好，走起路来背影一瘸一拐的，十安看着他的背影，伤脑筋地挠了挠头。

翌日，方熙年一大早接上了她。

侍者直接领着他们上了二楼的VIP卡桌，闪烁着旖旎灯光的会场里早已经坐满了人，两层被打通，像极了民国时期的戏台子，而楼上和楼下也被分成了VIP区和普通区。

十安站在二楼往下俯瞰，这个位置正好能准确地看到八角笼中心的位置。

被钢筋条固定起来的八角笼，看上去像极了动物笼，而即将在里面表演的选手也像极了被人围观的动物。

烦闷的感觉爬上了头皮，十安抿唇，往后退了一步。

方熙年注意到她闪避的小动作，起身给她让开了位置，"怎么了？你脸色不好。"

十安没抬头看他，摇头道："我没事，只是这里有点闷。"

方熙年听了她的话，缓和了表情，"有什么不舒服就跟我说。"

十安点头，在他身边坐下。

这时，有侍者送来了今晚的参赛选手名单，十安随手翻了翻，却意外地在介绍上看到一张熟悉的照片。

"马坤？"十安有点不敢相信，诧异地问道，"是那个三星拳王马坤吗？"

侍者满脸恭敬地微笑，"是的，先生小姐赶上好时候了，今晚是拳王争霸赛，是我们这个月的特色节目。"

十安下意识地看了方熙年一眼。

没记错的话，合约上应该有约束参加录制的导师在比赛期间不能在外打比赛，尤其还是这样见不得人、爆料出去甚至影响到节目的比赛。

十安问他："你打算下注谁赢？"

方熙年拿起眼前的酒杯浅抿了一口，语气淡淡："我不参与，你呢？"

十安看了好几眼平板，"我赌马坤会输。"

"为什么？"方熙年有点意外。

十安撇嘴一笑，"我对自己的手下败将，可没什么指望。"

方熙年笑了笑，无奈地摇了摇头。

"你为什么不生气？"

方熙年没说话。

十安忍不住偷偷看他一眼，总觉得记仇的小树苗已经在他心里发芽了。

就在十安胡思乱想的时候，整个会场忽然爆发出热烈的掌声。

与此同时，楼下的擂台点燃了光亮，激昂的音乐声也接踵而至。

穿着战袍的马坤和一个大块头黑人拳击手小跑上了擂台。

十安注意到马坤左腿上的纱布，下意识坐直了身体。

那伤处她记得，上次节目中她疯狂KO马坤留下的伤还没有痊愈，不仅如此，如果仔细看，还能看见他手臂上也还保留着纱布的痕迹。

两处伤都在关键处。

带着伤来打黑拳？

十安没有收回目光，有些不可思议："他不怕死吗？我当时下手那么重。"

方熙年坐在沙发里，手里拿着酒杯浅抿，"在这种地下拳庄，他们都签了生死状，就算死也要打下去的。"

十安一愣，"这么拼为了什么？"

"来这里的人，都是为了赚钱。"

可是，什么样的钱，值得豁出命去拿？

耳边持续响起嗡嗡的声响，有人在喊拳击手的名字，但声音太过嘈杂，也听不太清楚他们喊的到底是谁。

赛制介绍，一共十二个回合的比赛，每回合三分钟。这是一级拳手的对决形式，看来那个小侍者没有说谎，今晚确实是拳王争霸赛。

只是，她很怀疑，马坤能不能支撑到整个回合结束？

用这样的身体去对抗，简直不自量力。

手臂上和左腿上的伤果然给马坤带来了大麻烦，在第四回合起初，他就明显有点体力不支了，好几次本应该闪避的动作都没有来得及，硬生生地吃了好几个拳头。

"嗤……他也太不经打了。"十安喃喃自语，每一个回合，她都忍不住冷讽。

马坤被揍的状态持续到了第十个回合。

而那个大块头拳击手反而打出劲头来了，拳拳到头，狠起来仿佛自己是灭霸。

不正规的拳击赛几乎不怎么做保护措施，拳击手在台上根本就是拿身体在硬扛，不出几分钟，马坤没有任何防护面罩的脸近乎布满伤痕，淤青让他的脸面目全非，嘴角和眼角上的血痕在忽明忽暗的灯光下，像蜿蜒的蚯蚓在爬。

十安不知道什么时候已经站在栏杆边上，咄咄逼人道："马拳王是不是以为自己很壮烈？白送上去挨揍就感动自己了吗？"

方熙年忍不住看她，还没来得及追问她为什么要这么刻薄时，马坤已经如同丧家之犬一样被大块头拳击手咣咣重击着。

即便隔得那么远，十安都感觉到身体上的疼痛，双手不自觉间已经攀上了围栏。

马坤筋疲力尽地趴在地上，裁判正在他的耳边倒数，但他还在挣扎，尽管失败了几次，但不到最后一秒，也在用手试图支撑起身体。

结局显而易见地已经摆在眼前。

那些下注买他赢的人只觉得愤怒,甚至有人朝台上扔东西,破口大骂。

　　混乱不堪的场景让十安的脑袋嗡嗡作响,她揉了揉自己的太阳穴,表情不太自然地看了方熙年一眼。

　　方熙年正好回过头来看她。

　　两人视线相撞,她忽然僵硬地笑道:"他输定了。看吧……我果然下注对了。"

　　方熙年蹙了蹙眉,张口想说什么,但十安忽然转过了身,没什么兴致地撇了撇嘴,"算了,看马坤打比赛没意思,我们去吃消夜吧。"

　　说着,她不等方熙年回应,抬脚便往外走。

第33章
留宿

十安的情绪很不对劲，方熙年也没有说话，两人沉默地走到了露天停车场，正好撞上了被两人架着的马坤。

马坤一看到方熙年，受伤的腿顿时不瘸了，说话也结巴了起来："小、小方总……您怎么在这里？"

方熙年刚拉开车门，听见声音回头看了他一眼，"马拳王，你的伤势很严重，眼下还是先去医院吧，别的事情之后再说。"

马坤的目光在十安和方熙年身上转了一圈，顿时满脸悔恨，"我来打比赛是有原因的，我、我家出了点事情，我需要钱……"

方熙年漫不经心，"你不用跟我解释，法务会通知你办理解约和赔偿事宜。"

马坤急了，瘸着腿就要上来求情："求求你小方总，我家现在的情况完全拿不出这笔赔偿金。你不要让我离开，我真的需要这笔钱。"

"你不用求我，我不是慈善家。"

"小方总……"

方熙年已经踩下了油门，车子从他身边毫不留情地开过。

十安一直盯着后视镜看。

马坤瘸着腿追了两步，没有追上，整个人蹲在了地上，看身影很是崩溃。

十安的眼皮跳了跳，她有些头疼地按着两道眉毛，扭头看方熙年，他的神色一如往常，很平静。

注意到她在看自己，他侧头笑了笑，问她："是不是不舒服，你今天的状态一直不好。"

十安的眼皮跳得更厉害了，她也不知道是不是同情心作祟，总之，不太好受。

"是有点不舒服，但不是身体原因。"

方熙年奇怪地看她，"嗯？"

"我可以跟你提个请求吗？"十安吞了吞口水，很艰难才说出口。

方熙年温和地笑了笑，一脸了然，"如果你是想替马坤求情的话，就别说了。这不像你，我也不会答应的。"

"为什么？"

"因为这是规则，他违反合约在先。"方熙年的话毫无波澜。

"他现在的状况，我不敢保证让他上场会让节目出什么纰漏，我不能用你的善心来赌一个未知。"

十安咬着下嘴唇，没说话。

车内气压很低，两人就这么僵持了几分钟，最终方熙年无声地叹了口气，将车靠边停了下来。

"十安，你跟我说实话，你出什么事了？"

十安不敢看方熙年了，没心没肺地笑，"没事啊，我只是偶尔圣母心了，我就不能做个善良的人吗？在你心里我到底是什么大魔王啊。"

方熙年感觉自己一拳头落在了棉花上，深深看她一眼，她也只是低着头一副抗拒的神情。

每次她这样强颜欢笑，他都觉得很没劲。

没意思，算了。

一脚油门踩到底，一路平稳地将她送到家，十安倒是没闹小情绪，反而出奇乖巧地下了车，又跟他道了谢，才转身上楼。

方熙年看着她没心没肺的背影，又有脾气了，"你回来。"

十安站在一米之外，犹豫了一下，还是走了过去，"还要干吗？"

"唐十安,你不能因为不相干的人跟我生气。"

十安被他这话说得顿时泄了气,平静道:"我没有生你气。"

方熙年沉沉地看了她几秒,半晌才抬了抬眉梢,将僵硬的背脊隐藏在不为人知的角落。

十安听见他叹了口气。

方熙年的声音也略显无奈:"嗯,上去休息吧。太晚了。"

目送她的身影拐进了黑暗的楼道,他才重新启动车子,但脚下刚要踩下去,似又想起什么来一般。

他重新熄了火,拿起手机,翻出了一个电话号码。

电话铃声响起的时候,王保罗刚睡着,正想破口大骂是谁这么没素质,那头方熙年的声音就响了起来。

"王先生,我想问你一些关于十安的事情。"

王保罗一头雾水:"什么?"

这是方熙年第二次爬十安家的楼梯。

上次因为走得太匆忙没怎么在意过,今天一个人走才发现,这楼道又黑又潮,到处散发着霉的味道。

但是刺鼻的霉菌味让他的脑子越发清醒。

每走一步,他都会回想起方才王保罗在电话里说的话:"如果不是亲眼看到,我都不敢相信,那个趴在八角笼里供人娱乐观赏的人会是她。听说那天她已经连打了十几场比赛,根本站不起来了,一直趴在地上躺了很久,裁判差点都以为她死了。但还好,她还是活过来了,被那里的人抬去了黑诊所,你知道的,在美国那种地方,她根本去不起医院,我去看她的时候,她身上好些没来得及处理的伤口还化了脓,简直惨不忍睹。

"唉,到现在想起那些伤,我都觉得心惊肉跳。也不知道她一个女孩子到底怎么撑过来的。"

说着说着,王保罗的声音越来越哑,但他还是费力地说着:"后来我把她接回了纽约，养伤的那段时间，她从来没提过这些事，可能怕被人同情吧。她就是这样要强，从小就是那副死样子，师娘离开的时候也是，她才多大啊，还是个萝卜头，非要咬着牙死都不掉一滴眼泪……"

方熙年不知为何轻轻笑了笑。

虽然没有见过十安萝卜头的样子，但他可以想象她倔强的样子。

站在了门口，方熙年没有立即敲门。他扶了扶眼镜，这才按下了门铃。

门铃响了很久，房门里才传来一阵窸窸窣窣的声音。

十安穿着睡衣和拖鞋来开门，看到门外笑得一脸无害的方熙年，她愣了半晌，"你还没回去？"

"嗯，太晚了，不想开车了。你能让我睡一晚吗？"

直到方熙年都已经拿着唐三金的换洗衣服进了浴室，十安都还没弄明白，他口中的"睡一晚"是指留宿还是有别的意思。

毕竟中文博大精深，"你能让我睡一晚吗"听上去不像是什么纯洁的词。

十安非常干脆地爬上了床，盖上了被子。

她想了想，觉得还是得自己先下手为强，把这个艰难的问题留给方熙年思考。

浴室连着主卧，不管怎么躲，十安还是没能幸免地看到了美男出浴图。

方熙年的身高跟唐三金差不太多，但两人的身形却是差了一大截，唐三金的浴袍穿在他身上还是略显宽大，尤其领口的位置，好巧不巧地，露出他精壮的胸膛。

十安忍不住又抬头看了他好几眼。

方熙年倒是一副被人看习惯的样子，见怪不怪地单手用毛巾搓着头发。

"好看的话，需要我多露一点吗？"关键是，他还特别善解人意。

十安当即就昂起了脑袋，她用最厌的表情说着最刚的话："你要是敢脱，我也不怕看。"

方熙年见她这么不害臊，也没有在怕地，抬手就拉了拉领口。

十安的眼珠子越鼓越大，就是没有躲起来的意思……

方熙年的手不合时宜地停了下来，他低头，嘴角缓缓一扬。

十安盯着他的脸，傻眼了。

她一个鲤鱼打挺，整个人钻进被子里滚来滚去，"啊我死了。"

说完，她实在觉得丢脸，干脆拉起被子蒙住了脑袋。

脑海里都是他那张魅惑众生的笑脸，看不见的话总安全了吧。

方熙年看着她像一颗球似的躲在被子里滚来滚去的样子，笑得止不住。

十安虽然看不见，但耳朵总算没聋，听到他低低的笑声，整个人都不好了，现在的她跟煮熟了的虾子没什么两样。

但偏偏方熙年还得寸进尺，不知道什么时候人已经来到了床边，拉下了蒙着她脑袋的被子。

十安用力拽着被子一头，避免被他入侵，"你干吗！这是我的床、我的被子。"

方熙年拉着一角的手顿了顿，随即又跟着笑了一声，"我知道，是你的床你的被子。所以，你要安排我睡哪里？"

他环顾了一眼四周，目光落在了门外客厅的角落，"你们家的沙发好像根本不能睡人。"

那上面有灰尘不说，好像还有两个肉眼难以辨别的"陷阱"。

十安一脸尴尬地抓了抓脑袋，她才后知后觉地意识到，除了唐三金的房间，她家确实没有收留他的地方。

但唐三金的房间，她回来后就没有进去过，更加不可能收拾了。

十安还在绞尽脑汁地思考，床的另一边忽然陷了下去，方熙年已经钻进了她的被窝，霸占了她的半边床。

"你……耍流氓啊？"十安吓得整个人都缩成了一团。

方熙年还是一副淡然平静的模样，拉着被子盖好，躺下，这才抬头看她一眼，"我观察过了，你家没有别的地方可以睡了。"

那也不能这么主动啊，你不是绅士吗？现在风度被狗吃了啊？！

方熙年性冷淡地又看她一眼，"你不睡觉？快一点了。"

十安觉得自己快要疯了，她可以一脚将他踹下去，但是出于私心……她根本不想这么干。

但怎么说，她也是个矜持的少女，保持一点距离总行了吧。

于是，她无声地裹着被子靠左边挪了挪，哪知道，方熙年这么不要脸，也跟着挪了挪。

"你把被子都带走了。"他说。

十安觉得自己已经疯了，干脆破罐子破摔，不管不顾地躺下了，也懒得搞什么圈领地了。

她直挺挺地躺下后，用力地闭上了眼。

果然，房间里安静了，身边的人也没有再作妖。

但十安闭着眼还是觉得难受，一秒两秒过去了，方熙年什么都没说。这么安静，十安反而睡不着了，她偷偷睁开了一只眼，刚想看看他到底睡没睡，就撞见了一双清亮的眼。

方熙年侧躺在一边，正目不转睛地盯着她。

十安莫名有点慌，"你、你不睡觉看我干吗？"

方熙年没回答她的问题，只是盯着她看了好一会儿，半晌才将脑袋埋进了被子里，声音嗡嗡的，"嗯，睡觉吧。"

十安觉得纳闷，想侧身看看他。

谁知，他忽然翻身过来，直接将她整个人搂在怀里，用力地箍着。

十安忍不住动了动，他也跟着动了动。

"你要不要再跟我求一次情？"方熙年脑袋依然埋在被子里，忽然说道。

十安无语地看他一眼。

"你不是同情马坤吗?"

这是什么恶趣味……十安有点想翻白眼。

但……嘴巴却不受控制地开了口:"那你肯放过他吗?"

"嗯,放过他好了。"方熙年连人带被子地一把将她箍得更紧了,紧到他的嘴唇差点贴到了她的脖子。

十安被他突如其来的举动吓到整个人僵住了。

脖子处有麻麻痒痒的触感传来,她知道那是他的气息,但这么近的距离还是第一次,她不敢靠近,也不敢挪动。

就这么僵持了好一会儿,她终于适应了那种湿润的触感,而他也再没有别的举动了。

只是那么紧地抱着她,方熙年感到身上的每一处都柔软起来。

第34章
训练手册

清晨，房里响起一阵嗡嗡的机械声。

正睡得迷迷糊糊的十安还以为自己被雷劈了，猛地睁开眼，第一时间检查了自己的全身，四肢还健全，脑袋也没有冒烟。

十安大大地呼出一口气，才看到一道挺拔的身影站在开放式厨房的琉璃台前。方熙年一手扶着老旧到会自动走路的豆浆机，一手端着一杯不知道是不是咖啡的东西在喝。

远看，画面还是很美好的。

大脑暂时宕机的十安一时还反应不过来，直到那道身影虚晃了一下，她才突然想起昨天晚上的事情。

十安彻底清醒了，并且脸色不太好看。

回想起昨天晚上自己的表现，实在有点弱鸡，完全不是一个拳击冠军该有的表现，怎么就让方熙年占了上风呢？

怎么说，她也应该拿出霸气来，将方熙年摁在身下狠狠欺负才对。看来，昨晚梦见被雷劈，就是上天对她不作为的惩罚。

不过，现在觉悟也不晚。

思考的间隙，十安已经打定主意，一个鲤鱼打挺外加一个侧空翻，正打算以炫酷的姿势下床。

咔嚓——

翻身太猛，脚尖刚落地的十安就遭遇了第一个滑铁卢，重心不稳的上半身猛地一个趔趄，眼看要摔个狗吃屎，十安奋力一搏，猛抬左脚。

扑通一声，十安以非常标准的一字马姿势稳住了身形。

与此同时，听见响动的方熙年出现在了门口，正好看到她扭曲的表情和身形。

"你早起锻炼？"

十安顺势接过台阶，理所当然地点头，"对对，你说得没错，我在练习一字马。"

说着，十安扶着腰就要站起来，但因为这个一字马来得猝不及防，宽大的睡衣也并不友好，她一脚踩在裤脚上，差点就又要摔倒。

方熙年一把抓住了她的手，"你锻炼穿睡衣？"

十安尴尬地抽出手，"我太爱运动了，等不及换衣服了。"

方熙年看她一眼，嘴角浅抿，"嗯。锻炼需要力气，我做了早饭你吃饱再继续。"

说完他转身再次回了厨房，俨然一副小煮夫的姿态。

十安觉得自己是时候展现真正的技术了。

她在房间里翻出了尘封已久的哑铃，又快速地换上了工字背心和短裤。

走到门栏镜面前时，还特别留意了自己的手臂，亮出了一小块肌肉才慢悠悠地一手托着一个哑铃走出去。

十安围着餐桌绕了一圈，三百六十度全方位地展示了一遍健美的身形。

方熙年坐在餐桌旁边，非常理智且冷静地看完了她的表演。

十安见他反应平平，又换了一个姿势，亮出了自己手臂上的小肌肉块，拉开椅子在他对面坐下。

方熙年无声一哂，将煎鸡蛋往她面前推了推，"肌肉线条很好看。"

十安得到了高度评价，这才美滋滋地放下哑铃准备开动，眼前摆着热豆浆、煎鸡蛋，还有热乎乎的面包片和火腿，一时间居然不知道吃什么了。

十安惊讶地张了张嘴,"我都没发现我家冰箱里有这么多食材。"

方熙年浅抿着咖啡,笑了下,"你家冰箱里是没有,这些是陈鸿宇早上送来的。"

十安差点咬到舌头,错愕地看方熙年,"陈鸿宇知道我们睡了?"

方熙年端着咖啡的手一僵,纠正她:"我们只是同睡了一张床。"

不拘小节的十安关注点并不在这上面,"四舍五入算睡了,他不会是个大嘴巴吧?"

方熙年回道:"他嘴很严。"

"那就好。"十安松了口气。

方熙年微挑眉,"该知道我们关系的人都知道了,你在怕什么?"

十安被他冷不丁一问,给愣住了。

"还不是因为你,节目录制结束后,我们分手了,你到时候得多丢人啊。"

"丢人的为什么是我?"

十安不置可否地看他一眼,"当然是你,你见过世界冠军分手了,有人同情她吗?只会祝福她下一个更乖吧。"

这时,响起一阵开门的声音。拿着扳手的陈鸿宇站在门口,尴尬地看着两人,"方总,门修好了。"

十安惊讶地看着方熙年。

"早上发现门锁有点坏了,正好鸿宇动手能力还可以,就让他在这里修了。"

……

那我是不是应该谢谢你?

第二次舞台录制在即,节目组为了方便拍摄准备了专业的练习场所,选址就在RM俱乐部的拳击馆。

每支队伍都在积极备战,拳击馆闭馆时间也延长到了晚上十二点。

十安和方熙年到场的时候，其他团队的人已经在练习了。

马坤的战队占据了最大的拳击台，但没看到马坤本人，只有几个助教陪同练习。十安不爱八卦，也就没问方熙年最后怎么处置的马坤。

在角落的单人拳击台找到了自己战队的人，十安没有立即上前去帮忙，站在下面观察了一会儿。

她不在，队伍里的赵仟领导着大家轮流打沙包，时不时纠正几个人的姿势，其他人倒也听他的话，还算认真地在训练。

不过，偶尔也还是会听到其他人的抱怨。

"马坤他们队也太过分了，拿了第一就能抢位置了？大家都要训练，场地就这么大，也不怕被摄像头拍到。"其中一个女孩子说道。

"张旻你少说两句，你也知道在拍摄。"赵仟指着她的手，"来，多练就行了。也不是谁的场地宽就能赢，我们小看Herra是女孩，她不也赢了马坤。"

抱怨的女孩没说话了，只是挥出去的拳头越发用力。

看来，上次整队垫底的事情还是有刺激到他们。

十安撇嘴一笑，上前一把抱住了晃动的沙包，张旻立即惊慌失措地收回自己的拳头。

一改之前的态度，见到她，几人立即兴奋地围了上来，"Herra你终于来了！"

"你们来很久了？"十安点头，看向领队的赵仟。

赵仟态度比之前好了很多，但口气还是不怎么中听，"是啊，都等了你半小时了，我还以为你下午才出现。"

十安笑了笑，没跟他计较，转头看向张旻，"你刚刚说，马坤战队的人抢位置怎么回事？"

张旻似乎没想到她会问自己，愣了一下，又看了几眼其他人，大家脸色各异，有人不想把事情闹大，当然也有人不服气。

张旻就是不服气的那个，"我们队来得最早，本来准备先在大擂台上练两小时，谁知道他们队的人一来，说什么节目规定第一名才有优先选择场地的机会。"

"还有这种规定?"十安纳闷,没听说过呀,"这么豪横啊。"

"我问过负责的导演了,节目组是这样默认的。"赵仟解释着。

十安看他一眼,又看了一眼大家,"那你们想换场地吗?"

"当然想……"

"算了。"张旻的话没说完,就被赵仟打断了。

他看了十安一眼,直言不讳道:"大家当然想,但马上就要进行第二次比赛录制了,没多少时间闹事了。"

这样啊。

十安忍不住回头看了一眼不远处的大擂台,因为那边场地宽敞,现在几乎所有镜头都对着他们。

来上节目的人,不管输赢,多少是在乎镜头的。

十安倒是无所谓,但既然这是大家的想法,她也没多想,抬脚就朝着擂台走去。

这时,马坤跟在方熙年身后正好走了进来。

两人边走边说话,马坤脸上还带着伤,气焰明显比之前偃息许多。

一看到十安,马坤立即走上前,一副感激的样子,"唐小姐,以前都是我不对,这次你能这么帮我,我真的……非常无地自容!"

十安抬眸看了一眼身后的方熙年。

原来他昨天晚上迷糊中说的话都是真的,他没有再追究马坤了。

想起昨晚,十安感觉自己的脖子又热了,那种湿润又热乎乎的气息仿佛再次袭来。不要脸的十安耳根红了。

马坤见她不说话,以为她还在生气,又说:"唐小姐,这次我是真的很感激你……"

"感激我?"十安睨着马坤,突兀地冷笑了一声,"那你们战队还抢场地?我可没听说什么第一名才能优先选择场地的规矩。"

马坤当即也有点慌了,忙说:"怪我,我今天来得晚,不知道他们这么做,我现在就去给你们腾位置。"

说着，马坤立即跳上擂台，叫停了训练的几人。

换完位置，十安倒也不是霸道之人，主动提出了先前的方案，每个战队轮流到主播台训练。

"不过马老师的队伍已经练了这么久了，这时间就从两小时里扣除吧。"

马坤连连说好，半个字都没反驳。

众人好奇地看着两人，不明白这两人明明前几天还是剑拔弩张的样子，今天怎么一头就彻底服软了？

不过没多久，方熙年就吩咐摄制组准备新的素材拍摄。

小方总发话了，大家不好再继续八卦，又各自回到自己的位置。

第35章
带徒弟

十安战队的人没想到她会这么刚,纷纷士气大涨。

就连最胆小的林素都主动前来找虐,试图让十安手把手教她。

"拳击这种东西看天赋和努力,你加油。"十安的回答相当敷衍。

林素也不难过,还是追着她跑,"那你知道我到底什么地方有问题吗?我其实觉得自己练习的时候还好。"

十安停下手中刷手机的动作,盯着她看了一会儿,言简意赅道:"你没什么问题,就是胆子小。"

"啊?"

"如果你实在不知道怎么打,就练体力和速度。"

林素觉得自己被敷衍了,还想提问。

"你怎么这么啰唆啊,算了,这个给你。"说着,她直接扔了一个本子过去。

"这是我做的资料,看了后有什么问题再……找赵仟,别找我。"

林素捧着本子,一脸的莫名其妙,十安人已经走到休息区了,她不敢追,只好乖乖翻看她扔过来的笔记本,刚翻了两页,就愣住了。

她居然将每个人的强项和弱势都写出来了?

赵仟不知道什么时候走到她身后,一把抽走了笔记本,翻了翻,也是满脸的震惊,"这是Herra给你的?"

林素看了一眼外场的十安,点头。

赵仟不敢置信地再次翻开笔记本，越看越惊讶，笔记本上密密麻麻写满了字。

上面不仅分析了战队四人各自的强弱势，还有关于上一场个人赛的详细记录，突破口都用红笔标注出来了，末尾还附上了Herra的总结和建议。

"1号胆小心急，遇到同类型拳击手时容易冒进，加上体力上有弱势，尤其在后半截赛段容易分神。建议加强体能训练，这方面张旻可以帮忙，除此之外，还要学会保存实力。"

"1号是指我？"林素指了指自己的鼻子。

一起围观笔记本的其余三人不置可否地点头，张旻还伸手指了指另一页的内容，"很明显这个2号是在说我了。"

"2号体能强，纵观全场比赛，是赛场上发挥最稳定的人，但如果要在短时间内赢得比赛，重点可以放在挑选对手上。凭实力没问题，总之老子看好你，给我继续自信狂妄死不要脸。"

……

"上次她那么敷衍，只是想偷窥我们真正的实力？"张旻盯着笔记本，撇了撇嘴，"这个女人认真起来还挺酷，我有点喜欢她了。"

其他人也觉得她说得对，纷纷朝远处的十安投去了感激的目光。

正对着擂台录屏的十安感受到了强烈的四道视线，拿手机的手抖了抖。

肉麻……她最不适应这种场合了，所以才不想跟他们正面交流。

不过，作为半吊子导师，十安也不想太落于人后。

于是她收起手机，再次走了上去，指着几人，"愣着做什么，看我就能拿第一了？"

她一吼，众人便各自去忙碌，有人抱住了沙袋，有人找到打靶就开挥拳头。

十安看得头痛，又指了指，"张旻你去练洛马琴科球，往高难度方面训练，增加敏锐度。林素你练速度球，主要往躲闪方面练，保存体力的时候一定要学会尿。赵仟你配合那个谁，练手靶。"

四人互看一眼，十安提高音量："两个小时不能停，我会在一旁盯着你们，谁停下超过十秒就罚加练一小时。"

四人面面相觑，"这也太严格了吧，简直是魔鬼式训练。"

十安一脸的不以为然，"那你们还想不想拿第一了？"

四人总算反应过来，连忙齐声道："好。"

十安没说话了，一屁股又坐回老位置，心累地喘了好大一口气。

原来做导师这么累的。她现在就很后悔，早知道死也不答应来参加这个节目了。

刚坐下没一会儿，另一边的何洛战队也上了轨道。

何洛满头大汗地找位置休息，正巧看到她，便边擦汗边走了过来，一屁股在十安身旁坐下。

看到十安举着手机对着擂台录屏，何洛撇嘴一笑。

"还在消极怠工啊？"经过上次吃饭，两人的关系也算是熟络了。

十安头也没回，冷哼："你懂什么，我这是远程教学。"

何洛瞥着她的手机，不是很懂，"这能行？"

"行不行我们到时候擂台上见呗。"十安满脸自信。

何洛听她这么说也不意外，毕竟经过上一场比赛，她全程KO马坤，大家早就见识过她的实力了。

"第二轮比赛，你不会还想抽马坤吧？"

提及这个名字，十安下意识地朝二楼总经理办公室的位置看了看。

方熙年和马坤从刚才起就一直在办公室说话，后来方映南也进了会议室，到现在都没出来。顺着十安的视线，何洛也抬头看了一眼楼上，窗户上印出了两道身影，正背对她们。看身形，不是方熙年还能是谁。

方映南在和他说什么，看上去情绪激动，好似在发泄不满。

"这两人吵架了？"何洛看十安一眼，"不会因为马坤的事吧？"

十安也这么猜测，方家人骨子里流淌的都是商人血液，方映南会找方熙年的麻烦也不是不可能。

何洛见她不说话，又问了一句："你知道是什么事情吧？我看他脸上都是伤。"

十安内心不平静，压根儿不想回答，加上方熙年没有正式通报这件事，她便立即否认三连："不知道，不清楚，不关心。"

何洛不信，"你今天跟马坤不就是两天不见，他对你的态度怎么变得这么快。"

"还能因为什么，上次我打他打得那么惨，他难道不应该对我保持敬畏心？"

何洛嗤笑："还真是被打服了？不应该啊，好歹是三星拳王，这么不经打。"

"那是因为你没领教过我的武力值，站着说话不腰疼。"

"你要这么说话，这天就聊不下去了啊。"何洛瞪她。

十安笑了笑，毫不掩饰自己的狂妄，"是你自己送上门来找虐。"

何洛愤愤不平地看她，没好气道："你怎么越来越像方熙年了，说话都不给面子的哦。"

方熙年？

十安的眼皮一跳，不要脸地笑道："他可没我能打，哪里来的自信敢这么跟你说话。"

她顿了顿，声音小了点："没想到他平时看起来绅士有礼，对你的态度倒是跟别人不一样，这么不友好。"

何洛听到她这句话，面上闪过一丝讶异，立即撇清关系道："大多数的时候还是很懂事绅士的，不像方映南，就是个人间孙悟空，太烦了。"

十安脸色如常，"你们从小一起长大，装什么不熟。"

"我不想你误会嘛，虽然我觉得你和方熙年有一腿这事儿还有待商榷，但毕竟有绯闻是真，他对你也很不同，我总要解释一下。"

十安笑了笑，说道："我可不想为男人跟谁反目成仇，大可不必这么谨慎。我们愉快地继续做对手挺好的呀。"

何洛深深地看她一眼，听着好像挺有道理的，也就没说话了。

傍晚的时候，方熙年才和方映南一前一后地下楼。

十安一直关注着楼上的动静，一见到他立即小跑着上前，露出近乎讨好的笑容。

方熙年看了一眼她的脸，"怎么了？"

十安将脑袋摇成了拨浪鼓，"没事啊，我就是想跟你单独说说话。"

"单独"两个字被她咬得很重，在一旁的方映南顿时明白过来，自己就是个多余的人，他讪讪地撇了撇嘴，走远了一些，将空间留给两人。

方映南一走，十安便凑到方熙年面前，小声问道："他没为难你吧？需不需要我出马，我可以帮你暴力解决他。"

方熙年疑惑地看她。

十安压低了声音，眉头深锁，"是为了马坤的事情吗？都怪我。"

说着，她还低下了脑袋。

方熙年看着她拿脑袋顶的发旋对着自己，无声一哂。小时候听老人说过，脑袋上旋越多的人越爱哭鼻子，但十安却打破了这个传言。

认识这么久，他只见她哭过一次，从没见过她为谁这般难过。

"不关你事。"方熙年的声音很轻。

十安抬眸看他，确认他话里的真实性。

方熙年目光沉静，确实不像受到委屈的样子，看上去更像是她的担心多余了。

"你担心我了？"方熙年低垂眼睑，正好对上她的脸。

十安有点尴尬地笑了下，勉为其难地点了点头，"算是吧。"

方熙年意味不明地笑了笑："你什么时候变得这么笨了？"

不是正说得好好的吗，他怎么忽然就不说人话了？

十安的思绪正火星撞地球呢，忽然一张温热的大手就落在了她的脑袋顶，像是拍篮球一样拍了两下。

方熙年只说了两个字："挺好。"

至于什么地方挺好，十安是绞尽脑汁也没弄懂，但她也因为那突如其来的两下，忘记了问。

第36章
热搜

团队赛录制前一天，节目的第一期正式播出了。

一线卫视周六的黄金时间档，连同网络平台同步播出。

节目一上线，网络上就出现了大规模的宣传，直接上了热搜，这都归功于RM集团旗下RM娱乐全线艺人的支持。

不少一线艺人看过节目后发微博向十安和何洛表白，《拳王赛》成了当下最火热的一档综艺节目。

网上最热闹的时候，十安正在专心准备第二次的团队赛。

闲人王保罗则在台下抱着平板电脑，露出了近乎癫狂的猥琐笑容。

"妈呀，男神白起居然发微博向我们家十安表白了欸！"

"哇，我们Herra也太受欢迎了吧，当红小花路嘉怡发微博打Call！"

"还有还有，这个人你们认识吧。啊啊啊啊啊，是不是你们最喜欢的臭弟弟禹州？他居然公开表白想要娶Herra！"

王保罗像个八婆一样将这件事传播给了剧务小妹、节目导演、化妆助理，甚至是见惯了大风大浪的方映南。

方映南也在刷微博，抽空扫了他一眼，冷呵道："了不起哦，周轴不也在采访中说喜欢何洛。"

"周轴？谁呀，我看看，哦，不就是电影里那个长得很凶的反派嘛。"

方映南反驳道："反派怎么了？长得凶怎么了？人家可是实力派！"

王保罗摸摸鼻子，不甘示弱，"那影后赵延也是实力派，她也为我们Herra发微博了。"

方映南不想再搭理王保罗,转头就去找方熙年。

方映南当然不会因为Herra风头盖过何洛而闷闷不乐,相反,他其实挺高兴的,第一期节目的实时收视率虽然没有排名第一,但网播量在一天之内增加了两倍,按照现在的数据看,下期节目的收视率应该是稳了。

而且他打着别的主意,但现在不方便跟方熙年说。

于是,方映南旁敲侧击地打听:"录制完,你回公司吗?今天好像有高层会。"

方熙年的视线一直落在台上准备的选手身上,心不在焉地回答:"嗯,回。"

"我跟老头儿请假了,就不回去了。"方映南一脸的开心,"那今天我替你送唐小姐回家吧。"

方熙年扭头看他,视线很快移开,"随便你。"

"好嘞。"

有了王保罗和方映南两个大嘴巴,不出半小时,整个节目组都知道首播大捷的好消息。

尤其是Herra的名字,一度刷新了微博热度。

下午的时候,就有一些营销博主剪了她在国外参加各类比赛的视频,十安伟岸的身姿在短时间内圈了一大拨粉,尤其是"女友粉"。

但十安觉得这事儿跟自己没什么关系,一心扑在团队训练上。

这次录制,选手们的难度增加了,团队赛时从四个回合增加到六个回合,每一个回合依然是三分钟,每个人至少要打二十分钟。因为赛制的延长,这一次导师们也不参与对决赛了。

十安明显比上次认真。毕竟这次只能靠团队,而她对他们还没什么信心。

当拿到节目赛制时,十安就打起了十二万分精神,严苛地训练团队里的每个成员。

整整两日的训练录制,她也成功将自己变成了女魔头。

好巧不巧,这次抽签,他们依然抽中了马坤组的成员。

"拿不到大满贯,你们就换导师吧。"这是临上场前,她对每个人说的唯一的话。

团队成员们面面相觑,这要求也太高了吧,上次他们可是全员垫底。

"没有赢的野心,你上什么场啊!"十安没有心软,坚定地说。

大家没办法,也只能硬着头皮答应。

节目正式开场,欢呼声也比上一次热闹了许多。

第一位上场的张旻没有给十安丢脸,第一个回合就打出了优胜的成绩,远远胜出马坤队成员一大截!

"哇,你怎么一上来就甩出王炸了。"十安在场外指导的时候,何洛找她唠嗑,一副对张旻很感兴趣的样子。

"张旻还好吧,我们队的王炸是赵仟。"

何洛在她脸上扫了几下,"你还真不怕输啊。"

十安撇嘴,一副不乐意跟他们钩心斗角的样子,"输了再赢回来就行了。"

"那你还给他们下死命,不拿到大满贯就不能归队?"何洛调侃道。

"那是因为我知道他们一定会赢。"

何洛成功被她的自信给堵住了,"你也太自信了吧,小心搬起石头砸自己的脚。"

十安看了何洛一眼,笑了笑没说话。

正巧,第二位选手上场了,这次是团队里的老大难林素,对手还是上次比赛的那个小个子姑娘。

估计是上次赢了比赛,相对林素来说,小个子姑娘信心满满,打法也很积极,不时地主动攻击。

林素却一退再退,一挡再挡。

何洛看了直摇头,"你们队的这个小姑娘不行啊,上次打比赛激进,这次打比赛怎么就蔫了吧唧的。这也不行啊,不出拳怎么拿分?"

十安笑笑，没说话。

但垂放在双腿间的手却握成了拳头。

说不紧张那是假的，吹过的牛已经人尽皆知，要是没拿下大满贯，她总不能硬将林素拒之门外吧。

不过，林素没有多久就逆风翻盘了。

"姓林的小姑娘这几天发生了什么？怎么感觉忽然开窍了一样，这么会骗拳头？"何洛只觉得自己的脸疼得厉害。

十安悄悄松开了握紧的拳头，故作镇定道："哦，小场面，你不要大惊小怪。"

何洛顿时不知道应该说什么好了，说多了就显得跟没见过世面一样。

两人沉默的间隙，结束比赛的哨声响起，裁判上台宣布这一轮对决林素险胜一分，成功获胜。

林素当场激动地跳了起来，下了台直奔十安，给了她一个大大的拥抱。

直女十安毫无准备，差点被撞飞。

"你干吗？"她明显不适应这种亲密的关系。

但林素满脸的激动，"我赢了！Herra，我真的赢了欸！要不是你，我不会赢！"

显然十安无法理解她的激动，尴尬地一撇嘴，推开了她，"还没到拿冠军的时候，现在高兴有点早了。"

一盆冷水泼下来，林素也尴尬地摸了摸鼻子。

十安被她单纯的模样触动了，明显愣了一下，也笑着拍了拍她的肩，"这几天辛苦了。"

林素的脑袋摇得像拨浪鼓，开开心心地回到了选手休息区。

方熙年走来的时候，正好跟林素擦肩而过。

"什么事这么开心？"他好奇地问十安。

"小姑娘赢了比赛开心呗。"十安还没回话，一旁的何洛便开口替她回答了。

说着，她看了十安一眼，只觉得自己的脸更痛了，"那个，你们聊，我也要去给我的队员们打打鸡血。"

何洛匆匆离去，十安盯着她的背影差点笑出声。

"何洛的表情这么不自然，你不会对她做了什么吧？"

十安一撇嘴，脸顿时皱成一团，"大庭广众之下，我总不能打她吧？"

方熙年看着她委屈的样子，没好气地笑了笑："我就是随口问问。"

十安翻白眼，注意到摄像头正在移动，连忙推了他一下，"你找我干吗？有摄像头在拍，有什么事节目结束后再说。"

方熙年也抬头看了一眼摄像头，一笑，"放心，它不会拍我的。"

摄像头害怕极了，果然立刻改变了方向。

十安无语。

"我等会儿要早点走，节目结束后方映南应该有事情想找你。"

提及方映南，十安下意识地就朝着观众席上看去，方映南和王保罗坐在前排的位置。方映南见她在看自己，立即兴奋地招手，那热乎劲儿就好像上次被踹屁股的人不是他。

方熙年的声音冷了下来："算了，我不去开会了，我送你回去。"

"啊？"十安莫名地看他。

方熙年的目光从观众席上收回，冲她笑了笑："没事了，我去打个电话。"

十安点头，方熙年抬脚离开，刚走了两步，他忽然想起什么来，提醒她："结束后在后台等我。"

十安乖乖点头。

方熙年还是没走，"我听说你放言，这次团队要拿大满贯？"

"不行啊？"

方熙年笑了笑，边拿手机边说话："拿不拿大满贯都可以。"

"哦。"十安莫名，不理解他为什么突然说这种话。

方熙年见她一脸不懂，微张了张嘴，却没有解释，只是摇了摇头，抬脚走出了演播厅。

第 37 章
大满贯

这一次的比赛,舆论再次将十安推上了高潮,十安团队果不其然地拿了大满贯,直接点燃了现场的狂热。

公布成绩的时候,导师们也被请上了台。十安站在鼻青脸肿,但笑得像幼儿园小朋友的几人中间,勉为其难地拍了一张合照。

还不知道自己火了的十安拍完照就匆匆下了台,现场无数粉丝,纷纷尖叫着她的名字,吓得她差点摔倒。

方映南早就等在后台了,一见了她就热情地上前来,"唐小姐,有空吃个晚饭吗?"

十安刚想说话,就听见脚步声从身后传来。

何洛也是刚刚从人群里挤出来,正匆匆忙忙地往休息间赶。

在走廊上撞到两人,她明显愣了一下,脸色并不是很好看地瞥了一眼方映南。

方映南一看到她就笑着挥手,"洛洛,我先送唐小姐回家,再送你哦。"

何洛抬眸,语气冷淡:"不用,我自己开了车。"

说完,她转身就进了休息室,啪的一声将门关上。

方映南碰了一鼻子的灰,尴尬地看十安一眼,但仍是笑着耸肩道:"没关系,我晚点再去哄她。"

十安可不想跟方映南这种人牵上关系,盯着他看了好一会儿,眯起了眼,警觉道:"你到底有什么阴谋?"

方映南见她警惕的模样,也就没装什么客气了,"其实我是想找你谈点工作上的事情。"

十安意外,"我们之间有什么工作可谈?"

方映南笑得满脸褶子,"好事情,我是来给你送钱的。"顿了顿,他解释道,"RM体育旗下有很多运动品牌你知道吧,唐小姐形象这么好,都没想过拍点广告吗?"

拍广告?

这事儿十安之前一直没想过,怎么想都不觉得这种好事儿会轮到自己头上。

"可是我没有商业价值呀。"

"马上就有了。"方映南冲她笑笑,自信道,"以你现在的热度,加上今天拿下的大满贯,你应该很快就能在国内建立知名度。"

十安不明白他话里的意思,但她也不会盲目推掉赚钱的机会。

方映南见她有所松动,赶紧趁热打铁说道:"如果你愿意拍广告的话,RM娱乐会帮你运营,将你往体育明星的方向打造。你很快就能成为身价上千万的明星了,到那时候还这么辛苦地打拳干吗啊!"

十安听了他对后续安排的话,反而犹豫了。

这跟她理解的只拍一条广告不一样,方映南话里话外的意思是打算捧她做明星。但这种活动很消耗运动员的精力的,不少人的运动生涯都断送在了名利上面。

她确实爱钱,也缺钱,但现在唐三金的手术费她还出得起,暂时也没有那么缺钱,而且她从来没有想过要在这时候离开拳击舞台。

至少,在完成唐三金的愿望之前,她都会坚持打拳的。

正犹豫着,方熙年忽然出现在走廊上,"她没有时间拍广告,也不想做明星。"方熙年板着脸看方映南,"这就是你死皮赖脸想要送她回去的原因?"

方映南没想他还在,诧异道:"你不是回公司开会了吗?"

方熙年冷笑一声："把十安交给你我不放心。"

方映南咂巴两下嘴，没有接他的茬，转而继续说起广告的事情："拍广告的事情是我和唐小姐在聊，你就算是俱乐部老板也没权力阻止她为未来考虑吧。"

"没权力？"方熙年冷笑一声，侧头看向十安，"我是负责她的人，你跟我说没权力？"

"哇，你也太霸道了吧。"方映南翻了个白眼，"一副男朋友的姿态管着人家的事业发展，唐小姐同意了吗？"

"不需要她同意，合约在我手上，她的事自然应该找我谈。"

方映南贼心不死，继续嘀咕："反正录完节目后还有一个月空闲时间，拍拍广告也不会少块肉。"

"俱乐部已经报名了年底的WBA拳王赛，录完节目后，就要马上进行训练了。输了比赛算谁的？"

方熙年冷着脸，逼人的目光看着方映南。

方映南顿时没什么话可说了，只能将矛盾重新抛回给十安。

"唐小姐，这么霸王的条款你也不反抗？你也太好欺负了吧。"

方熙年冷嗤了一声，但他没说话，目光也落在十安脸上，显然在等她的回答。

其实按照合同条款，方熙年是完全可以做主这两年期间她所有的工作安排的，但说不上为什么，他就是很期待她自己的意见。

十安看了方熙年一眼，毫不犹豫地站在他身边，"方熙年说得对，我的事情，都听他的。"

方熙年垂眸，看了她一眼。

"哇，不是吧。我在问你意见，你是在跟我秀恩爱？"方映南一言难尽地看着十安。

"行吧，要是你哪天开窍了，再找我。"

方熙年撇嘴，掩饰掉笑意，"在那之前，你先管好自己的事。"

方映南经他提醒，想起什么来，一脸愁苦地看了眼何洛紧闭的房门，越过两人走到了门边。

"洛洛……我知道错了，你给我开开门啊，可爱的洛洛……"

何洛大约是被烦得没办法了，二话没说，打开门直接拎着方映南的后领子就将他拽了进去，动作娴熟得就像老鹰捉小鸡。

噗……

十安忍不住笑出了声音："何洛和方映南，还挺配的。"

刚说完，她自己先愣住了，忙又看向方熙年补充了一句："我没有故意拉CP的意思，你不要介意。"

方熙年看着她急忙解释的样子，身体微微一怔。

他敛起脸上的情绪，"他们是一对儿，你说得也没错。"

十安有点蒙，声音都结巴了："你……你不是……"

"她喜欢方映南。"方熙年打断了她即将问出来的那句话。

十安只好收回到了嘴边的话，转而呐呐道："可是方映南看起来很……幼稚。"

方熙年笑了笑，说："幼稚不幼稚，也不妨碍何洛喜欢他。"

说得也是。方熙年也不是什么好人，她不也喜欢上他了吗？

一旦提到关于何洛的话题，氛围就会变得奇怪。

十安不愿意让自己沉浸在这种情绪中，拉开车门之前，她大大地吸了一口气，脸上挂上了浅浅的笑意后才坐了进去。

"对了，方映南说我在网上有热度，是什么情况啊？"回家的车程漫长，十安率先找了一个话题来聊。

因为总公司还有一些事情要处理，方熙年还没来得及看新闻，但微博上Herra上了热搜的事情他已经听说了。

开车的间隙方熙年将平板电脑递给了她，"你看看，你上热搜了。"

热搜？不会吧？

十安认真翻阅完，十分纳闷。

"这个白起是个演员吧，看他粉丝好像超级多，他为什么忽然要跟我告白？"

话音刚落，车身差点打滑，方熙年稳住方向盘，疑惑地看她："你说什么？他怎么跟你告白了？你念给我听听。"

十安低头看了眼平板电脑上的文字，毕竟是长得这么帅还这么有人气的明星，心里还挺美滋滋的，但这种肉麻的话由自己说出口有点怪怪的。

"他就说……被我帅到了，想知道我的联系方式。询问网友有没有人知道我的社交账号是什么。"

白起是RM娱乐的王牌，年纪不小了，作品一直都是爆款。他平时在微博上非常活跃，虽然圈粉无数，但他的粉丝大多比较理智，也不介意偶像喜欢什么样的女孩子。

他能说出这么直白的话来，方熙年一点也不意外。

但作为RM集团的小方总，他还是觉得白起这举动轻浮了。

"白起有很多女朋友。"顿了顿，他又怕十安听不懂，"基本上两个月换一个吧。"

十安自然没把这种逗趣的微博当回事，不过再往下翻，她又乐了。

"这个禹州也是演员吗？"

方熙年握着方向盘的手紧了紧，"他怎么了？"

十安边点开禹州的主页，边笑呵呵道："他说想娶我。"

车子猛地停住了，毫无防备的十安差点一脑门撞上去。

十安稳住身形，"我真的很怀疑你的驾照是不是花钱买的。"

方熙年看她没什么事，嘴角微动："你到家了。"

十安这才注意到，车子果然已经到她家楼下了。她连忙要推门下车，脚尖刚落地，忽然就想起那天晚上的事了。

她犹豫了下，又回头问他："你要不要上去坐一坐？"

方熙年拧着眉不知道想什么，语气很敷衍，"不用了，你早点休息，明天还要准备新的录制。"

十安端详了他一眼，撇了撇嘴就跳下了车。

回到家，方熙年脱了外套，松了领带，慢条斯理地拿起了平板电脑，将方才十安翻阅过的内容全部重新看了一遍。

方熙年冷沉着一张脸，拿起手机拨通了电话。

"小方总，是什么风让你想起来给我打电话了？"电话那头传来一阵意外的男声，"找我什么事啊？"

方熙年的声音低沉浑厚，"关于微博的事。"

"微博？什么事。"白起蒙了下，"啊，你是指我让网友找Herra联系方式的事？"白起后知后觉，忽然兴奋，"你是不是有她的联系方式？对哦，听说她签约到你的俱乐部了，那你肯定有，对不对？"

方熙年将电话拿开了一点，说话："我有……"

"太好了，给我。"电话那头的声音听起来就满脸春风，"我不白要，请你吃饭，你随便挑。"

方熙年抬眸看了眼窗外，目光幽深，"你确定想认识她？"

"当然。"

方熙年嘴角隐约浮现出一丝冷笑，"她性格比较急躁，可能有暴力倾向吧。你确定扛得住？三天两头地跑医院，其实挺麻烦的。"

"对了，上个星期，我的腿刚打完石膏。"

"……你跟我说这些话的意思是？"

方熙年语气中带着玩味，继续道："上次我看到她一个人将四个壮汉打进了重症监护室，现在应该还没出院。"

"那个什么，联系方式我不要了。"电话那头的声音变得急躁了。

方熙年语气平静，带着独特的磁性，"你不是很欣赏她吗？我还是给你吧。"

"不了不了，好意心领了，我在荧幕外欣赏挺好的。不是说什么，对偶像的喜欢需要距离感。"

"嗯……"方熙年满意地点头，"说得有道理。"

挂了电话，方熙年没有立即从沙发上起身，继而又给方映南发了消息:"禹州在你的娱乐公司?小小年纪满脑子就想着谈恋爱?"

满脑袋疑问的方映南急不可待地给方熙年回了个电话过来。

"方熙年你有病吧,忽然说什么梦话?"

方熙年语气平淡,陈述事实道:"我只是想提醒你,社交网络不是艺人随意发挥的地方。"

方映南无语了半天,"你受什么刺激了?"

方熙年面色阴沉地掐断了电话,扔下手机,揉了揉发紧的眉心。

从沙发上站起来后,他的脸色陡然一变,再次恢复到了温和平静的状态。

第 38 章
手术

在跟方熙年通完电话后，白起飞速转发了自己的微博，说什么为了对女友粉负责，要放弃追求Herra了。粉丝们雀跃欢呼的同时，也纷纷猜测白起是不是遭遇了什么威胁。

要不然就是被Herra拒绝了，大神怕丢脸，所以才来这么一出。

于是热搜又挂了一天。

就在吃瓜群众以为这则八卦马上就会无疾而终的时候，第二天一大早RM娱乐的官方账号居然也加入了进来，直接转发了禹州的微博，表明孩子小，还不懂"喜欢"为何物，单纯地欣赏女神而已，根本没有非分之想，某些人不要有危机感。

新闻一发，整个微博都热闹了。"非分之想""危机感"两个词语就很灵魂了。是什么人物惦记女神大吃飞醋呀？这阵仗搞得也太大了吧，RM娱乐这么大的招牌都跳出来表示惹不起了。

一个女拳手，头一次出圈就爆出这么大的绯闻，多少惹了点反感，黑粉自然就去搜罗了不少十安的新闻。

但在国内几乎没有什么知名度的十安最多的就是参加比赛时的视频和获奖的新闻，唯一的黑历史就是在墨西哥退赛那事了。

自认为抓住把柄的键盘侠开始攻击这件事，还有人考古找到了当时发布会的视频，站在那个被赶走的记者角度指责Herra目中无人。

方熙年看到这些新闻的时候刚刚结束了一场会议，正在赶往另一场会,刚休息没一会儿,助理就小声地提醒他看热搜。

方熙年重新戴上眼镜,越往下看,眉头越紧,"发布会的事情,你没处理?"

"处理过了,视频本来删得差不多了,这些应该是从那个记者手里拿到的。"

方熙年的脸一沉,"那你就去让他闭嘴。"

"明白。"小陈赶紧点头,小心观察着他的神色,支支吾吾地又指了指热搜下面的新话题,"您再看看新上榜的热搜,事情好像有逆转。"

方熙年低头看去。

重新被顶上热搜的,是Herra孤零零地守在手术室外的一张照片。

看照片的角度,应该是医院的某个工作人员偷偷拍摄的,她坐在手术室外的长椅上,低着头双手合十地祷告着什么。

方熙年的目光短暂地在照片上停留了一下,点开了下面的评论。

"这张照片,她怎么连难过都那么好看。"

"只有我很好奇她为什么在医院吗?"

"外网有消息说她身受重伤不能再打比赛了,不会是真的吧?"

"我听国外的朋友说Herra的父亲就是曾经大名鼎鼎的'唐三冠',进手术室的该不会是她爸吧?"

就在大家纷纷猜测Herra因何事出现在医院时,一名医院工作人员忽然出现,从侧面证实了唐三金在进行植物人手术的消息。

一时间,网上爆黑料的声音也小了许多。

事情逐渐往好的方向发展,但方熙年心里却隐约感到一阵烦闷。

其实之前总见她在医院,已经猜到了她身上发生了一些事情,而骄傲如他,给自己找了无数的借口不去关心她。

但这些事,最终还是通过网络新闻传入了他耳中。

方熙年讽刺地笑了一下,低头按了按眉心。

陈鸿宇以为他还在担心黑粉的事情,谨慎问道:"网上这边还需要去处理删帖吗?公关部那边处理起来应该不麻烦。"

方熙年漠然地扫了他一眼。

陈鸿宇一脸无辜，"知道了，我这就继续让公关部去处理。"

"今天的会推迟到明天。"方熙年忽然出声。

他抬眸，目光看向远方，坚毅道："现在去医院。"

唐三金进手术室已经有四个小时了，半点风声都没有，王保罗和丽莎也是从网上看到消息赶来的。

一见到人，王保罗风一样冲到十安面前，"唐十安你到底在干什么，这么大的事还瞒着我们！"

丽莎赶紧安抚他，"保罗你小声点，吓着人了。"

王保罗见她脸色苍白，叹了口气问她："吃饭了吗？"

十安注意到他严厉的目光，只好乖乖地摇头，"还没。我想吃佛跳墙，别的什么也吃不下。"

王保罗无语，还是掉头出了医院。两口子转身一走，十安立刻靠着墙，长长地泄了口气。

她确实吃不下，但也不想让王保罗守在这里，如果手术失败，他应该比她还愧疚吧？

支开他，自己心里也会舒服一些。

然而，并没有舒服一会儿，手术室的大门就被推开了。

几个护士疾风一样跑过，又匆匆进了手术室。

十安再也无法淡定，随手抓了个人问："是不是出事了？"

来人戴着口罩遮住了大半张脸，语气焦急但还是说着安抚的话："我们正在全力抢救。家属请放心。"

十安想要继续问，但那人已经匆匆走掉了。

不敢耽误医生工作，她只能耐着性子反复地坐下，再站起来。

又等了大半个钟头过去，手术室里再没有别的消息传来，她的心也终于一沉再沉，直接沉入了谷底。

不知道等了多久,她只记得自己累了,完全没力气再站起来了,只能垂着头向上帝做着无用的祷告。

眼前忽然出现一杯冒着热气的牛奶。

"护士说你一直在外面守着,还没吃东西吧。"季怀新不知道什么时候换下了手术服,看着她,"喝点热的胃会舒服点,不然待会儿也吃不下佛跳墙。"

十安看他一眼,接过牛奶抿了一口。

热流划过肠胃,总算让她的情绪平复了些,她才用仅存的力气抬头去看他,语气尽量轻松:"你怎么出来了,手术快结束了?"

季怀新摇摇头,"应该还要一会儿,有点难度。我跟老师换班。"

"哦。"十安捏着热杯子,掌心冒出了一丝汗,犹豫了一下,她还是问出了口,"还顺利吗?刚刚听说在抢救。"

季怀新站在她面前,视线一直落在她垂下的脑袋上。

他伸手,想揉一揉,但正巧她抬起头来,满眼水汪汪地看着他。他的手就僵在了半空中,改为拍拍她的肩。

"不就是个手术,这就怕了?"

天不怕地不怕的唐十安什么没经历过,但她确实害怕了。

"如果躺在里面的人是我自己,我才不怕。"

"既然如此,你也应该很清楚,唐先生可能早就做好准备了。"

她当然知道,唐三金很久以前就做好了所有的准备。

所以,他才会那么干脆地答应离婚,才会亲手送走自己最引以为傲的徒弟,才会那么严厉地要求她成为拳击手,哪怕明知道她不愿意。

可是,他做好了离开这个世界的准备就可以了吗?

她有些固执道:"我还没准备好。他如果走了,我就没亲人了。"

听着她小小的声音,季怀新第一次后悔自己说出口的话。

不知道应该怎么安慰她,身体却先一步做出了决定。季怀新伸手将她揽进自己的怀中,温柔地拍了拍她的背。

两个人都沉默了,静悄悄地,感受着难得的温暖。

她没有推开那个医生。

方熙年抬手按了按自己的胸口，它意外地颤抖了一下。

他忽然止住脚步，对身后的陈鸿宇轻声道："你先回去吧。"

陈鸿宇原本想说什么，但抬头看到手术室门口相拥的两人，也只是点点头转身离开了。

陈鸿宇走后，方熙年整个人退到了长廊的角落，在没人发现他的地方，安静地靠墙站了一会儿。

他将空间留给他们。

理智让他清楚地意识到，现在不是他应该发火的时候，他必须控制自己的情绪。

大约等了一刻钟，再抬头时，季怀新已经走了。

他才轻声走到她身边，靠着坐了下来。

十安应该是很累了，一直低着头似乎没有注意到他。也可能是注意到了，但是已经没力气再应付一个送上关怀的人。

方熙年也没有出声，安静地坐着。

很久以后，手术室的门终于被推开了，她才有所动静，箭步冲了上去。

"手术很顺利。"

十安松了口气，急切到差点语无伦次："那他什么时候能醒过来？"

主刀医生看她一眼，解释道："病人暂时已经脱离了生命危险。我们虽然通过手术切除了他脑袋里压迫神经的血块，但同时我们也发现，他的身体机能也有可能习惯了脑死……"

"我应该做点什么？"她已经不想听接下来的话了，只想得到一个明确的答复。

"多放一些患者喜欢的或者想听的东西，或许能尽快唤起他的意志力。"

十安泄气地往回退了两步，医生的话很委婉，但她还是听懂了。

暂时脱离了生命危险的唐三金还有活下去的意志力吗？

只有十安清楚地知道，唐三金没有活下去的欲望。

她清楚地记得，他在发病前那段煎熬的日子。

脑损伤的后遗症让他出现了幻觉，甚至有了暴力倾向。为了不误伤十安，他不得不将自己关起来，一遍又一遍地用头撞击墙面自残式地压抑那钻心的痛。

他那样的人，如果不是疼到备受折磨，怎么可能会轻言放弃生命？

死亡对他来说，是一种解脱吧。

他怎么可能想要活下来？怎么可能听得到外界呼唤他的声音？

"他不会想醒来的。"她悲观地说，一堵温热的墙抵住了她持续后退的脚步。

方熙年双手揽住她的肩膀，阻止了她的怯弱。

"谢谢医生，我们会想办法的。"他替她向医生道了谢，温柔地扶着她在椅子上坐下。

手术室的大门打开，医护人员推着手术车经过，回到病房去。

十安没有动，她甚至没有力气起身追上去看看唐三金。

沉默良久，方熙年叹了口气，"去看看吧。还有希望。"

十安扭头看着方熙年，"什么希望？"

"这个世上，你是他唯一牵挂的人了。"生怕她钻牛角尖，他没有放弃说服她，"只要你肯说，他怎么舍得离开？"

十安的脑子忽然就清醒了。

他说得对，还有希望的，唐三金怎么敢不经过她的允许就悄悄死掉了？她猛地抹了一把脸，终于又是那个记忆中的唐十安的样子了。

"好，我去看看他。"

第39章
内疚

十安没有通报坏消息给任何人,她逢人便笑着说,唐三金的手术很顺利,醒来指日可待。

终于,大家脸上沉重的表情也缓和了许多。

但病房里还是产生了很多变化,她让王保罗将这些年她参加过的所有比赛都录了下来,不间断地放给唐三金听。

病房里吵闹地播放着比赛的视频,原本冷清的环境充满了活力。

方熙年是第一次认真地看她比赛,这么多年,他知道她在哪儿、做着什么,但从来没有去关心过。

第一次看,还是被震撼了。

她参加过那么多比赛,残酷的伤痕真实地出现在她的身上。

"你以前没看过十安打比赛吧?"王保罗忽然问道。

方熙年回过神,"看得少,我们虽然认识很多年,但她赌气后就再也没有跟我联系了。"他顿了顿,语气里有点难以名状的失落,"她从来不在我面前说起这些。"

王保罗挑眉,意外地看了看他,似乎明白了什么。

"十安这个人要强。"

方熙年抿着唇,目光直直地看着眼前的视频,没说话。

"我以前不明白,她为什么对你态度不太好,现在有点明白了。"

方熙年终于有了反应,他想起有一次和十安在烤肉店谈及合作的事情，她说的那些话，对他是有怨气的。

至今，他都不明白为什么。

"去美国前，她死都要打的那场比赛，发生了什么事情？"

王保罗看着他，多少听过一些那场比赛中方熙年扮演的角色，所以，语气也冷了几分，"就挺不愉快的。"

时隔这么多年，现在回过头来说这件事，似乎已经云淡风轻了。

但方熙年还是感受到了他语气中的埋怨。

"因为我吗？"那时，她的对手是何洛，而他因为担心何洛旧疾未愈，曾卑鄙地去找过十安。

王保罗毫不留情地点头。

"当时Box Club要求她必须赢得比赛，只有赢了她才能得到一笔可观的签约金为师父动手术。"

但是她输了……因为方熙年。

方熙年微张着嘴，心脏传来一阵钝痛，一下又一下地抽搐着。

"如果没有错过手术就好了。"

王保罗的话，像石头一样一颗一颗地砸在他心上，重重地压得他快要喘不上气。

他忽然有点生气。

不知道是气自己，还是气她。气她不够果断干脆，气她没有自己表现得那么没心没肺。

他这样的人，她为什么还要喜欢？她的大度，让他越发像个冷漠的施虐者，时刻提醒着是他间接导致了这一切。

十安从缴费处回来后就没见到方熙年了。

她拿着缴费单满头的问号，收费的阿姨说有人替她交了一大笔钱，至少可以让唐三金继续在医院用最好的医疗条件再待半年。

她想来想去，觉得这么土豪的做法也只有方熙年了。犹豫半晌，还是主动去寻了方熙年的去处，最后在院子的长椅上找到他，一副忧郁少年的模样。

十安有点不自在,她好一会儿才想到说辞,"方熙年,你是不是钱多到没处花?"

听见响动,方熙年才后知后觉地回头看她。

她拿着缴费单晃来晃去,很难不让人注意到。

他抿嘴迟疑了下才说:"你不要还钱给我,这只是我对你父亲的一点心意。"

十安感觉心事被戳破,但不想承认,噘嘴就说:"谁要还给你啊,给我的钱就是我的了。"

话虽如此说,但这笔钱怎么可能拿得心安理得?

但十安嘴上还是继续说着不中听的话:"我这么可怜,你就是施舍也该施舍一大笔钱给我。"

"施舍"两个字击中了方熙年一直试图平静的心,他看了她好半晌,到嘴边想解释的话,却怎么都说不出来。

十安走到他身边打算并排坐下,屁股刚抬起就被他伸手拦了拦。

方熙年吐出几个字来:"凉,别坐。"

十安看着椅子上混合着落叶和雨水的一片污迹,愣了半晌。

目光下意识地扫向了方熙年笔直的双腿。总不能大庭广众之下让她坐在他的大腿上吧?!

方熙年已经利落地脱掉了身上的高定西装,铺在了椅子上,昂贵的羊毛面料被浸湿了一大片。

方熙年指着衣服,"现在坐吧。"

十安欲言又止,想着该怎么委婉地表达他体贴得让人毛骨悚然。

但胆大包天的嘴还是快了一步,非常耿直地问出了口:"你脑袋是不是被敲错位了?"

方熙年没计较她近乎挑衅的话,温柔地摇了摇头。

"那就是你做了什么对不起我的事情?"十安下意识地回头张望,"你是不是撩拨小护士了?"

方熙年盯着她半晌，缓缓地开口："没有。"

"可是你这么贵的衣服给我当坐垫，我怕下面有针刺我。"说着话，她就要挪动屁股，好像真的有针在扎她一样别扭。

方熙年按着她的手不让动，长久地叹了口气。

他低着头，指尖捉住了她捏紧的手，轻轻摩挲她的手指。

她的手不怎么好看，小巧但不精致，不白皙更加不柔软，有些地方还有硬硬的老茧。难怪她总是将手藏着掖着不愿意给他看。

现在，他早就在心里做出了一个会让两人都陷入僵局的决定，挣扎再三，那句话还是说出来了："十安，我们分手吧。"

夹杂着叹息的话很轻，但在安静得过分的深夜里，却清晰可闻。

十安的手颤了一下，下意识地要缩回来，被他捉得更紧了。

她有点不明白，为什么明明做着温暖的举动，但说出来的话，却没有任何的情绪波动。

听上去，也只是做了一个决定而已。

十安只震惊了一秒就怒了，但尽量用轻松的笑意掩盖心中的愤怒，"你这人到底怎么回事？怎么提分手比我一个女人还频繁？"

方熙年被她说得一噎，满心的愁绪瞬间就没了。

"我什么时候提过分手了？"

十安仔细想了想，不要脸地睁眼说瞎话："你肯定在心里提了一万遍了。"

不过，他不会让她这么糊弄过去的，这次提分手，他是认真的。

"那你答不答应？"他近乎已经在逼迫她了。

十安还是很不以为然地摇了摇头，"有什么理由，你说出来让我考虑考虑。"

方熙年自我剖析道："我很自私。"

"我知道，你这个人除了自私外还有点目中无人、心狠手辣、腹黑心机，缺点是挺多的。"

方熙年看她一眼，有点不知道说什么好。

"但是吧，我没嫌弃你，你不用自卑。"

从认识他的那天起，她就发现自己眼瞎的事实了。

他根本不是什么好人，为了达到自己的目的陷害同学，也可以为了保护自己，去伤害一个深爱他的人。

但是就是爱上了这样的人，她有什么办法呢？

比起他的感受，她更在乎自己的感受。

如果得不到会让她不快乐的话，那么，她偏要得到。

"跟我在一起，你在怕什么？"

但方熙年依然久久没有说话，他一直低垂着眼，钳制住她手的动作也松了许多，轻易就让她抽出了手去。

他知道自己在怕什么。

他怕他在偿还她的过程中，再也分不清楚到底在还什么，一次又一次地蒙蔽了自己真正想要的东西。

他也怕，那些愧疚的心情让他深处煎熬之中，从此一蹶不振。

他讨厌成为这样的人，更加不想被情绪摆弄。分开，他一笔一笔还给她，总有还完的一天，到那时候，如果她还在，他愿意从头再去捋清楚，他对她到底是什么样的感情。

这些，都是他胆怯的理由，但又怎么敢在勇敢的她面前暴露这些胆小的心思呢？

"我不想继续下去了，我们不是说好了节目录制结束就分开？你是要反悔了吗？"

十安被他堵得一时气闷，她不想再跟他纠缠这个话题了，刷的一下就从椅子上站了起来，"那就等到节目录制结束那天。"

她也顾不得他什么表情，将缴费单塞给他，"钱我会还给你。"

方熙年抬头，想说什么，她抓起椅子上脏了的西装外套，一把套在他脑袋上。

"你闭嘴，等我走了后，你自己滚出医院，不要再来了。"

说完，她转身就走。

但其实她没有走远，只是站在了长廊后，看见他过了很久才拿下脑袋上的衣服，毫不留恋地离开了。

十安不明白，方熙年突如其来的矫情是为什么？

想了很久，她都没想通，只能垂头丧气地回到病房。

犹豫再三，还是向王保罗打听了陈鸿宇的电话号码。

"你要电话做什么？"

十安努了努嘴，表情不太自然，"方熙年交了一笔钱在住院部，我想还给他。"

保罗知道她是什么样的人，没继续追问，只说："我会从公共账户里将钱划入方总工作室。这事儿你别管了，我来处理。"

十安也不想跟方熙年闹得很难看，点点头就没说什么了。

保罗见她闷声不做气，实在不像她，犹豫了一下，戳了她一下，"怎么了？跟哥说，方熙年是不是欺负你了，看我不揍他……"

"你算了吧。"十安无语地看他一副装出来的凶相。

明明是个怂蛋，不敢得罪金主爸爸，还非要逞能。

"我没事。"

王保罗一脸的莫名其妙，明明刚刚在病房里两人聊得还不错，他也将该说的都跟方熙年说了，原本以为接下来就是方熙年心疼十安，加倍好好补偿的戏码了。怎么也没想到他居然还敢惹十安生气。

不让着女朋友就算了，胆子还这么肥。

"到底怎么回事，你说说。"王保罗追问着，大有一副得不到结果不放手的架势。

十安叹了口气，烦躁地抓了一把头发，"他跟我提分手，但我想不明白为什么，不是好好的吗？我就这么招他烦？"

"什么？他敢，我师妹看上的人，就是打断腿我也给你送到床上，你等着。"王保罗是真生气了，撩起袖子就要准备出门，"这家伙，跟我可不是这么说的。呸，早知道我什么都不跟他说了！"

"等等。"十安一把按住他,诧异道,"你跟他说什么了?"

王保罗猛地捂住自己的嘴,顿时反应过来。

"啊?我说漏嘴了?"

十安满脸黑线,"你说呢?"

王保罗见事情躲不过,犹豫半晌,只能将上次方熙年打电话问他地下拳庄的事,以及下午她不在时两人聊的内容一五一十告诉了十安。

那些过往,她其实没想瞒着谁,只是不想博取同情,就没跟人说起过了。

但这一刻,她忽然都明白了。

方熙年,一直以来都是个胆小鬼。

第40章
放过你

胆小鬼方熙年果然没有再在医院里出现过,十安也没去找他。

但保罗划到方熙年账户上的钱,又被交到了医院。

十安打电话去质问的时候,方熙年也只是固执地表示,无论她还多少次钱,他都会再次划入医院的账户,十安不信他这么固执,又尝试打了两次钱,但最终都去了医院账户。

收费处的大姐找了她几次,委婉地表达了钱差不多够用了,知道她有钱,但没必要这么用。

两人继续僵持下去也毫无意义,于是还钱的事情只能暂时搁置。

除此之外,方熙年的得力助手陈鸿宇也频繁地出入医院。

每天,他都会变着花样送食物到医院来,搞得病房里的其他人直夸小姑娘找了个好男朋友。

陈鸿宇尴尬地将饭盒塞给十安就跑,生怕再闹出什么绯闻来。

十安也没空解释,就这样,医院里一传十十传百的,先是惊动了季怀新,每次来巡查病房总免不了一顿阴阳怪气的讽刺。

中午,孟江林提着鲜花和水果前来看望十安,正好在门口撞见陈鸿宇送爱心午餐。

孟江林自然知道陈鸿宇听从谁的指挥。

心里不免嘀咕方熙年还真是胆小鬼,自己不敢出面,就让陈鸿宇来。

不过,方熙年不来跟他抢女神更好。

这么想着，孟江林忙接过陈鸿宇手中的保温盒。

"你给我吧，我待会儿转交给十安。"

陈鸿宇紧紧地抱着盒子，警觉地摇头，"不行，我必须亲手交给唐小姐。"

孟江林撇嘴，嘀咕道："茅坑里的石头，又臭又硬。"

僵持中，结束了一轮查房的季怀新也趁着午休走了进来，手里还拿着一个黑色硬盘。他开始捣鼓电视，准备了一硬盘的拳击电影打算放给老爷子听。

病房里一直传出电流相交的嗞嗞声，孟江林心烦气躁地转身就拔掉了电源，反对季怀新制造噪声给老爷子增加负担。

季怀新也不是吃素的，当即关掉孟江林放着评书的老年收音机报复了回来。

十安一进门就被三个杵在那儿的男人搞蒙了。

"你们是没家的孤儿吗？天天把我这里当家。"

狭小的病房里此时充满了美食、水果和鲜花，不知道的人恐怕还会以为他们在搞联欢。

十安十分头痛，一把接过了陈鸿宇抱在怀里的保温盒，"你先回去。东西我不会扔的。"

陈鸿宇还有点犹豫，见她偷偷攥起了拳头，只能支支吾吾地交代了一声："那好，我明天再来。"

说完也不等十安有所反应，赶紧掉头离开了这个是非之地。

打发走了陈鸿宇，十安转头看剩下的两人，却见两人各不相让地拽着对方的插座，一副要干架的姿势。

十安无力地扶了扶额头，一拳头将两人隔开了。

孟江林立即识时务地咧嘴一笑，扔下插座转头就在陪护床上躺了下来，"还别说，你这地方住着还挺舒服的。既然你诚心邀请了，我就留下来把这儿当家住了。"

"呸，不要脸。"

"你要脸，那你别死皮赖脸地凑上来啊？不知道的还以为你是来推销意外保险的。"

季怀新冷笑了一声："笑死了，说我是推销保险的。你倒是比隔壁床张大爷的儿子都孝顺，哪儿赶得上你这么来尽孝的……"

孟江林气得鼻孔直冒烟。十安见两个男人幼稚得不行，实在没辙，只能一拳一个，直接将人赶出了病房，然后啪的一声关上了房门。

挨了揍的两个男人互瞪了一眼，嫌弃地冷哼一声，各自转身离开了。

虽然这次的对决两人都没占上风，但孟江林还是觉得自己赢定了，他气势汹汹地下了楼，刚走到医院门口就撞到了熟悉的宾利车。

方熙年坐在车里，陈鸿宇站在门口跟他汇报着什么。

孟江林心里暗自骂了一句，方熙年这家伙居然完美地避开了战场，果然有心机。

这么想着，孟江林朝着方熙年走了过去，走近了才听见方熙年在给陈鸿宇安排工作，让他近来都守在医院里，一旦有什么事情可以出动RM集团的医疗资源。

陈鸿宇有点迟疑，"那节目组那边……"

"我会处理，让十安暂时休息两期，代班的教练我会找。"

陈鸿宇似乎再也没有可以拒绝的理由了，只能点头答应了。

"还有，她有什么消息，你随时通知我……"

"哇，你这个人也太变态了吧。居然找人搞视奸？"方熙年的话还没说完，孟江林一个脑袋忽然出现在副驾驶的窗边。

方熙年呼吸一滞，显然被他吓到了，但很快就平复了心情，冷眼瞥他。

"你来这里做什么？"方熙年抬手推了一把那毛茸茸的脑袋。

大脑袋搁在窗沿上没半点动静，"你能来，我怎么就不能来了。"

孟江林狐疑地看他，"你和女神之间是不是出现什么不可弥补的裂缝了？人也不出面，就让小陈盯着。"

孟江林一副即将拥有好机会的表情，方熙年张了张嘴，一时间竟然不想说起和十安提了分手的事。

他抬手,手指放在了主控按钮上,"拿开你的脑袋。"

"我不……"

话音未落,副驾驶上的玻璃窗哗啦一声就开始往上升。

眼看自己的脑袋快要被削掉,孟江林哇哇大叫着缩回了脖子,总算在最后一秒拯救了自己那颗脑袋。

"方熙年你也太狠了吧!"孟江林气得直拍车窗。

但方熙年压根儿没搭理他,一脚油门踩下去,车子很快就开远了。

"好你个方熙年,无视我是吧!"孟江林摸着自己差点就没了的脑袋,眼珠一转,立即给方熙年发了微信。

孟江林添油加醋地将医院众人传言陈鸿宇是十安男朋友的事情宣传了一番,顺便还将季怀新没事就去病房送温暖的事迹也夸张了一下,倒是把自己的一举一动摘了个干净。

不出半小时,熟悉的黑色宾利车果然再次出现在医院门口。

十安正打算回家拿点换洗的衣服,刚出门就看到了熟悉的车。

车窗没有摇下来,看不清楚里面到底坐了什么人,只是隐隐约约有一道挺拔的身影。

但车牌号她是熟悉的,她想走近去敲车门,那辆车在她移步的同时瞬间开走了,只留下一车的尾气。

十安看着走远的车子,满脸无奈。

她怎么感觉方熙年不是在逃避自己,反而像是在生闷气。

他气什么?气她不同意分手?

这臭男人也太小气了吧。

方熙年不敢跟十安面对面,但也不妨碍他找孟江林和陈鸿宇的麻烦。

离开医院后,他将陈鸿宇叫到了办公室。

陈鸿宇走进办公室就见方熙年背对着他,气氛格外严肃。

陈鸿宇不知道自己做错了什么,小心翼翼地喊了一声:"方总,您找我什么事？"

方熙年半晌才回过身，他没有说话，只是盯着陈鸿宇看了良久。

陈鸿宇一脸煞白，结巴道："方、方总，我是做错了什么事吗？"

方熙年将手机递给陈鸿宇，让他自己看孟江林发来的那些添油加醋的话。

陈鸿宇看得莫名其妙，"不是，方总，我没有替唐小姐披过衣服啊！我也没有含情脉脉地看过唐小姐！这都是诬陷！"

但不管他怎么解释，方熙年都只是挑眉看他，气氛没有松动的迹象。

陈鸿宇抹着汗解释："孟先生可能是嫉妒吧，他最近天天去医院找唐小姐，就见不得我去送饭。"

方熙年掀了掀眼皮，"他最近经常去医院？"

陈鸿宇偷偷看他一眼，心下一喜，再接再厉道："是啊，每天都赖在病房不肯走。"

"还有什么？"

陈鸿宇见他转移了注意力，立即激动地将这些天在医院遭遇的双面夹击给说了一通，顺便，也拉满了方熙年的嫉妒，现在的他满脑袋都充斥着"后悔"两个字。

但是……

即便是后悔，理智还是战胜了他。

听完所有的举报，他青着脸拍了拍陈鸿宇的肩，"你做得很好，但该有的距离还是得有，十安没分寸，但你不一样，你是一个有分寸的秘书。"

陈鸿宇张着嘴，满脸无语，但也只能点头吞下这个哑巴亏："知道了。我只办您交代我的事情，连多看唐小姐一眼都不会的。"

方熙年满意地点点头，"对了，孟江林最近应该是挺闲的，你让人找点事情给他做。"

陈鸿宇一头雾水。

方熙年面无表情地提醒他："孟江林之前偷拍人出轨的事情是不是在派出所住了几天？"

255

"老孟家最近父慈子孝，实在不像他们家的风格。"方熙年冷笑。

"我这就找人将这件事透露给孟老爷子。"陈鸿宇秒懂！

方熙年点头，陈鸿宇便欣喜地退出了办公室。

给孟江林挖坑，果然还是老板棋高一着啊。

有两周十安都没有再见到孟江林，方熙年也没再来过，病房里忽然就安静了。

唐三金手术的事情上了热搜后，节目组也和方熙年商量了后续的事情。

不知道他们中间是怎么说的，最后十安这边得到的消息是暂停两期的录制。

"我不参加？那谁代替我？"十安调试输液瓶的手顿了顿。

王保罗一脸的轻松，"方熙年出面找来了罗宾代你的班。"

代班？

恐怕是方熙年还在生气吧？

十安浅浅地叹了口气，"这事儿是谁决定的？是不是方熙年不想见我？"

王保罗抓着脑袋，满脸费解，"我也不知道怎么回事，小方总只是在开会之前问过我两句你的状态，赵家禾便提议尽量减少你的运动强度。"

"所以，他这是为我好？"

王保罗越发不明白了，"可能吧。节目结束后，你就要进行WBA初选赛的训练了，我们都认为你应该趁这段时间休息一下。"

"初选赛的强度不是很大。"

王保罗摇了摇头，不明白女人的心思。

"最后一期节目你还是要上场的，也不算是冷藏你。"

"我知道。"

"那你在气什么？"

十安无语，她其实没有生气，只是心里不舒服，方熙年没有跟她商量就停了她的工作。这次的代班，就好像时刻在提醒她，她对方熙年来说就跟这次比赛一样，可有可无。

第41章
比赛

接下来的两期节目十安不用去参加,她每天就住在病房里了。

照顾唐三金的工作还是萍姨在做,十安每天吃了睡,睡了吃,不像是来照顾病人的,倒像是来住院的。

季怀新看不下去,让十安陪唐三金看一些她打拳的视频,尽量跟唐三金多说说话。

"大家都知道,最近很火的Herra是战场的狠角色,但她今天以新人的身份挑战三个月前夺得WBC金腰带的曼斯会是什么结果呢?请大家拭目以待……"

视频里主持人的语气很夸张,十安从前专心比赛没多大感觉,现在听着只觉得脸烧得慌,像是被现场处刑。但是她每次把视频关了,都会被季怀新抓包,不知道是不是小护士告的状。

有时候也会看得入神,她仿佛能听见唐三金在耳边说:"你这一拳的节奏不对,进攻的时机不够完美。"

萍姨见十安这几天一直在医院,也请了四天假,给唐三金擦身、喂饭,帮他按摩手臂、大腿肌肉的任务便落到十安头上。

就像过去那样,她训练结束后满头大汗地坐在拳击台上,唐三金用毛巾给她擦汗,在她脖子上贴药膏,用煮熟了的鸡蛋帮她热敷。

虽然唐三金对十安要求严格,可是除了身体比较辛苦外,十安都过得挺幸福的。唐三金付出了全身心的呵护,他允许她在打拳的时候受伤，却不允许她因为贫困的物质生活在心灵上留下难以磨灭的伤痕。

那时候，唐三金脚上总穿着一双开了口子的皮鞋。

明明没有钱，他宁愿去街角做搬运工也要买来蛋白粉给她增重，一日三餐，饮食起居，他做得既笨拙也小心。

父亲，在她眼里很可怜。

所以，按摩的时候，她也难得温柔，不聊拳击的时候，也会跟他聊一些家常琐事。比如十安去水房打水的时候，遇到了一个打扮得很可爱的女孩子，那个女孩不知道怎么使用开水机，就细声细气地请教一旁的十安，十安被那个娇滴滴的女孩子甜得起了一身鸡皮疙瘩，却又不得不羡慕地承认，她真的很可爱！

回来她就跟唐三金吐槽："我要是不打拳，是不是也有可能长成那样？每天穿着漂亮的纱裙，把自己打扮得跟个洋娃娃似的，成为众星拱月的小公主……"

读高中的时候，班上的女孩子都留着长头发，只有十安是板寸头。她也很羡慕那些长发飘飘的女孩，但只要她的头发长到超过耳朵，就会被唐三金拎到理发店去剃头，后来，她上了大学，还因此把孟江林吓晕了一回。

从前，剪头发是她的噩梦。

惆怅了一瞬后，十安又开解自己："不过我现在过得也不错。你都不知道，我现在很受人欢迎，好多女孩子哭着喊着要嫁给我。"

总看拳击视频也会腻，季怀新不值班的时候，十安就会偷偷打开综艺节目，她一边敷藻泥面膜，一边吃薯片。

有时候，十安被综艺节目里的情节给吸引了，笑得面膜都从脸上裂开了，还不忘跟唐三金交流："老头儿，你快看，那个人是不是蠢得好可爱啊！"

谁知道季怀新故意杀了一记回马枪，一进病房就听到综艺节目里夸张的哈哈大笑。

而十安扎着零散的马尾，脸上敷着皱成一团的黑色面膜，笑得两只眼睛眯成了一道缝，满地都是薯片。

季怀新揉揉额头，没眼看，只是这时候的十安哪怕有点丑，也很可爱。

认识她这么久，才发现她这么生机勃勃，充满朝气。

病床上的唐三金，好像也被十安的笑声所感染，屏幕上的数据突然产生了变化。

季怀新走到监控设备前查看检测数据，发现这半个小时里，唐三金的数据骤升骤降，有了一个很大的起伏，证明他的脑部产生了情绪起伏。

十安紧张地跟过来，"怎么了？"

"没什么，我刚看见他手指动了一下。"

"那他是快要醒来了吗？"十安扯下面膜，充满期待地问。

季怀新迟疑了几秒，根据数据来看，唐三金现在的情况是有好转，可是之前也有过一例好转的病人，那人手指能动，眼睛也能睁开，除此之外跟植物人没什么区别。

期待值太高，失望时会更难过。

"还要再继续观望，不过可以肯定的是，他喜欢听你说话，喜欢听你笑。"

唐三金情况得到好转的消息被一直守在医院里的陈鸿宇知道后，转告给了方熙年，方熙年立刻安排RM集团最强的医疗专家团队入驻医院。

又做完了一系列检查后，十安守在唐三金床前，眼睛都不肯眨一下，她希望唐三金醒来后第一眼看见的人是自己。

五个小时过去了，唐三金也只是眼皮子动了动。

十安还是很高兴。

有一天午睡时，十安做了个梦，梦见自己从食堂打饭回来，唐三金已经醒来了。他正一脸不高兴地拆开胶布，拔出留置针的针头，黑着脸说要马上回家。

十安是在梦里笑醒的。

可惜醒来后，现实中的唐三金还没醒来，反倒是头顶的吊瓶因为她动作起伏太大晃荡了几下。

萍姨见甘露醇注射液只剩下一丁点，按铃叫护士进来换药。

"我刚才梦见他醒来了。"十安略微惆怅地说。

"是醒来了一次。"萍姨笑着说。

十安惊讶地张了张嘴，转头看向唐三金，他还是闭着眼睛。

萍姨解释说："半小时前，他睁开眼睛看了我一眼，又睡过去了。我已经跟季医生汇报过了，他说这是正常现象，让你别大惊小怪。"

唐三金的病情稳定下来了，偶尔手指头动动、眼皮子动动，也会睁开眼睛看看四周，只是不巧，他每次睁开眼睛的时候十安都恰好不在。

RM集团专家团队给唐三金重新会诊后，做出的判断比季怀新的结论更大胆：唐三金的情况正在逐渐好转，随时可能会醒来。

唐三金病情稳定后，十安也要继续回去工作了，《拳王赛》已经到最后一期，十安终于回归。

十安刚跨进录制现场，只见林素把自己当成了火箭向她发射过来，十安反应迅速地躲开。

不幸的林素被自己发射到了一旁的门框上，差点把铁门给掀翻。

遭遇冷漠的林素却没有不高兴，笑得很开心，"老大，你终于回来了。"

老大？

十安惊讶地张了张嘴，默认了她叫自己老大。

"在我离开的这段时间里，你居然没有被淘汰，让我很意外啊！"

林素撇撇嘴，"差点就被淘汰了，可是每次坚持不下去的时候，我就想到了老大。你是我的能量，想到你，我就能获得无限的力量。"

半个月不见，林素打拳的功夫有没有长进，十安不敢确定。她拍马屁的功夫，却是越来越有长进了。

突然，一袭铁拳朝十安砸过来，十安侧身一挡，发现是张旻。

十安回踢他一脚表示敬意："你是想把我打残废了，自己去把冠军拿回来！"

"你又不是豆腐做的，这么轻轻碰一下都受伤，还拿什么冠军，当什么拳王,趁早回家嫁人生孩子去。"赵仟这个仇女大直男,一开口就没什么好话。

"他今天怎么回事,大蒜吃多了?"十安撇头问林素。

林素抬了抬下巴,示意十安看何洛的方向。

方熙年和方映南像保镖似的护在何洛身旁,方映南站在一旁,殷勤地捧着保温杯。

方熙年跟何洛坐在一起,两人好像在看一份资料,何洛听得很认真,时不时看着方熙年的脸,温柔地点头。

突然,方熙年像是察觉到了什么,视线朝十安看了过来,然后又迅速转开,冷漠得就像他根本不认识自己。

林素跟她咬耳朵,声音嗡嗡的,吵得十安头痛。

"从上期节目开始,两位方总就都围着她转,大家现在私下里都在讨论,她是不是靠着方家两位少爷,才混到了今天的地位。赵仟原本挺欣赏何洛的,听了这些谣言后心烦意乱,最近跟我们说话也总是夹枪带棒。"

"大家都这么说?"十安瞥了林素一眼,"那你也是这么想的?"

林素弱弱地说:"我当然没有,何洛什么实力,大家都有目共睹。不过论实力,你比她更强。老大,我看好你!"说完,她眼睛一亮,声音很是亢奋,"如果你对上了何洛,一定要在第一个回合就将她打趴下!"

十安笑了笑:"不一定能抽中呢!"

没想到话音刚落,却听见主持人宣布:最后一场《拳王赛》,十安的对手是何洛。

当她看向何洛的时候,何洛也正好在看她,两人隔空相视一笑。

何洛的出拳套路十安都已了如指掌。

私下里,她和王保罗打过模拟赛,应该不会出什么错。

现在唯一的不可控因素,出现在方熙年身上。十安想逼自己一把,她要赢下这场比赛,不只是想赢何洛,也是想彻底放下方熙年。

室内开着空调,十安却感到一阵胸闷,呼吸不畅。

她全身心投入地跟方熙年谈了一场恋爱，哪怕在这次恋爱中，方熙年只是把她当成了可以交易的商品，她也真真实实感受到了被喜欢的人在乎是什么感觉。

这场交易，她不亏！

节目组把压轴赛放在十安和何洛的比赛上，中间其他人比赛的时候，方熙年隐在黑暗处，一直偷看十安。

她依旧高昂着头，骄傲地跟身边的人说话，偶尔会笑一笑。

灯光照在她脸上，她扎着马尾，笑容恬静，自信、阳光又倔强，像一棵孤独挺立的树。

"Herra今天一直在笑，你有没有发现？"

"是啊，应该是她父亲的手术很成功，有了好消息吧。"

"她应该多笑笑的，笑起来那么好看。"

今天的十安很漂亮，方熙年坐在观众席当中，一直听见有人在讨论她。

他想起了上次在医院里，看到她一脸煞白地在季怀新面前露出脆弱无助的模样。心，还是抽动了一下。

马上就要轮到十安上场，王保罗和赵家禾正围在她身边，保罗在给她缠绷带，赵家禾在为她做最后的检查。

赵家禾嘱咐道："眼睛没有恶化的迹象，可能真的是飞蚊症。不过，像你这样不要命地打拳，还要保护好眼睛。输了场比赛没什么大不了，一旦视觉神经受损，就是不可逆转的伤害。"

十安活动了几下手指，朝王保罗虚晃一拳，做了个鬼脸，"放心吧，我会在何洛把我眼睛打瞎之前，先把她揍趴下。"

她总是这么自信，赵家禾叹了口气，也不再拦她。

十安走上台，四周都是热情的欢呼声，只是，她不知道人群中的方熙年，现在又喊着谁的名字呢？

是她？还是跟六年前一样，是何洛？

第42章
对手

真正跟何洛交手，十安才明白，何洛到底有多强。

六年的时间里，不只是十安一个人在成长。

何洛的变化也很大，除了她那老一套的战术分析外，拳头也硬了不少，好不容易遇到旗鼓相当的对手，她们都很兴奋。

这一次，她要赢何洛没那么容易。但是她不能输，尤其不能在方熙年面前输给何洛。

"Herra! Herra! Herra……"

眩晕的灯光，以及观众热情的欢呼声将十安带回了六年前那场比赛，当时她迫切地想要赢何洛，以至于露出了自己的破绽，被何洛击败。

难道这一次，她也会输给何洛吗？

第一个回合，何洛的进攻速度并不猛烈，她出拳速度很快，像一头伺机捕食的野兽，随时都在等待最后一扑的机会。

十安的反击也是点到即止，比赛一直处于胶着状态。

赵家禾不太懂拳击，但她看前面几次比赛的选手，各个都是不要命的打法，怎么轮到了十安跟何洛打比赛，反而一直僵持在攻守之间。

听她这么问，王保罗耐心解释："那是障眼法，何洛在骗十安出拳，借机找到她的破绽。"

本来是一场热血拳击赛，硬生生被她们两个弄成了中老年太极养生展览会，观众的呼唤声越来越弱，眼看着现场的热情度下降，主持人一点办法也没有。

在第二回合和第三回合的休息时间里，主持人分别去求十安和何洛，请她们不要再这么打下去了。

这第三场必须真打，不然最后一期节目播出去，整个节目组都会被观众骂死。

主持人一走，何洛就泄了气，"我赢不了她。"

一贯嬉皮笑脸的方映南突然变得严肃，"才打了第一场，你就要认输了吗？"

何洛无语地看了他一眼。

她也不想认输，但唐十安太强了，她真的不是对手。

方熙年淡淡地问："为什么突然沮丧？"

何洛转过头看向十安，她正在跟王保罗说笑，很轻松的样子。

"我找不到她的破绽。"

说完这一句，一分钟的休息时间已经到了。

这一次，她们两个都没再保存实力，拳拳到肉，竭尽全力。

现场的欢呼声再度热烈起来，主持人的解说词也越来越夸张。

"Herra! Herra! Herra……"

"何洛，何洛，何洛……"

才第三个回合，何洛已经开始乱了阵脚，方映南站在台下，声嘶力竭地给何洛助威。

方熙年跟何洛看法一样，从一开始，他就觉得十安会赢。

但是何洛会提前认输，这超出了他的意料，何洛一直都很要强，她是宁可死也不愿意认输的人。

方熙年想起了在机场遇见十安时，她脸上带着伤。

他看过十安打生死擂台时的视频，鼻梁骨都被对手打歪了，她却能忍着痛，在最后关头将对手打趴在地上再也起不来。

十安如今的实力，建立在她经历过的无数次生死之战的基础上。

而这一切的始作俑者是他，如果不是他让十安分心输了那场比赛，也许唐三金不会成为植物人。

方熙年眉头一皱，心里头的酸涩再次涌起。

第三个回合很快就结束了，下台后，十安喘着气对何洛说："下一个回合，拿出你真正的实力来打败我！"

十安疑惑，何洛今天为什么不在状态？

哪怕何洛没有集中所有注意力打比赛，十安也被她耗尽了体能。

赵家禾仿佛是预言家，第三个回合，十安果然被何洛击中了左眼眶，左眼出现了短暂失明。

哪怕只有一只眼睛，十安也能看见方熙年站在八角笼外，体贴入微地给她擦汗。不久前，那个人还与她同睡一个被窝，眼神温柔，仿佛能将她的心融化成冰激凌。

他对她很好，唯独不爱她。

那场恋爱只是她一个人的恋爱，对方熙年来说，不过是一场交易。

奇怪，明明她赚到了他的人，也赚到了他的钱，她什么都没有亏，心里却还是空荡荡的。

裁判的哨声响起，十安没有时间难过。

马上要到最后一个回合，她不能掉以轻心。

"三，二，一！"

倒数三秒后，十安甩甩头，用力将方熙年从脑海里抹去。

最后一个回合，何洛果然用尽了全力。正如十安了解何洛那样，何洛对十安也是了如指掌，这种对手之间的惺惺相惜，比朋友之间的默契更弥足珍贵。

观众的呼喊声，从四面八方传来，但十安的耳朵里只有何洛的呼吸声，眼睛里只有何洛从四面八方挥舞过来的拳头。

现在的何洛总算进入了状态，满脸都是汗水，哪怕鼻青脸肿，身上却充满了斗志，眼睛里正在发光。

她现在的状态，跟多年前那场比赛时的状态是一样的。

这些年来，十安不止一次幻想过，如果她有机会跟何洛再次站在台上比赛，会是怎样的情形。

没错，就是这样的气势，跟想象中一样。她出拳又快又狠，让十安除了不停防守，根本找不到任何进攻的机会，最终退无可退，避到了擂台边缘。

这场比赛，仿佛马上就要结束。

但忽然之间，十安脚尖发力，身体沿着何洛的腰侧滑下，起身时一拳打中何洛的下巴。何洛飞了出去，单膝跪在地上。

最终，裁判举起十安的手，汗水浸满了她的脸庞，这样的时刻曾在梦中回转过多次，今天，终于实现了。她大大地吐出了一口气，低头去看自己的手下败将。

何洛疼得嘴唇发白，额头一直冒冷汗。

十安听着观众席上传来的欢呼声，却亲眼看见方熙年冲到台上把何洛抱了下去。她站在颁奖台上，隔着人群看着他们的身影越走越远。

这一刻，十安突然觉得解脱，心里的钝痛也消失了。

她笑了笑，俏皮地回应着主持人的话："没什么感想，我现在眼睛好痛，赵医生在哪里？"

说着，她奖牌也没拿，就跳下了擂台。

赵家禾赶紧上前帮她检查眼睛，她的左眼已经恢复了一点点视觉，能清楚分辨一个手指和两个手指的区别。

从症状来看，应该是没什么大问题，但赵家禾依旧坚持让十安跟她回去做个仔细的检查。

拆开十安手上的绷带后，赵家禾吓了一跳，"现在你听我指令，做双手快速握拳再松开的动作。"

十安乖乖听话，双手迅速握拳，松开。

"再伸出食指和中指，做剪刀手的动作。"

这一次，十安无法完成赵家禾的指令，当她弯曲其他三个手指时，食指和中指完全无法伸展，会不自觉地跟着一起弯曲。

赵家禾深吸一口气，问："描述一下你刚才做动作时的感觉，是刺痛、酸痛还是胀痛？"

"痛？"十安摇摇头，"我没觉得痛，双手除了麻麻的，没有其他感觉。"

"怎么会没有其他感觉？"赵家禾追问。

王保罗在旁边看得一头雾水，抓住赵家禾的胳膊问："十安的手究竟怎么了？"

赵家禾转身过去收拾东西，"我初步怀疑十安的手极有可能出现神经坏死的症状，她现在必须跟我回去拍片做个检查，只有找到问题的根源，我才能对症下药。"

王保罗见状，也赶紧帮十安把外套披上，送她出演播厅。

十安一路被推搡着走出了演播厅，她不甘心地说："不是说接下来还有记者会吗？还要去参加庆功宴啊，明天再去做检查也可以吧！"

赵家禾不发表意见，只冷脸看着王保罗。

王保罗咬咬牙，转身对着十安卑微地笑，"姑奶奶，你先跟赵医生去做检查，接下来的工作交给我吧。"

十安看看自己的手，耸耸肩，"我这双手没那么容易废掉。"

赵家禾停下来，无语地看着王保罗。

"你看我干什么，我是她师兄，她是我祖宗！"

十安被师兄给逗笑了，那么多人爱她，少一个方熙年也没什么。

到了赵家禾的诊所，十安的手已经可以灵活自如地活动，不仅能比剪刀手，还能做兔子、山羊和老鹰。

赵家禾不放心，还是留着她做了个全面检查，才肯放她走。

第43章
解释

出了诊所，十安给王保罗打了个电话："师兄，赵医生说我的手应该没事。"

"什么叫应该没事？"王保罗可没那么容易被忽悠，他那边的声音嘈杂，好不容易找了个角落大声跟十安说，"赵医生不会说'应该'两个字！"

"我真的没事！"十安笑了笑，"你在哪里？我马上过来。"

既然手已经好了，她还想回去工作，毕竟她领了人家的工资，就得把事情做好。

王保罗叹了口气，像哄小朋友一样耐心，"回去休息吧，这里有我呢！"

"好吧。"十安挂断了电话。

前面不远处有个广场，那里有年轻人抱着吉他弹唱，歌声穿透夜空。熙熙攘攘的广场，被浪漫的爱情故事渲染。

十安站在那儿听完了一首《深海》，才拦了的士回医院。

节目录制完毕，王保罗和节目组的工作人员一起走出电梯，来到地下停车场，正准备去参加庆功宴。忽然旁边一辆车停在了面前。

方熙年匆匆停好车，直接朝王保罗走过来，"十安怎么没跟你在一起？"

"你还有脸问十安？"王保罗握紧拳头，一脸狰狞，"你既然已经在十安跟何洛之间做了选择，还找十安干什么？你明知道十安跟何洛对打，一定会全力以赴，你还故意在旁边刺激她。说实话，她今天的状态不是很好，我在旁边看她打比赛，一直提心吊胆。可是你呢，你有过来关心过她吗？你只是站在她的对手那边，为她的对手加油鼓气。方总对何洛真的好温柔啊，你以为这样刺激我们十安，她就会输给何洛吗？你也太小看我们十安了，你信不信，哪怕你跟何洛当着所有人的面宣布明天要结婚，十安照样能面不改色地把何洛给打趴下。"

"我相信。"方熙年点点头，仍旧是淡淡的语气。

"你他妈有病吧！"王保罗没忍住骂了脏话，他决定先把十安没说出口的委屈替她说出来，再把这狗东西揍一顿，"你怎么还有脸纠缠我们十安？六年前，如果不是因为你从中作梗，十安未必会输给何洛。如果她没有输给何洛，就可以拿到Box Club的签约金给师父动手术。可是你害她输了那场比赛，为了给师父凑足医药费，她晚上去地下拳庄打黑拳，白天蜗居在冰冷潮湿的地下车库里疼得连给自己去买饭的力气都没有。那个时候，你在哪里，你在干什么？"

十安从来没告诉过他这些事，他也没有想过这些问题。

"就算是这样，十安也撑过来了，她现在很好。"说这句话的时候，方熙年是抱着一种感恩的心态。

因为他不敢深想，如果十安没有撑过来，会怎么样……

王保罗再也忍不住，用了三分力道，朝方熙年脸上揍了过去。

躲在一旁偷偷围观的工作人员看到自己老板被打，纷纷围了过来拉开王保罗。一个工作人员拉着他粗壮的胳臂，说："哥、哥，别冲动，他是老板！"

方熙年朝工作人员摆摆手，示意他们退散。

王保罗被人劝了几句，稍微找回点理智，"别再勾引十安，她也是个人，不是一台没有感情的机器。她不像你想得那么坚强，在我们看不见的时候，她会躲在没人看见的角落里哭。"

"我知道。"面对咄咄逼人的王保罗，方熙年依旧保持冷静，"今晚是何洛职业生涯中的最后一场比赛。"

"……她怎么了？"王保罗心里咯噔了一下，职业生涯中的最后一场比赛，这几个字给人的冲击力太大。

"半月板严重撕裂。"

半月板撕裂，是一种永久性损伤，以后就算治好了，也不适合再上场比赛。

王保罗哑然。

"这是打比赛之前就已经知晓的事。医生早就劝她退役，但何洛说，身为运动员，死也要死在擂台上。我知道十安一直很想跟何洛再比一场，所以我请何洛把这唯一的机会留给十安。她提出的条件是，在比赛的时候，我必须站在她的身旁支持她。"

方熙年曾经很喜欢何洛，也了解何洛。

何洛跟十安不同，十安喜欢把所有表情都写在脸上，还以为自己很会算计人。

但何洛才是真的很有心机，方熙年不反感何洛的小心机，因为那是强者的表现。现在想想，当时他对何洛的喜欢，其实是一种对强者的崇拜。每个男孩在青春期都会把一位强者当作偶像，当时的何洛，就是他的偶像。

现在，何洛依旧是他心中的英雄，只是抱着何洛离开的时候他才终于明白，这么多年来，他对何洛的喜欢，不是男人对女人的喜欢。

那一瞬间的恍惚，让他想起有天早上，他在十安家里醒来。

淡金色的阳光透过窗户照在十安恬静的脸上，几秒后，他心里生出了渴望。

睡着的十安有点像小孩，鬓角细细密密的头发微微潮湿，他伸出双手拢住她的肩膀，将她紧紧地揽入自己的臂弯。

当时，十安短暂地醒了过来，睁开眼，眼神好像一只麋鹿。

她轻声嘟囔："别吵，我还没睡醒。"

他深吸一口气，起床，用冷水洗脸几分钟，才将心中的动荡压下。

他很确定，如果继续下去，十安不会拒绝，但他不确定自己是否也爱着十安。

如果他对十安的感情只是因为愧疚，那对她来说，并不公平。

与那天早上不同，他在抱着何洛的时候，身体没有任何悸动。

也没有那种担心、焦急的感觉，因为他心里清楚，何洛能走到这一步，完全是她自己的选择。

她已经提前预想过最坏的结果。

就在刚才去医院的路上，何洛要求跟他独处，她说："方熙年，我有喜欢过你，不过我更喜欢打拳。现在我不能打拳了，我还能再喜欢你吗？"

几乎是本能地，没有经过思考，方熙年就回答了何洛的问题："抱歉，你永远是我的亲人。"

何洛笑了笑："看来，我不仅擂台要输给她，就连你也要输了。不过没关系，我也没多喜欢你。"

方熙年知道，何洛说这些话，只是因为她想赢十安。

她要在职业生涯里的最后一场比赛中赢了十安，让十安这一辈子都是她的手下败将。不管是拳击还是男人，在她眼里，赢就是赢，输就是输，她永远只看结果。

而十安不同，只有赢了何洛，她才能从过去的阴影中走出来。

方熙年拿着车钥匙准备离开前，跟王保罗解释："这一次我会站在何洛身后，正是因为我深信，如今的十安，已经不会受我的影响。"

因为王保罗是十安的师兄，方熙年才愿意跟他多解释一句。

"十安回去休息了。"

王保罗被方熙年说服，放弃了揍他的打算，他走了几步，又回头叮嘱方熙年："你要找她，得去医院，她最近都睡在医院里。"

夜晚的车道安静，没有了堵车，也没有了人声喧嚣。

方熙年深叹一口气，脑海里全是王保罗的那些话。

他想，十安会不会也完全讨厌他了？

方熙年手心冰凉，大脑一片空白，他好像……找不到十安应该继续爱他的理由。他永远都记得去地下拳庄那天，十安看到八角笼的表情。

当时，他就在想，她执意想去那里，是不是想跟过去告别。

而他，也是十安的过去。

方熙年心乱如麻，握紧方向盘的手忽然颤抖起来。

第44章
挽回

十安回到医院的时候,唐三金又被医生推去做各种检查,萍姨也不在。空荡荡的病房里,十安待着气闷,想在走廊上坐一会儿等唐三金回来。谁知等着等着,却睡着了。

梦里她坐在方熙年的车上,车子里全是他的气息,有一股淡淡的苦菊味。如同他这个人,严肃、淡定,任何时候都胸有成竹。

侧过头,他嘴角一笑,朝她看过来,好像马上要使坏的样子。

十安觉得好累,连在梦里都要跟他斗智斗勇。

他是一杯加满料的奶茶,味道很好,只是喝完之后满肚子甜,再也装不下其他东西了。

十安是拳击运动员,要摄入的是高质量的蛋白质。碳水化合物不适合她。

迷迷糊糊地,十安又梦见她睡在家里的那张旧床上,方熙年就睡在她旁边,赶都赶不走。十安打完拳,浑身肌肉酸痛,连抬起胳臂反抗的力气都没有,只能皱起眉头哼哼两声,表达自己的不满。

方熙年的手指,缓缓抚摸她的脸,围绕着被何洛揍青的眼眶轻轻按摩,十安疼得吸了口气。他的手指头凉凉的,还有那熟悉的苦菊味……十安陡然醒来,医院走廊的灯光亮得刺眼,空无一人,鼻间除了苦菊味还有消毒水的味道。

方熙年坐在走廊的椅子上,她头枕在他的腿上。

十安忍着酸痛坐起来,却被方熙年按了回去,"累了就休息一会儿,我在这里。"

十安摇了摇头,语气疏离,"小方总怎么来了?"

方熙年的手僵了僵,挤出了一个比哭还丑的笑,"饿不饿?我带你去吃消夜。"

十安深吸一口气,强撑着坐了起来,胳臂和双腿传来一阵刺疼。她才想到中午只在医院吃了一份盒饭。医院的饭菜不好吃,分量又少。

墙上的时针指向十一点四十,距离她中午吃完饭已经过了十二个小时,听方熙年提起来,是觉得饿。

不过,她跟方熙年已经不是可以一起吃饭的关系。

十安摇摇头,违心地说:"我不饿。"

医院的走廊,寂静得连时针走动的声音都格外清晰,十安的肚子里突然传出了响亮的抗议声。

十安失望地看着天花板,恨不得在那上面砸出一个洞,把方熙年塞进去,呼出一口气,问:"何洛也在这家医院吗?"

方熙年点头,"嗯,她也在,这家医院是RM集团的产业。"

十安面无表情,没什么情绪,"哦,那你来找我,是想为她讨回公道吗?"

方熙年的目光从她的脸上缓缓移到她身后的走廊上,一时竟无法理直气壮地回答她的话。

她为什么会这么想?

方熙年面色沉重,"有什么话吃饱了再说,我先带你去吃消夜。"

十安的心随着走廊上时针的嘀嗒声而颤动,那声音虽然微弱得几乎可以被忽略,十安却觉得吵得她头疼。

她抬起头,看着对面皱着眉的方熙年,心定了定,比刚才多了些底气,"我们已经分手,连朋友都不是,你没必要这么客气。如果你是觉得我今天晚上的表现还不错,作为老板想请我吃顿饭,那我能拿这顿饭换个别的要求吗?比如你赶紧离开,让我一个人安静会儿。"

方熙年看着她，"我不想走，我有话要跟你说。"

"我不想听。"

十安狠狠瞪他，发现没有效果，转身一脚踹向走廊上的凳子。

一道熟悉的声音忽然响起："这里到处都有摄像头，患者家属破坏医院公共设施，是要赔钱的！"

听到季怀新的声音，十安终于没心思理方熙年了。

"我家老头儿怎么样了？"她满脸紧张地朝季怀新走去。

季怀新板着脸想先逗逗她，却没能扛住她期待的眼神，说："今晚九点十分，你爸爸醒来了，他知道这段时间是萍姨在照顾，意识很清晰，也问你去哪里了。"

十安一时间手足无措，她等这一天等了好久，可是当这一天真的来临时，她有些不敢相信。

季怀新朝她走了过来，刚要取笑她，却发现十安咬着自己的拳头，泪流满面。

他伸手搂住十安，将她揽在自己怀里。

十安这才放心地痛哭出来。好像这些年来紧绷的那根弦，终于松了。

"放心吧，从今以后，一切都会好起来的。"

方熙年站在十安身后不远的地方，面无表情地看着十安在季怀新怀里哭得抖动的肩膀，又越过两人，看着空旷寂静的走廊。不知此刻埋头躲在季怀新胸口哭泣的十安，究竟是什么心情。

原来"喜极而泣"并非夸张，有人高兴到极点时，会大声痛哭。

十安平复情绪后，抱歉地对季怀新说："对不起。"

季怀新指了指自己的衣服，"你把眼泪和鼻涕都弄到我身上了，这件衣服我以后不会再穿，你要负责赔偿。"

十安边擦眼泪边笑，"一定赔，马上赔！你说多少钱，我转账给你。"

"我不要钱，我只要衣服，一模一样的。"季怀新面色不善，强行转移话题，"不去看看你爸爸吗？"

"哦，我现在就去！"

十安跟在季怀新身后，朝唐三金病房所在的方向走去。

走了几步，她忽然想起什么，回过头去看，发现整条走廊空荡荡的，除了她和季怀新，再没有别人。

方熙年走的时候，她没发现。

季怀新带着十安往另一个方向走，十安走了几步，发现不对劲，问："你要带我去哪里？"

季怀新说："你爸爸今天搬到了VIP病房。"

说完，他往前走几步，来到电梯口。

十安满脑子问号，跟着季怀新上了电梯，来到二十楼的VIP豪华病房，这个楼层需要刷卡才能上去。

十安第一次踏入医院的豪华病房，一室一厅一卫还带专门晾衣服的走廊。病房的床头柜上，摆着鲜花和水果，乍一看像是进了酒店的房间，床边还铺着毛茸茸的地毯。

每个病房还专门配了一名护士，萍姨局促地站在一旁，因为护士把她的工作都抢了。

萍姨告诉十安："唐先生是今天晚上九点十分醒来的，刚才还跟我提到了你。他精神不太好，说了一会儿话之后有些困，又睡着了。"

十安有些紧张地看向季怀新，"我爸爸这种状况，正常吗？"

"正常。"季怀新把一系列检查结果递给她，"放心，他明天还会再醒来。"

十安轻轻走到床边，拿起他的手放在脸侧，悄悄喊了声"爸爸"。

唐三金睡得很熟，没有醒来的征兆。

十安看看时间，快十一点了，对萍姨说："你也早点休息吧。"

十安并没有多此一举去问是谁将她爸爸搬到了VIP豪华病房。

不必问，问就是财大气粗的方熙年。

安排好一切，十安也累了，她到现在还没吃东西，真正放松下来后才感觉到肚子很饿。

十安路过医院小花园时，看见了坐在一旁长凳上抽烟的方熙年。

他看上去有些疲惫，抬头看到她，他便立即将烟头弹到垃圾桶里，朝她露出笑脸，似乎刚才的那抹疲惫，只是一种错觉。

十安也冲他笑了笑，笑容很淡。

方熙年要去拉十安的手，被她躲开，"小方总，有话就直说。"

方熙年沉默地看她，深邃的目光中满是委屈。

但这次，十安不会心软了，她吸了口气说："我老头儿过惯了朴素的生活，你突然给他换了个条件这么好的病房，我怕他住不习惯。今晚先将就住着吧，明天一早我就跟医院说，让他们给我换回来。"

方熙年无奈地摇了摇头，"这事儿跟我没关系，是公司行政部安排的。你有意见，明天去公司跟他们提意见。"

十安愣住，这人太不要脸，不知道该怎么接。

然而她要脸，当然不肯为了这种事去找公司的行政走流程。

明摆着是方熙年的决定，她怎么可能去公司闹？

看着十安的脚尖一直踌躇着水泥地板，方熙年都担心她能把那块水泥地给踩出一个坑。趁她低头的工夫，方熙年拉着她的手就往医院外面走，"这时候很多饭店都关门了，我知道这附近有家二十四小时便利店有小馄饨卖，走！"

十安确实饿了，没抵抗住小馄饨的诱惑。

"你放开我，我自己会走。"

方熙年弯起嘴角，紧紧握住十安的手不松开。

两个人慢慢往外走，路上的店铺都已经关门了，路灯昏暗，把两个人的影子拖得长长的。

十安看着昏暗的灯光，心里却渐渐清晰。

"方熙年，我不想欠你太多。你给我交医药费，给我爸爸安排最好的病房，这些人情我都记在心里，我会好好打拳，为公司创造利益，让你得到应有的回报。可是别的东西，我没有能力偿还……"

方熙年额角抽筋。他忍着疼，稳住情绪，"我不需要你还。"

"方熙年，我小时候学打拳，总是很累，累到怀疑这么努力的意义是什么。后来我爸爸说，人只要朝着一个目标付出，总会有回报。他让我努力朝前走就行了，我听他的话，认真打拳，终于有了些成绩。"

十安不想这么矫情，她说这些话的时候，心像被捅了一刀似的疼。因为感情是个例外，付出的感情不一定有回报。

十安跟方熙年提出恋爱一个月的要求时，她就没想过一个月后，这份感情还能持续下去。

方熙年停下来摸摸她的头，笑着说："难得见你这么谦虚！"

十安讨厌他装傻，所以她只能把话说明白："我是个很知足的人，不贪婪，有多大的本事，就享多大的福，不属于我的，我从来不会痴心妄想。"

能跟方熙年谈一个月恋爱，已经是她的强求，方熙年能答应，她感激不尽。

可是十安觉得，以她的能力，也就只能享用这一个月的时间了，再多的代价，她也给不出来了。

那个时候十安不确定唐三金的手术能否成功，她需要给自己一个奖赏，才能支撑自己走完这段路。如今一切都已经好转，以后只会越来越好，她不跟方熙年在一起，也会过得很好。

十安打从心底认为，方熙年还想跟她在一起，不是因为喜欢她。他想把她绑在身边，从她身上榨取更多利益。但她已经很疲惫了，不想再跟方熙年玩心机。

十安看着方熙年的鞋子，眼神渐渐失去焦点，"方总，你想让我做什么，直说就好。在不违背原则的前提下，我能力范围内能做到的事，一定给你做到！"

方熙年停下来，指着街角的那家二十四小时便利店对她说："好，我直说，我希望你现在乖乖听话，吃完这顿消夜，回家踏踏实实睡一觉，什么都别想。有什么事我们明天再谈，可以吗？"

"可以。"十安遵守承诺。

第45章
醒来

吃过一碗小馄饨后，方熙年送十安到家门口的小巷外，果然没有再多说别的。

十安下了车，心情才愉快起来。

凉风吹来，划过她微微发烫的脸颊，将她及肩的头发吹得凌乱，嘴角挂着如获新生的笑，眼尾微微泛红。

如同劫后余生一般。

十安以为离开方熙年会很难，其实也不过如此。

在决定跟他划清界限后，她果断跟他道别，没有挽回的余地。

走在回家的路上，十安脑子里涌起很多细节。

那次在华南大学附近，他穿着高定西装陪她坐在学生堆里吃烤肉，他全程为她烤肉，她只负责吃。那些小姑娘以为她听不见似的，羡慕地说她何德何能可以让帅哥为她服务。

凭什么？凭的就是她这双拳头。

还有那次在湘菜馆，他明明不能吃辣，却死撑着陪她吃，最后却不停喝水。其实，他是为了逗她开心，才故意把自己弄得那么狼狈吧。可惜当时她只顾着开心，没看穿他的意图。

后来他主动提分手，然后一直躲着她。她当时很忙，没空去哄他，也不知道他到底在纠结什么，但那个时候还抱着一丝丝幻想，也许他还是有点喜欢她的。直到再次见面，他站在何洛身旁，揭穿了她的自欺欺人。

再多的喜欢，也有耗尽的那一天。

再多的美好，也会被风吹散。

她喜欢过一个人。不留遗憾。

方熙年，我不喜欢你了！

十安仰头望了一眼黑沉沉的天空，决绝地往前而去。

路口的理发店还留着一盏灯，那个经常给她理发的老爷爷站在门口抽烟，像是在等人。

"回来了？你爸情况好点了吗？"

十安小时候很叛逆，每天为了留长发的事情同唐三金闹别扭。

有一次，他强行扭送她去了理发店，她哭得撕心裂肺，把半条街的人都吸引过来了。理发店的爷爷是这条街上的老邻居，对父女两人都很熟悉。他对哭得凄惨的十安说："你要听话，别让你爸爸再操心了。他这辈子，活得太苦，如果连你都不懂事那他以后可咋办啊？"

脚底下的水泥路上有细碎的桂花残瓣，十安怕踩坏了，挪开脚步，走到理发店的走廊下，对爷爷说："情况很好，他已经醒来了，没多久就能出院啦。"

理发店爷爷笑得咧开豁了牙的嘴，"那就好，那就好！"

这条街上的人都知道唐家父女不容易，如今十安有了出息，唐三金也顺利醒来，这才是老天爷开眼。

好消息总是能振奋人心。

"谢谢爷爷。"十安感激地说道，眼睛清澈透亮。

当初那个剪短了头发都要哭的小姑娘已经长成了大人。

回到家里，十安才感觉眼皮重如千钧，四肢酸软无力。走进家门后，她连灯都没开，直接摸黑找到自己的床，闭上眼睛沉沉睡去。

十安是第二天早上六点醒来的。

她睁开眼的时候，窗外的天还是墨蓝色的。等她做完热身运动，天色已经蒙蒙亮了。

想到唐三金已经醒来了,十安的心也如同那由暗转明的天色一般充满了希望。

推开窗,外面起了薄雾,视线所及之处,除了零星的几个早餐摊子,路上没有别人,邻居家种了桂花树,枝丫长到十安卧室的窗户口,伸手就可以摘到一枝桂花,淡淡的桂花香味飘了过来。小米粒一样的黄色花朵,有着清新的颜色和淡淡的馨香,都甜到十安心里去了。

十安笑了笑,心情格外好。

与桂花的香气形成对比的是她身上的汗味,十安才想起来昨晚太累,她还没洗澡。

急急忙忙洗了个澡之后,十安选了一件从来没穿过的裙子,还有一双三厘米的小高跟鞋,这是她特意准备的。

她和唐三金已经多年不见,她希望自己出现在唐三金面前时,能给他耳目一新的感觉。

但是一想到白天还要去公司开会,她又带了运动衫和运动鞋放在袋子里备用。

十安像打仗一样,只用了二十几分钟就准备好了。她步伐轻松地走出家门,路边的流浪猫像是被她的好心情感染,主动走过来,蹭了蹭她的脚背。

路上遇到了几个认识的邻居,纷纷夸十安今天穿得很漂亮,问她是不是有什么喜事。

十安微笑着跟邻居们分享爸爸已经醒来的好消息,邻居们知道唐三金住院多年,都替十安感到高兴,感叹十安这些年有多不容易,如今终于苦尽甘来。

风扬起淡蓝色蕾丝的裙摆,小高跟踩在水泥路上嗒嗒地奏响轻快的曲调,十安走到马路旁,看见方熙年的车停在不远处。

方熙年透过车窗,一抬眼,就看到了穿着淡蓝色蕾丝裙,踩着米色小高跟鞋的十安。她穿这一身很好看,清新优雅。

十安被方熙年盯着看,手和脚都不自在了,走路都变得顺拐,"方总，你这么看着我，是很丑吗？"

她没有追问他来干什么。方熙年顿了顿，笑着反问："我说不好看会挨揍吗？"

"会！"

"我怕挨揍，当然要夸你好看。"

一上车，方熙年就把温热的早餐递给十安，豆浆、酱香饼和茶叶蛋。

都是十安喜欢的口味。

十安没接，"谢谢了，我不饿。"

方熙年沉默了片刻，硬生生地将食物塞到她怀中，"你要是也生病，谁照顾唐三金？"

这话成功让十安有了反应，她犹豫了下，还是低头吃了早餐。

两人赶在早高峰之前到了医院，但是医院的停车场已经满了，他们只好将车停在空中停车场。

下车的时候，方熙年想要去牵十安的手，被她避开了。

方熙年抿了抿唇，吐出一口气，没说什么。

他跟在她身后走进了医院，一大早，季怀新已经在等着了。

十安朝他走了过去，季怀新也注意到方熙年，但什么都没说，只说："你爸刚醒来，有一些注意事项，晚点我跟你沟通。"

十安点点头，感激地看他。

一路上，两人都有说有笑，方熙年心里憋着难受，但他没有让她为难，只是沉默地跟在身后。

三人到病房时，唐三金已被值班医生带去做检查。

季怀新还有工作，打了个招呼后，就匆匆离开了，此时，病房里只剩下了十安和方熙年。

十安休息了一个晚上，再面对方熙年时，情绪已经很平静了。

他们之间需要谈谈。

十安对方熙年说:"你跟我来。"

医院旁边有个小花园,两人就坐在花园的石凳上聊天。

方熙年担心石凳有点凉,把他昂贵的西装脱下来,铺在石凳上,给十安当坐垫。

这次十安不怕西装长刺扎得屁股疼,心安理得地坐了上去。

"我知道你前段时间为什么躲我。其实大可不必,那场比赛输了是我自己的责任,你不必歉疚,更不必挖空心思来弥补。除此之外,不管你是为了工作或者利益才来收买讨好我,我也全都接受了。作为老板,你已经很讲义气,我领你这份情,以后但有所命,我唐十安必定全力以赴、粉身碎骨、肝脑涂地。"

方熙年听着一个一个的成语从十安嘴里冒出来,想笑但怎么都笑不出来。

"肝脑涂地就不用了,我只希望你能像从前那样对我,打骂都好。"方熙年垂着眼,睫毛盖住了他所有的神色,只能感受到语气中的无力。

十安克制地握紧拳头,"方熙年,你不要装可怜。"

方熙年抬眸看她,发现她眼中都是决绝。他脸上满是失落,"好。对不起,但是我不知道到底要做什么,你才会重新喜欢我。"

方熙年抓着她的手,眼睛泛着红。

樟树叶子落下来,堆在两人的脚下,十安盯着他的眼睛,只觉得心也像被烫了一下,既刺痛又酸涩,她用力抽出自己的手,"我找不到喜欢你的理由了。"

脚下的落叶散漫,风一吹来,就散了,无影无踪。

踩着厚厚的樟树叶子,方熙年看着她越走越远,好像下一秒,她马上也要走出自己的世界了。

方熙年心里涌起了恐慌,胸腔里压抑的所有情绪突然爆发,二十多年的冷静再也不在,他颤抖着手,快步上前从背后一把抱住了她。

他将脑袋深深埋在十安的肩上,语气极尽祈求:"要是没有你,我的生命也即将枯竭，我不能失去你。"

十安一怔，想推开，方熙年慌了，更用力地抱紧她，嗓音嘶哑："我不是方熙年，只是曾经跟你挤在巷子里的粉丝，不管你去哪里，我永远都在你的观众席。

"十安，不要抛弃你的第一个粉丝……好吗？"

十安推搡的手终于没了力气，她泄气一样垂下了手，她有满身的勇气推开方熙年，但她无法推开那个当年穿过人群便一眼就看见的少年。

那个少年……是他一直支撑着她走过最艰难的日子，几次在生死间徘徊时，梦中百转千回的人都是他。

第46章
争认爹

十安不知道是以什么样的心情回的病房,两人像是和好了,但处处又透露着别扭。

她不说话,方熙年也什么都没说,只是跟在她身后,像是影子一样不敢打扰。

十安叹了口气,她不想以这样的面孔见唐三金,所以站在门口,挤了挤笑容这才走了进去。

只是,她没想到病房里异常热闹。

唐三金坐在床上,左边站着季怀新,右边站着孟江林。

唐三金看看季怀新,身材高瘦,一看智商就很高,而且还是个医生,他点点头,在心里悄悄说了声"靠谱"。

再转头看看略带油腻的孟江林,他摇了摇头,问:"你也是我们十安的男朋友?"

孟江林就差没指天誓日了,拍着胸脯保证:"岳父大人,无论十安有多少个男朋友,我都是正室,我才是原配,其他野花野草那都是过眼烟云。您懂的,一个菜吃多了总会腻,十安嘴挑,偶尔也喜欢换换口味,我不吃醋的。"

唐三金太过惊讶,张开的嘴巴过了很久才勉强合拢。

"你该不会是唐十安请来的托儿吧。她是我生的,什么德行我还不知道吗?她就是个野小子,谁能瞎了眼喜欢她?"

他又转头去看看季怀新，一脸懂了的样子："我猜你们医院的护士也被唐十安收买了吧。那些护士都说你是她男朋友，这怎么可能？"

季怀新的脸微微发烫，"是的，我喜欢十安。而且，十安也不讨厌我。"

"唐十安给了你们多少钱，雇你们来哄我！这死丫头，虚荣心太强，赚了点小钱就开始飘，还想哄她老爸。她是我生的，屁股一撅，我就知道她要拉稀的还是硬的，她还想哄我，真是幼稚。"

十安一路纠结，正不知道该用什么煽情的台词来庆祝父女相见这一极具仪式感的时刻，忽然听到唐三金这些话，心情十分复杂。

"臭老头儿，你怎么那么难伺候，我在你眼里就那么差劲，还得花钱请人在你面前演戏，才能证明我有男人喜欢吗？"

十安气呼呼地走到唐三金面前，对他一通埋怨。

唐三金愣了一下，眼前的十安，与记忆中的假小子大相径庭。

他仔细看了很久，才不得不暗自承认，如果是现在的十安，被几个男人同时喜欢也不算太夸张。

臭丫头，越长越漂亮，真是女大不中留啊！

唐三金掠过十安，看向她身后的方熙年，一脸疑惑地问："该不会你也是她的男朋友吧！"

忽然被点名，方熙年仿若大梦初醒。

"伯父您好，我是方熙年。"他看了一眼季怀新和孟江林，没有说出跟他们一样无耻的话。

唐三金一听，心里打鼓，"什么意思，你到底是不是我家闺女的男朋友？"

方熙年想点头，但目光却看向了十安。

十安刚要反驳唐三金："臭老头儿，你烦不烦……"话音未落，就听见方熙年一脸真诚地说："伯父，我确实喜欢十安，但是她在生气，我不想说一些有的没的，再惹她生气了。"

其他人也没想到方熙年这么内卷，满眼震惊。

唐三金却很满意，在心里嘀咕：这个怕老婆，靠谱。

十安担心唐三金一激动当场认干儿子，赶紧出声说："现在的情况有些复杂，我以后慢慢跟你解释。"

唐三金觉得自己仿佛是睡了一个世纪，这个世界变得太快，他需要时间慢慢消化。

唐三金吸了口气，对三人说："我们父女需要单独聊一会儿，要不然你们先出去抽根烟？"

三个男人站在走廊上罚站似的，面面相觑，都尴尬地撇开了头。

孟江林在方熙年面前还是有些心虚，他当着方熙年的面对十安大献殷勤，终究是有些理不直气不壮，只好转移注意力，去找季怀新的茬："季医生，你还站在这里干什么？医院里病人那么多，你不是应该很忙吗？"

"唐先生是我最重要的病人之一，他现在刚醒来，还需要再做一些细致的检查。"季怀新回得有理有据，孟江林竟无法反驳。

孟江林求助地看向另一旁，给方熙年眼神暗示：先把季怀新弄走，我们再石头剪刀布决定谁赢谁输！

方熙年眼神轻轻从孟江林身上扫过，落到季怀新身上。

"季医生，这里有我们看着，您去忙工作吧。"

现在负责唐三金的专家团队，都是方熙年找了关系请来的，季怀新能用工作的借口唬住孟江林，却没办法再用这个借口对付方熙年。

再说十安和父亲见面，应该有很多话要聊。他想了想，终于还是先离开了。

季怀新一走，孟江林嬉皮笑脸地跟方熙年解释："十安跟我说了，她跟你已经分手，我才想要追她。我也不怕跟你说实话，我喜欢十安很多年了，虽然你们两个谈过恋爱，可是只要你不介意，我完全不会吃醋……"

"我介意！"方熙年冷冷地看着孟江林，开口说，"我和她没有分手，只要我还活着，你休想。"

孟江林愣住，他有点意外。

"你爸知道你最近老跑医院吗？"方熙年又说道。

孟江林一愣，有点慌张："你这个人可真是……"孟江林瞪他一眼，摇了摇头，叹气说，"算了，我认输！"

病房里，唐三金看着漂亮的十安，忍不住吐槽："你是不是去整容了？我都差点认不出你了。"

十安早已经习惯他的各种挑刺，反驳说："这都是我妈的功劳，她长得漂亮，我遗传了她的美貌基因，还需要去整容吗？"

唐三金不服气，"你是说我长得不好看吗？"

十安笑了笑："你自己先去照照镜子，再来问我这句话吧！"

虽然现在的唐三金已经是年过半百的老头儿，可他年轻的时候容貌并不差，再加上会打拳，很招女孩子喜欢的。

可惜帅哥迟暮，老了还要被女儿嫌弃！

唐三金被她气得瞪眼睛，"臭丫头，早知道你看我这么不顺眼，我还不如多睡几年再醒来……"

唐三金性格粗犷，不明白有些话能说，有些话是禁忌，半个字都不能提。

十安听到他这句话，眼泪就控制不住地流下来。

"怎么哭了呢？"唐三金无措。

十安哭得更夸张了，几乎泣不成声，浑身颤抖。

唐三金终于慌了，这些日子，虽然他躺在病床上口不能言、手不能动，却不是完全没有知觉。

十安总是在他病床边絮絮叨叨，他偶尔也会听到，自然明白这些年十安究竟吃了多少苦头。

"对不起，丫头，爸爸说错话了……"他不太习惯道歉，说话磕磕巴巴的。

十安坐在病床上，抱住他的脖子，哭得气喘吁吁："臭老头儿，你再睡一次试试看,我绝对不会救你。哪有人像你这么当爸爸的,从来不夸我,见人就说我丑,还总逼着我打拳。别人的爸爸都是把女儿当公主宠,你却把我当仇人……你就嫌弃我是个女孩子。"

"胡说什么,你也是我的公主啊!你还记不记得,你小时候长得黑,我跟你妈都说你是非洲公主。"

十安被他逗得发笑,吸了吸鼻子。

她松开唐三金的脖子,像小时候一样揪着他的耳朵撒娇,惩罚他乱讲话。

"如果当年我知道你现在能长这么好看,一定不逼着你学拳击……不过学拳击也没错啊,万一你以后遇到对你不好的男人,可以揍到他哭,不是挺好吗?"

唐三金就是有这样的本事,能一句话把她逗哭,也能一句话把她逗笑,十安都已经习惯了。

真好,以后她也有爸爸陪着了!

十安心里一高兴,又哭了。

唐三金技穷,不知道该说什么话哄她了,只好捂着头装病,"我头好像有些疼。"

十安吓得忘了哭,忙说:"我去喊医生!"

"你别慌!"唐三金赶紧阻止她,"我看见那些医生更头疼。听说你这些年得了很多奖,快给我看看,我心里一高兴,也许就不头疼了。"

第47章
误会解除

唐三金当了这么多年的植物人,身体还是很虚弱,跟十安说了一会儿话之后,又睡着了。

专家用一堆医学名词跟十安解释了这种现象,大概意思是说,接下来的半个月,唐三金的身体跟刚出生的小婴儿一样,睡眠时间会比正常人多出五六个小时。

等半个月适应期过去后,他的睡眠时间会慢慢向正常人靠拢,缩短至九个小时,甚至更短的时间。到那个时候,如果检查没什么问题,就可以出院了。

唐三金睡着后,方熙年提出来要带十安去看何洛。

十安不明白,方熙年却一脸认真,"她有话想跟你说,关于我的,如果你不想听,我就帮你回绝她。"

十安想着何洛受伤严重,心里多少有点愧疚,"她的伤怎么样了?"

"医生早就劝她退役,但她没当一回事,依然坚持比赛,跟你对战,应该是她职业生涯的最后一场比赛。"

方熙年看十安一直低头,担忧地去抓她的手。

十安心情复杂,"如果我是何洛,我也会跟她做同样的选择,拳击运动员就应该倒在赛场上。我将来也会跟何洛一样,打到不能打为止。"

方熙年见她双眼熠熠的样子,心中也说不出是心疼还是欣慰。他从小到大都按照家人的期待去成长，是家族年轻一辈中的楷模。

最终，他活成了别人期待的模样，却不是自己期待的。商业上的不断成功，也会让方熙年陷入迷茫，他不过是将自己的人生复制、粘贴，一次又一次。

这样重复的生活，让他感到厌倦，可是除此以外，他没有更好的选择。

此刻，牵着十安的手，方熙年抬头看看窗外的云和天空，他心里豁然开朗。现在的他，可以陪她把人生过成她期待的那样。

十安想起刚才在花园的事，最终还是点点头答应去见何洛。

也许，她和何洛一样有话要说。

病房里，何洛像个太后似的躺着，手一抬，方映南就知道要给她拿橙子。

见方映南要拿水果刀切橙子，何洛眉头一皱，"我从来都不吃切的橙子。"

方映南赔着笑脸，"橙子不都要切着吃吗？"

何洛说："我只吃剥皮的橙子，橙子汁不会脏了手。"

方映南蒙蒙的，他显然从来没剥过橙子，不知道该怎么弄。

何洛眼皮子一抬，对方熙年说："你来教他。"

十安心里一震，余光一瞥，方熙年果然在乖乖地剥橙子。

十安依旧云淡风轻，"你还要在医院住多久？"

"那还真要谢谢你了，我现在左腿膝盖半月板粉碎，至少可以光明正大休息三个月。我还从来没有休过这么长的假，可不是赚了吗？而且合同里写得清清楚楚，这几个月我躺在家里不用干活都是有工资的。"何洛的话里不带半句讽刺，她脸上笑容爽朗，是真心实意在道谢。

方熙年手指灵活，转眼间一个橙子已经剥好，何洛伸出手去接橙子，却见方熙年把一瓣橙子递到了十安嘴边，她的手在空中停顿了一下，又收了回来。

十安脑子一蒙，没好意思张开嘴。

何洛转头向方映南投诉："你看看这个人，来探病不给病人剥橙子，反而当着病人的面剥橙子喂女朋友。"

方映南笑嘻嘻地哄她："没事，我给你剥，我剥的橙子肯定比他剥的要甜。"

十安看着方熙年，这时候，他又掰了一片橙子送到十安嘴里。

这橙子汁水饱满，甜得发腻，十安现在嘴里都是橙子味。

她长这么大，第一次吃到这么甜的橙子。

方熙年盯着十安看了一会儿，才回答何洛："你叫我们来，不就是这个目的，还演什么演。"

何洛无语："我是想帮你澄清误会，又没说看你发狗粮。"

说着，何洛撇嘴嫌弃地又看看十安，"算了，我也不装了，其实今天喊你来是被他逼的，我和你打比赛也是他求我，不然我可能还没这么惨。所以，作为交换，在擂台上的时候他也必须站在我这边。"

十安哑然，没想到是这个情况。

何洛见她满脸感动，没好气道："你倒好，赢了比赛和男人走出了阴影。就是我，以后怕是再也打不了比赛了。"

十安僵了僵，也有点愧疚，"不好意思啊，我下手太重了。"

何洛摇摇头，满脸嫌弃，"算了，我也不指望你们给我赔礼道歉了，方熙年，你没别的事了吧？带着她回去行吗，我可不想被对手小瞧。"

方熙年笑了笑，也没耽搁，拉着十安就走了出去。

何洛大声交代："你们再来自己带水果，橙子不够吃！"

医院外面，方熙年牵着十安，偶尔一回头，发现她终于笑了，心情也跟着好了许多。

十安深吸一口气，仿佛外面的空气都飘着甜橙味。

开车去公司的路上，方熙年发现十安一直打量他。

"怎么一直盯着我看？"

"我不能看你吗?"

方熙年笑了笑,说:"没有,你想看多久看多久。"

看在那只橙子的分儿上,十安善心大发,忍住没有挤对他。

第48章
绯闻

会议室内，相关人员已经在等候，今天主要是RM体育的负责人向方熙年报告下一个赛季的工作流程，确定接下来三个月的工作计划。

会议两点半开始。两点二十的时候，所有人都已经到齐了，王保罗给十安发消息问她在哪儿，大家都到了，就她没到。

车子刚开进地下停车场，十安看了一眼驾驶座上的人，给王保罗回消息：方熙年不是也没到吗？

王保罗问："你们俩这回是真的在一起了吧？"

十安把手机揣进兜里，脸上火辣辣的。

从前她从不否认对方熙年的喜欢，却也没把方熙年的"男朋友"身份当真。她心里一清二楚，方熙年只是自己的老板。

可现在的情况跟以前不同了，她虽然极力否认自己是方熙年的"女朋友"，可方熙年却千方百计不肯给她撇清关系的机会，他几乎当着所有人的面宣告她是他的"女朋友"。

那在公司里呢？他们是否需要避嫌？

十安想，还是避嫌吧，工作归工作，私事放一旁。

"我先上去，你十分钟后再上来。"十安解开安全带后，跟方熙年商量。

"跟我一起进去，给你丢人了？"方熙年挑眉。

十安轻轻笑了，她眯起眼睛看着把车钥匙抽出来的方熙年，好奇他凭什么觉得一个橙子就能让她改变主意。

"行啊,我可以跟你一起进去。但是我们两个一起迟到,又一起进入会议室,别人看了会怎么想?万一被人误会你是我男朋友,没人敢追我了怎么办?"

听到这话,方熙年看着正前方的摄像头,眼神一亮,朝十安勾勾手指头,"我听你的,但你要给封口费。"

"什么封口费?"

方熙年声音很小,十安没听清,探头过去想听清楚一些。

却被方熙年一把揽住,成功索吻。

过了好一会儿,方熙年给她理了理头发,声音里充满了愉悦,"你先上去吧,我五分钟后再下车。"

呸呸呸,吃了大亏!

十安黑着一张脸走到停车场这边的洗手间,把身上的裙子换了。

快出电梯的时候,王保罗又发消息来催。

"你跟方熙年在一起吗?"

"没。"

"你今天穿蓝色裙子了?"

十安看看手提袋里的蓝色裙子,回道:"没。"

"那就奇怪了,群里大家都疯了,有人发了个截图说,方熙年在停车场抱着个穿蓝色裙子的女人,两人腻在一起吻了好长时间。除了你,他还有别的绯闻女友?"

"叮"的一声,电梯停下。

十安握着滚烫的手机,走出电梯,脑子里一片空白。

王保罗的消息又来了:"唐十安,你理智点,方熙年这种男人很招女人喜欢的,他绝对不只对你一个人好,你清醒一点,不要被骗。"

十安回消息:"知道了。"

到了会议室之后,十安才知道大家对这张图片的关注比她想象的要更夸张。

RM集团的员工，除了工作群外，大家私下拉了很多个小群，一起聊体育新闻，聊明星八卦，偶尔也会吐槽上司。

十安虽然跟RM集团的人来往很少，但是王保罗跟他们已经打成一片，也顺便把她拉到了小群里，但她在群里很少说话。

才这么一会儿时间，群里的消息已经有上千条了，讨论的内容更是辣眼睛。

十安想着，我现在请病假还来得及吗？

过了几分钟，绯闻男主角出现了，笑得很得意，十安气得想揍他。

好在涉及工作上的事，方熙年变得严肃正经，她受到感染，迅速将心态切换成工作状态。

聊完了击剑、篮球、足球俱乐部的工作计划后，最后的重点落在拳击工作上，拳击这部分工作是由方熙年直接管辖的。

王保罗介绍十安接下来的工作计划："还有三个月，十安的禁赛时间就结束了。三个月后，柏林有一场女子拳击联赛，适合当Herra复出后的第一场比赛。到时肯定会有很多媒体关注，我现在有两个计划，一是在这三个月内，让Herra闭关训练，在三个月后的比赛中夺冠。二是让Herra继续参加国内的拳击比赛，把小型比赛当作训练。"

方熙年问十安："你的意见呢？"

"我选择第二个计划，闭关训练只能提升体能，只有从实战对抗中才能获比赛经验。"十安不想停止比赛。

方熙年又问王保罗："她现在的身体状况，更适合哪种训练方法？"

王保罗说："我更赞成第一种。"

方熙年看向十安，摆出要说服她接受第一种训练方法的架势。

十安在他没来得及开口之时就把话堵了回去："我去打比赛，我更适合哪种训练方法，我最清楚。"

方熙年说："先训练一个月，接下来的两个月再打比赛，怎么样？你爸爸刚醒来，正需要你的照顾。等他出院，你再出去打比赛心里也没有牵挂。"

"师父醒了？我怎么不知道？"王保罗声音震惊。

十安在桌子底下拍了拍他胳膊，让他小声点，"今早刚醒的，还没来得及跟你说。"

方熙年再度询问十安："可以吗？"

"你是老板，听你的。"十安板着脸，完全是公事公办的语气，但是方熙年嘴角的笑，让她觉得自己好像个傻子。

这是上班时间，你笑成那个样子干什么，一看就不正经、不稳重。

所有部门汇报完后，方熙年做总结陈词，两小时的会议结束。

大家陆陆续续离开会议室时，方熙年突然说："Herra留下。"

王保罗跟十安说："那我在外面等你，一会儿我们去看师父。"

十安点点头。

方熙年找她干什么呢？

有什么公事不能在会议上说，非得把她单独留下来聊？十安觉得这个人想法太复杂，很多时候她根本琢磨不透。

会议室还剩两三个人的时候，方熙年又说："麻烦最后一个出去的帮我把门带上。"

最后一个员工还没出门，方熙年转过头，又跟十安轻松聊起了日常。

"你刚才穿那条蓝色裙子很好看，怎么把衣服给换了？"

太刻意了。声音大、语速快，就怕最后一个出门的人听不到。

话说完，会议室的门刚好关上。

十安满脸无语："你这样有意思吗？"

方熙年疲惫地合上眼，头靠在椅背上，一只手松开领带，顺便解开衬衫的两粒扣子，露出一脸疲惫。

十安突然想起，他昨晚就睡了四五个小时，今天还陪她在医院待了一上午。

方熙年见十安盯着自己，嘴角渐渐扬起可疑的笑，但他比刚才显得更疲惫了,"我有点累,你过来让我抱会儿,一会儿就好。"

十安默默骂自己,脑子里装的都是豆腐花,这时候明明应该跟他好好理论,让他以后公私分明,不要在公司里让她丢脸。

可方熙年可怜兮兮的模样,好像在跟她撒娇示弱,她突然就什么都不想计较了。

多大点事呢,不就传个绯闻吗?

她连黑料都不怕,还怕传绯闻?

虽然十安很会调整心态,可是经过这件事后,一到训练的时候,总有很多女生偷偷摸摸盯着她看,眼神里带着莫名的敌意。

有几个小姑娘从前还挺崇拜她的,还找她要过签名跟合照,可是现在见了她掉头就走,仿佛不想跟她有太多接触。

她好像忽然成了公司里所有女人的公敌。

有一次,她去方熙年办公室换衣服,衣服换到一半就听到自己成了别人话题里的女主角。

"Herra外表看似单纯,原来是朵白莲花,居然还勾引小方总。"

"不知道她的拳王是真刀实枪赢来的,还是靠别的方式得到的……我总觉得这里面有蹊跷,要不然她会被禁赛?应该是知道自己几斤几两,打不过阿布,才会故意退赛回国吧。"

"只能说她手段太高,我等凡人只能仰望。"

十安气得恨不得冲出去把那些嚼舌根的人暴揍一通。

方熙年抱住她的腰恬不知耻地安慰她:"消气,消气,她们说得也不错,还夸你长得清纯呢。"

十安想想确实也是,但再一想又觉得不对:"哪里说得对?"

方熙年不要脸地说:"你勾引我那段。"

十安恨不得捶爆他那张帅脸,"她们眼瞎了吗?我什么时候勾引你了?"

方熙年手托着下巴思忖道:"哦,是我要死要活地要挟你跟我交往来的。"

十安气得忍不住一拳头落在他脑袋上，分明是方熙年想方设法来勾引她，传绯闻也得讲求事实啊。

不管怎么样，睚眦必报的十安最终也没放过那几个乱八卦的人，气冲冲地拦住了那几人的去路，当面要求对方再说一遍。

那几人见到她那铁生生的拳头，最终也只好认尿道歉。

之后，公司的绯闻依旧没停息，但风象却发生了一些小变化，比如，大家都在传言小方总苦恋唐十安多年，终于抱得美人归。

第49章
谈心

十安一直想着要请季怀新吃顿饭，表示感谢。

她和季怀新也不是普通的医生和患者家属的关系，很多时候她快撑不下去了，季怀新都在身旁陪伴支持。十安对季怀新抱着感恩的心态，希望唐三金出院后，两人还能是朋友。

跟季怀新约好时间后，她顺便去看了何洛。

这回方映南没有守在她旁边，刚好方熙年也不在，她们可以安静地说会儿话。

住院两个星期，何洛被方映南养胖了一圈，但她好像无所谓，"你跟方熙年公开恋爱了？"

十安不太喜欢跟别人聊这个话题，但是在何洛面前，她又愿意说实话，因为只有何洛能懂她："我不承认，他有办法哄着我承认。我不想公开，他也能想办法公开。我没有那么不情愿，但也没有那种被爱情冲昏头脑的感觉。就那样吧。"

何洛点点头，她明白十安的意思。

这些年来，她和十安都把所有精力放在拳击比赛上，对于爱情并没有那么热衷。爱情对她们而言，就好像菜里的葱花，可有可无，并不妨碍填饱肚子。

两人很自然地将话题转移到了拳击比赛上。何洛虽然以后不能打比赛了，但她还要在RM集团工作，培养新人。两人聊了一会儿拳击比赛上的事,其间方映南打了电话过来,问何洛晚饭想吃什么,何洛嫌他烦,简单聊了几句,就把电话给挂了。

十安听何洛跟方映南讲话的时候,会忍不住想,如果跟何洛谈恋爱的是方熙年,她还会这么凶巴巴地讲话吗?大概是因为她在何洛面前太放松了,没忍住,就把这个问题给问出来了,等她反应过来,已经来不及了。

何洛费了好大力气才忍住笑,她长长叹了口气,有点不情愿似的,"听到医生说我以后可能再也不能参加比赛的时候,我脑子里在想,我最后一场比赛要选谁做对手。是墨西哥的拳王Lucha,还是印度的拳王玛丽·科塔?反正我的第一选择不是你。"

十安问道:"那你为什么最后选了我?"

"因为方熙年求我啊!我想退出《拳王赛》,结果他告诉我,六年前那场比赛,如果不是因为他,你也许不会输。他知道那场比赛是你的心结,想让我们重新再比一次。因为是最后一次比赛,我害怕输给你会丢脸,所以跟方熙年提要求,比赛的时候他必须给我当后援。利用你的弱点,攻破你的心态,也是一种比赛策略。"何洛很坦荡,她没觉得这有什么不对。

十安很傲娇:"可我还是赢了你。"

何洛也不服输,气得在她手臂上打了一拳,"都怪方熙年,他为什么不早点告诉我呢?如果是两年前的我,你未必赢得了。"

十安认真想了想,老实承认:"你说得对,两年前的我,未必能赢你。拳击赛场上的胜负,除了技术上的较量,也离不开天时、地利、人和。两年前的你,身体处在最佳状态,而我却因为爸爸的病身心俱疲。那时候,也许我看见你就怕了,都不用打就自动认输也不一定。"

十安心里清楚,那天晚上她差点就输给了何洛。

最后能赢,是因为爸爸醒来了,她心里没有了负担。

也因为想跟方熙年做了断,与过去那个懦弱的自己做个告别。

也许跟何洛的身体也有关,毕竟这是何洛的最后一场比赛,她的身体已经是强弩之末。

"谢谢你愿意配合我,安慰我啊!"

"没有安慰你,我说的是事实。"

何洛俏皮地眨眨眼,说:"为了回报你的善良,我愿意回答你刚才那个问题。如果我是跟方熙年谈恋爱,我不会像现在这么轻松。他太耀眼,跟他在一起时,我可能会想着该怎么努力才能配得上他,时间长了,容易失去自我,我讨厌这样的状态。"

在最后一场拳王赛之前,何洛真是这么想的,她也以为方熙年喜欢自己,只是因为方映南的缘故,才不敢追求自己,所以她大胆地往前走了一步。

谁知道,是她自作多情。

为了惩罚方熙年害她误会了这么久,何洛决定给方熙年的情路设置一点小小的坎坷。

可是,见十安发起了呆,何洛心里又开始打鼓,她只是想让方熙年吃点苦头,可不是想做破坏他姻缘的坏女人,于是开始打圆场:"我是我,你是你,你可别把我说的套在自己身上。我想过了,还是方映南适合我,我从来都不用猜他心里在想什么,跟他相处起来更轻松……"

话刚说完,何洛又觉得自己说得有些不合适,好像是在影射方熙年城府太深似的。何洛叹气,看来人还是不能做坏事,做坏事容易心虚自责。

"看出来了,你喜欢方映南这种整天围着你转的男人……"

何洛垂下眼睑,没让十安看清自己眼里的失落。

方映南是只花蝴蝶,他围着转的人,可不止自己一个。

"你不是还约了人吃饭吗?"何洛推了推十安的手臂,要赶她走。

十安约了季怀新吃晚饭。她不知道该怎么向季怀新表达谢意,送他红包又太见外,只好选了家上档次的餐厅,以表诚意。

吃饭的时候,餐厅里还有人在拉小提琴,很有情调。

季怀新知道要吃法餐,穿着西装,系着领带,还戴了副金丝边框眼镜。

十安在对付方熙年的时候,脑瓜子偶尔有些灵光,可是在别的事情上,她就有些反应迟钝。

"我记得你从前不戴眼镜啊,最近近视了吗?"

季怀新取下眼镜给十安看,"没度数的,晚上开车的时候光线刺眼,戴这个眼睛舒服点。"

十安戴在眼睛上试了试,果然没度数,她把眼镜还给季怀新的时候说:"我还是更习惯看你穿休闲装、不戴眼镜的时候,更帅气,很有少年感。"

说完,十安不好意思地笑了笑,主动给季怀新倒水。

不过,她跟季怀新也不是刚认识的陌生人,朋友之间开个玩笑,也没什么大不了。

季怀新倒是很容易接纳别人的意见:"那下次我不戴眼镜、穿休闲服来跟你吃饭,可以吗?"

十安说好也不对,说不好也不对。

这个对话听起来好像有点暧昧,但是季怀新一脸坦荡的样子,又让她觉得自己是不是想得有点太复杂了。

一顿饭吃了差不多两个小时,她跟季怀新有好多话题可以聊。

自从唐三金成为植物人后,十安忙着打比赛挣钱给他治病,没时间也没有精力去交朋友,现在她的生活圈子很狭窄,除了王保罗和丽莎外,就是季怀新了。

吃完饭之后,他们还约好以后要常聚,季怀新也答应了等唐三金出院后,就会去十安家里串门。

吃完饭,季怀新要开车送十安回去,十安说:"不用了,这里离医院不远,我正好走路过去,就当散散步。"

十安不喜欢吃法餐,还没吃饱,她想在路上再买点小吃填肚子,但又不好意思让季怀新看出来。

两人在饭店门口告别,十安的心情依然很高兴。

她自己有了朋友，就开始替唐三金着想。

从前，唐三金脾气差，将那些师兄弟给骂走了。

现在唐三金醒了，她应该把这个好消息告诉那些师兄弟们才是，但心里总憋着一股气，当初她有多狼狈不堪，现在心里就有多深的成见。

他们一次都没来看过唐三金，她也不想去找他们。

走了好一段路，十安发现不对劲，她侧头往旁边看，有一辆小车开得好慢，跟她走路的速度差不多。

车在她侧头看的时候，刚好停了下来。车窗里那张脸，十安也已经很熟悉了。

"你开这么慢，不怕被别人骂？"十安坐进副驾驶的位置。

方熙年今天穿的是白色的休闲装，像个学生模样。他很少穿成这样，在十安印象里，他一直都是穿西装，系领带，精致笔挺的样子。

他穿成这样也很好看，主要是人长成了衣架子，穿什么都顺眼。

十安忍不住生气，她对方熙年的喜欢，好像一天比一天多。

偶尔十安会讨厌这种无法克制的情绪，讨厌自己没办法在方熙年面前保持冷静。

就好像两个人要讨论点什么事，如果是发信息，十安就能跟他有理有据、有来有往地辩论一番，每次都能把他气得不回信息。

可惜不能见面。一见方熙年，十安的脑子就没那么清醒了。看着方熙年那张脸，无论他说什么，她都能同意。

真是没出息！

就像现在，方熙年把车停在路边，说："我们下去走走。"

十安也跟着点头说好。

十安脑袋里想着事，方熙年没跟上来她也不知道，直到他在后面大声喊"十安"，她才发现方熙年站在刚才路过的雕塑下，好像被她遗弃的小动物。

过了一会儿，方熙年终于叹了口气，越说越委屈："跟我吃饭的时候，总是横挑鼻子竖挑眼。跟别人吃饭，却笑得眼睛都眯成了一道缝。"

十安先是怀疑他跟踪自己,又觉得不太可能。

她问:"你也在那里吃饭?"

"约了个朋友谈事情,你从我旁边路过的时候,我还跟你打了招呼。结果你眼里只有季医生,没听见我叫你。"方熙年冷笑,"季医生倒是听见了我的声音,还抬头看了我一眼。怎么,他没跟你说吗?"

方熙年不动声色地给季怀新上眼药。

十安深吸一口气,男朋友看见自己跟别的男生有说有笑地在吃饭,跟她打招呼,她还视而不见。

昏黄的路灯下,他低头垂眸,恨不得将"我很委屈"这几个字写在脸上。十安被他气笑了,她觉得方熙年这个人真的很有本事,总是能将黑白颠倒。

"就算我没听见,你不能走过来跟我打招呼吗?你是想躲在一旁偷听,看我有没有跟季医生说你坏话吗?"十安横了他一眼,讥讽地笑了笑,"方熙年,你大可不必将别人也想得跟你一样心机深沉。"

方熙年又被她气得脑袋疼。"装可怜要糖吃"计划失败,方熙年捏了捏眉心,只能另想个主意。

"我对自己有信心,不怕你跟季医生好。"方熙年惩罚似的捏了捏她的脸,"看你跟季医生聊得很开心,不想打扰你跟朋友聚会,我才忍着没过去找你。唐十安,你冤枉了我,我现在很难受。"

"对不起。"十安知道自己错了,任由他把自己的脸捏变形,也没有反抗。

方熙年松开手,在她脸上揉揉:"就只是一句对不起?"

"那你说怎么办?"

方熙年冷冷地说:"亲我一下,我就原谅你。"

十安踮起脚,唇刚要落在他脸上,谁知,方熙年不要脸地侧过脸,她的唇便精准盖在他唇上。

十安一愣,刚要缩回脖子,方熙年坏笑一下,抬手一把捧住她的脑袋,重重地在她嘴上啃了一口。

十安"哎哟"一声,想打他,但方熙年捉住她的手。

"你还真打啊,接下来我出差,你可能有两三周见不到我,你都不舍不得我吗?"

十安心里顿时有点失落,"出差这么久?"

方熙年顺势牵起她的手放在掌心,"是啊,所以,你对我好点。"

第50章
小别

方熙年这一说出差，小半周就过去了。

十安也接到了医生的通知，唐三金可以出院了。

唐三金毕竟是打拳出身的，身体底子好，再加上十安这几年一直给他安排最好的医护环境，方熙年又安排了专家团队精心维护了大半个月，不多久，他便生龙活虎地去各病房串门遛弯。

十安知道她爹是个闲不住的人，自己没时间陪他，便买了新手机给他。

不过，六年的时间，世界也发生了巨大变化。

唐三金起初还不太想接受新科技，后来有一次串门，发现隔壁的李老头儿正兴致勃勃地刷短视频，他不甘示弱，也开始研究手机。

出院这天，十安办好手续，收拾好了行李，结果她全部弄好之后，却发现唐三金还穿着睡衣坐在床上玩手机。

她伸头去看，唐三金还把手机给藏起来了。

这老头儿，枯木逢春？

谈恋爱了？网恋？还是哪个长得漂亮的护士阿姨？

她催着唐三金去换衣服，趁他不备，翻开手机看了一下，才发现他是在看小视频，他关注的号都是从前被他逐出师门的师兄弟们。

十安愣了半晌，最终也只是将手机给他放回了原位，没有再过问。

老头儿要脸，她也要脸，关于过去的事情，两人心照不宣地保持沉默，她便只能当什么都不知道。

考虑到病人的心情，方熙年建议十安让唐三金搬到他安排的新房子里休养。

新房子装修风格简洁大方、风格素雅，还有两间卧室和一间健身房，其他房间打通了，和客厅连成一片，光线很好，特别敞亮。

第一天搬进去的时候，唐三金看上去很高兴，不停嚷嚷着这是他女儿凭本事赚来的豪宅。

父女俩晚上点了炸鸡和啤酒，王保罗夫妇又带了点凉菜过来，四个人在新房子里一起庆祝唐三金出院。

老头儿总算开心了一晚。

但第二天，十安便要开始闭关训练，准备下个月的比赛了。最近这段时间，她每天早出晚归。

唐三金在家没事，就让王保罗找了一堆徒弟们这些年参加比赛的视频来看。

十安晚上回到家，就听到客厅里响着老头儿叫嚷的声音："哎，这拳头不给劲啊，防守防守啊！哎！可惜了。"

十安走进屋子，才看到屏幕上的拳击比赛，打比赛的人正是老头儿当年最小的徒弟，叫张帅航吧？

十安记得他十岁的时候就被爷爷奶奶送来了拳击馆，说这孩子从小能吃苦，让他做什么都行，给他口饭吃把他养到十八岁就行了。

唐三金把张帅航领回来后，没让他干活，反而让他跟着十安一起去读书，放学后陪着十安练拳。

两人从小一起长大，十安把张帅航当成了亲弟弟。

后来唐三金生病，弟子们走的走、散的散，门庭冷落。

张帅航也代表健身房参加一些国内的拳击杯赛，因为自身实力不俗，外加商业包装和好看的外貌，在国内健身行业也算是小有名气。

十安咬了咬牙，还是放缓了语气问道："爸，你是不是想他们了？"

唐三金没想到她回来了，吓得蹦起来立刻关电视机。

"没有，我就是随便看看。"

总之，他是不好意思主动开口的。

十安恨铁不成钢，觉得老头子是自讨苦吃，他们早就抛弃了他。

唐三金很少正经，但见女儿的表情，一眼便看穿她的心思，无奈叹气道："你别怪他们。"

她不会怨天尤人，但心里那道坎是过不去的。

"我知道，他们不欠我，但当初他们就这么走了，我不甘心。"她还没说出口的话，是替他不甘心，自己的老爹自己疼。

这么多年，她亲眼看着唐三金是如何教导那几个师兄弟的，几乎倾尽所有。

唐三金知道自己的女儿爱钻牛角尖，咬咬牙还是说道："世锦赛前两个月，我知道我的病情拖不了太久，所以和保罗制订了计划。为了让他们离开，我那些日子也确实脾气不好，骂人骂得也太狠了，他们不来，我理解的。"

计划的事，其实十安早就听保罗提过，她隐约也猜测到当时是他赶走了他们。

老头儿的苦心，她懂。

"但你差点死了。"她说，还是带了点孩子气。

唐三金未承想十安是这么想的，他愣了下，没有像以往那样吊儿郎当，却半责怪地蹙眉，"我这不是没死吗，真死的时候，我还巴不得他们不来看我呢，谁愿意让别人围观自己的尸体啊！"

十安气结。

唐三金也觉得自己说话重了点，赶忙又说："呸呸，我说错了，你不准生气。"

十安看着老头子那副讨好的样子，其实这六年里，他也日渐衰老了，两鬓长出了白发，眼角也长出了深深浅浅的皱纹。

忽然，她觉得他有点可怜。

但越是这样,她越是生气,不想再说话了,沉默地转身回了自己的房间。唐三金几次来敲门,她也不想搭理。

夜深人静,十安还是睡不着。没忍住,主动给方熙年打了电话。

这会儿,远在他城的方熙年刚回到酒店,满脸的疲倦。

一看到她的电话,脸上立即展开了笑颜,语气极尽温柔:"遇到什么麻烦了?你平时不太会主动给我打电话。"

十安听着他嘶哑的声音,莫名有点心疼,"要不,还是明天说吧。"

方熙年立刻清了清嗓子:"你不说,我恐怕就睡不着了。"

十安听着他的话,心里一阵暖意,犹豫了下还是将唐三金的事情说了出来。

末了,她有些自责地问:"你是不是也觉得我很差劲?明明知道他很为难,但我还是想让他跟过去割裂,我无法原谅他们的漠视。"

方熙年听到这里,手下意识地顿了顿,他停止查看文件,换了个手接电话。

他想起了那些年,她对自己的怨恨。

那时候她不过也就是十几岁的小姑娘,面对如此大变故,没有亲人帮忙,没有朋友支撑,而他还雪上加霜,害得她失去了唯一的希望。她一次次绝望又一次次找到新的希望。

方熙年的心蓦地就疼了下,他长叹了口气,忍不住想,我以前可真是浑蛋。

但是……他不能表现出来,十安不喜欢被同情。

方熙年笑了笑,尽量让自己的语气显得平静:"没有,你一点都不差劲,如果我是你,肯定没有你做得好。"

十安愣住,她仿佛听懂了他的话,又仿佛没听懂。

方熙年也没有解释,宠溺地说:"要是你觉得讨厌,就讨厌,你要还生气,我帮你报仇。"

这话,十安听懂了,她撇嘴:"倒也不必,你怎么这么流氓。"

309

"你看，你其实也没那么生气。"

十安噎住。

方熙年说得对，她只是跟自己过不去而已。

方熙年见她不说话了，又说："老房子那里，我让人简单装修了一下，家具和电器都换了新的，门锁也换了。伯父是不是想回去住了？他跟你一样，念旧，在熟悉的环境中，或许你俩情绪都会好一点。"

十安一想，双眼放光，"方熙年，你怎么这么聪明。"

方熙年笑了笑："当然，你这么笨，我要是不聪明我们家以后可怎么办？"

十安撇嘴，以冷哼表达了对他自恋的嗤之以鼻。

挂了电话，十安犹豫再三，故意在客厅转悠了几圈，几次想和老头儿缓和方才的情绪，但都说不出口。

最后还是老头儿看不下去了，玩着拼图问她到底想干什么。

十安这才顺着台阶下，问他："我想问你，要不要搬回去住？"

唐三金瞬间高兴得像个孩子似的，直嚷嚷："我还以为你为了给我治病，把老房子给卖了，还一直不敢问。你要是早点告诉我家里房子还在，我出院后就直接回家住了啊！住在这个破地方，吃个饭还得叫外卖，连个认识的人都没有，还不如回去住医院呢！"

第二天一大早，十安一起床就不见了他人影，只见他留下纸条说什么自己归心似箭，自己想回家了，让十安好好训练。

十安无奈，打电话确认他没什么问题后，这才出门去训练。

住回旧房子后，唐三金每天都过得很快乐。

十安给他打电话，他正跟邻居在麻将桌上厮杀得六亲不认，嫌她电话打得不是时候，冲着十安咆哮："你不是要闭关训练吗？怎么每天还有那么多时间打电话？"

"我过得好着呢，你不给我打电话我还能多活两年。"

"死丫头天天打电话查岗，烦都烦死了……"

他将手机扣在桌上，十安听着"咚，咚，咚"的麻将声，愤怒地挂断了电话。

要不是因为闭关训练不能请假，她都想立刻回家跟唐三金大吵一架。

十安在唐三金身上受的气没办法撒出去，一下午在训练室撂倒了十几个陪练，就连王保罗也被她折腾得胳膊都抬不起来，却还笑嘻嘻地鼓励十安："继续保持这个状态，咱们一定可以金牌拿到手软。"

十安满肚子的气都撒完了，心情才好了些。

日子过得紧张又温和，但总觉得少了什么，十安想了想，方熙年出差都一周了，她一周没见到他了，难怪，心里总是空落落的。

放假的前一天，晚上结束训练已是十一点。

十安也不知道脑子里想什么，走着走着，居然自己先回了公寓，走到门口，她正琢磨着要不还是回老家算了，可刚转身，隔壁的房门就响动了一下。

身后的门被拉开，皮鞋踩在地板上的声音，不疾不徐，随后，一只胳膊伸出来，直接圈住了她的腰，将她带进了房间。

两人挤在黑漆漆的角落，一股熟悉的香味袭来。

十安抬眼，正好对上方熙年清明的眸，"不是说你还要下周才能回吗？"

方熙年忍不住在她额头印下一个吻，又把头靠在十安脖子里，深吸一口气，闻了闻她的头发："我担心有人想我了，就赶紧把事情都解决了。"

语气里满满都是缠绵的思念。

十安不会讲好听的情话，只是觉得，刚刚脑子里还想着他，他忽然就像变魔术一样出现了，老天，她也太幸福了吧。

但她不能笑出声，故意压着嗓子："做什么白日梦，我哪有空想你。"

嘴上如是说，但面上还是扬起笑意。

方熙年温柔地叹了口气，失落地松开手，"一周不见，原来你不想我啊？"

小鹿一样无害的眼睛成功让十安心软了。

她哑巴了下嘴,只好改口:"好吧,看在你费尽心力让我家老头儿开心的分儿上。"

但方熙年却不依了,手还是不肯再抱她。

十安终于急了,凑上去抱住他的腰,"好好,想你了。"

方熙年这才高兴,忍不住回抱她,闷闷地笑道:"对了,告诉你个好消息。"

"什么?"

"一个月后,哈顿的徒弟阿布在曼哈顿有一场比赛,你可以好好准备了!"

十安高兴得踮起脚,在方熙年脑门上亲了一下,"太好了,我要打趴她!"

方熙年碰了碰被她亲过的地方,心里柔软得一塌糊涂。

十安想起什么来,"你去出差,该不会就是为了这件事吧?"

方熙年也没瞒着她,淡淡地点头,"你被禁赛的事情需要解决,我过去看看,顺便提交了一些资料。"

十安满脸感动,不知道怎么感谢他。

方熙年想了想,厚颜无耻地说:"这么想感谢我的话,今天晚上能不能留下?"

十安吓了一跳,从他怀中跳出来,捂着自己的胸口,一副宁死不屈的样子。

"你要对我做什么?"

方熙年忍住笑意,一脸"你怎么是这种人"的表情,指了指她又指了指自己,"我还没忘记你揍我的事啊,你和我的武力值,你说,我们谁才该害怕?"

十安想了想,他说得好像也没错,这么说,自己才是占便宜的人?

方熙年见她眼神开始迷离,嘴角也溢出奸计得逞的笑,他忍不住无奈摇头,心想,这丫头也太好忽悠了。

方熙年故意咳嗽了一声，说道："哎，既然你不想留下，算了，我还是送你回去吧。"

十安一听，不乐意了，但她是女孩子，也不能太主动，赶紧红着老脸支支吾吾道："那、那什么，你刚出差回来，肯定很累了……"

方熙年忍住笑意，"不行，我不放心你一个人回去。再累都要送你。"

十安这下急了，"我不是这个意思。"

方熙年一脸不懂，"那你什么意思？"

十安慌了，捏了几次拳头，琢磨着什么说辞才显得矜持一些。

一抬头，却看到他满脸的笑意，顿时明白自己被套路了，气得她一咬牙，干脆破罐子破摔，冲上去勒住他脖子直接将他往房间里拖，"方熙年，这可是你自找的，今晚你死定了。"

方熙年没想到她这么暴力，错愕半晌，下一秒，他就跟麻袋一样被扔上了床。

十安顺着就爬了上来，他没忍住，扑哧一声笑了。

第51章
冰释前嫌

第二天早上,十安感觉自己的腰比训练时还痛。

方熙年倒是很精神,做了早餐,又异常热情地主动伸手过来要抱她去餐桌。

但……抱了两下,他都没将她抱起来。

十安凉凉地看他一眼,又啧啧摇头,"身体素质不行,缺乏锻炼。"

方熙年感觉自己被侮辱了……忍不住要再次证明自己很行,十安却不给他机会,抬脚便自己走到了餐桌边。

就因为这,一整天方熙年都心神不宁,工作到一半忍不住就要去楼下的训练室遛弯,总是趁十安看过来时,拎起杠铃装模作样。

好不容易熬到下班时间,方熙年打扮成翩翩公子的模样靠在车边等十安。

十安已经用眼神嘲笑他一整天了,想着自己不能太过分,还是笑吟吟地上前问他晚上吃什么。

谁知道,方熙年拉开车门,说道:"走,送你回家,我有惊喜要送给你。"

惊喜?十安一脸蒙,但还是乖乖跟他回了老家。

到家时,天已经黑了。家里却是灯火通明,隐约还有麻将声传来。

再走近几步,居然还闻到了烧烤的味道,仔细一看,有人正站在门口给烧烤架子上的烤肉刷酱。

那人还没看到十安，笑着回过头去问："师父，您的烤翅要中辣还是全辣？"

里面传来了另一个人的声音："当然是全辣，师父他喜欢吃辣。"

张帅航笑着回过头，这才看见了站在门口的十安，他先愣了一下，然后才跟十安打招呼："师姐，回来了！"

好久不见，张帅航已经长大了，不再是那个紧跟在她身后、笑容腼腆的小男孩了。

他现在是健身教练，哪怕穿着厚厚的卫衣也遮不住饱满的胸肌。

十安见他满脸别扭，也有点尴尬。

她回头看方熙年，只见他冲她鼓励地笑了笑，她这才明白他说的惊喜是什么，心里五味杂陈，不得不说，方熙年很懂她。

方熙年找他们来，是想给她台阶。

她叹了口气，一副拿他没办法的样子，见这么多人在，也不好板着脸，便抬手故意在张帅航腹部给出一拳，就算打招呼，以前的恩怨也算一笔勾销了。

张帅航显然也愣了下，连忙收腹。

十安嗤笑一声："反应还挺快，练得不错。"

十安被逗乐了，倒也不生气了，转而伸手去摸了一把他紧实的屁股，才满意地点点头，"臀部练得也不错，证明你朋友圈的图片不是修出来的。"

张帅航反应过来，也立即笑起来，献宝似的说："何止臀肌，我其他地方的肌肉也练得很不错，给你看看啊师姐。"

站在十安身旁的方熙年，看到他俩笑闹成一团，脸色就很不好看了。

为了找到自己的存在感，他冷不丁地咳嗽了一声。

十安这才反应过来，停下打闹，小心翼翼地观察方熙年，只见他凶巴巴的像要吃人。

完了。

十安心中暗暗叫苦,"我怎么就得意忘形了,居然当着他的面摸男人屁股?"

她讨好地把一只手伸过去,塞到他手里。

方熙年默不作声,耍脾气似的扔开她的手。

十安一瞪眼,心想,居然还使性子了?自己也不能总惯着他啊,撇撇嘴,立即抽出手一副"你爱气不气"的样子。

方熙年一着急,脸都白了,赶紧又把她的手抓回来。

十安得逗地笑了:"干吗啊,不是嫌弃吗?"

说着,她又要抽回手,方熙年气不打一处来,只能无奈地拍了拍她,"你这手,以后要听使唤啊,不能乱摸乱捏了。"

十安没忍住,扑哧一声笑了。

十安见他这么可怜,也就不为难他了,这才哼哼唧唧地点头,"行了行了,知道了知道了。"

方熙年不气了,指了指她,"你先去跟师兄弟们说话吧。"

这会儿,十安才注意到屋子里挤满了几个壮汉,看好戏一样盯着两人。

她的脸一下就红了。

方熙年是见过大世面的人,稳如泰山却没开口。

十安也想好好说说自己和方熙年的事,但眼下……不合适,几个大老爷们儿不是不知道她这么多年怎么过来的,她心中是有气的。

她不先开口,大家也不敢说话。

说起来,师父出事,他们自己心里也是很过意不去的。

如果当初大家团结一心,也许唐家的招牌不会倒,但兄弟几个的前途也就止步于此了。

唐三金失去了打拳的资格,身体又一天天垮了。

他们缺乏名师指导,背后没有资金支持,只能在国内小打小闹地拿几个杂牌奖杯,这不是他们想要的人生。

后来,师父红着眼睛把他们送到别的拳击馆,他们内疚得无以复加。

当初拜师，还以为这声"师父"能叫一辈子，谁知师徒缘分竟然如此之浅。

大师兄林翔刚要做个表率，主动跟师妹握手言和，结果一看见十安下巴尖尖，马上就心疼了，"你怎么瘦成这个样子？"

他又问一旁的王保罗："老七，你这经纪人怎么当的？"

王保罗也很委屈，"她吃得可多了，比我还能吃！大师兄，她从满二十岁后，脸上就不长肉了，都长在了关键的地方。"

坐满了四台麻将桌的师兄们，目光不约而同地扫向十安健壮的手臂和胸，又齐刷刷地撇开了目光。

眼前的十安已经是个成熟的女孩子，不再是当初那个假小子。

唐三金轻咳一声，打破尴尬："你不是很忙吗？怎么回来也不提前跟我说一声。"

"这是我家，我想回来就回来。"十安一跟他说话就生气，有了徒弟就不要女儿！

"师妹消消气，不要跟病人计较！"大师兄林翔揽着十安的肩膀，扶着她坐下，亲自给她捏肩捶背，还抛了个眼神给张帅航。

张帅航点点头，找了个借口把十安拽到角落。

"别拉拉扯扯的，有什么事站在客厅里聊就行。"

张帅航有些犹豫："师兄们想以后给师父养老，问你答不答应。"

"我又不是挣不到钱，为什么要别人来给他养老？"

"也不是钱的事，大家就是想尽一份孝心。"张帅航说这句话的时候，还是有点心虚。

当初他们改投师门，说到底还是钱的事，那时候唐三金生病，用钱宛如一个无底洞。

当时，这些徒弟里就算有人稍微混出个人样，也面临结婚、生子、买房这样的人生大事，处处都要用钱……

十安心里也是咽不下这口气，当初她缺钱的时候，也没拦着这群人来尽孝心，好像大家都默认了唐三金再也不会醒过来似的。

现在人醒了，一个个争先恐后地跑来当孝顺徒弟，这算什么？

可是唐三金好像乐在其中，他完全不记仇。

"师姐，你总得给我们一个弥补的机会。人生在世，最难过的是子欲养而亲不在。你看看我，从前我奶奶还活着的时候，我没办法对她好。她得了阿尔茨海默病，我也只能把她送到疗养院去。"张帅航说了几句眼睛就红了，"那时候我没有能力，每次看着那些疗养院里的员工虐待老人的新闻，我都只能告诉自己，她在疗养院里过得很好，至少比那些在垃圾桶里捡东西吃的老人过得好。现在，我完全有能力让奶奶过上好日子，可她已经不在了。师姐，我们就想对师父好一点。看见师父过得好，心里的遗憾才会少一点。"

十安被他说得有些愧疚，她叹了口气，算是妥协了。

再说，现在有很多空巢老人，都因为没有子女陪伴而患上抑郁症。如果徒弟们愿意轮流来看唐三金，陪他打发时间，那他的老年生活一定会很精彩。

十安抿了抿唇，"知道了，随便你们。"

说完，她扭头往回走，张帅航一脸高兴，抬手就去抓她。

不慎抓到她的手臂，"咦，师姐，你的手腕怎么回事？"

十安低头一看，发现手腕上都是淤青，她顿时想起昨晚的事，满脸尴尬。

她淡定地甩开手，才慢慢说："没事，训练中不小心弄到的。"

张帅航还没谈过恋爱，完全想不明白，到底是什么样的训练能在手腕上留下清晰的指痕。

"师姐被人抓着手腕做引体向上了吗？这样是能锻炼二头肌，还是能锻炼腹部核心？"

话音刚落，大厅里的众人纷纷朝两人看来。

十安对上方熙年的眼神，脸瞬间就红了。

唐三金一看这两人的表情就知道不对劲，脸一黑，顺便瞪了方熙年一眼。

十安满脸尴尬,"那什么,方熙年,我送你出去。"

她起身,方熙年也赶紧跟唐三金告辞说先回去了。

帅气小伙这么一走,立刻引来几个师兄弟激光一样的目光,各个都想上前去打听几句,最后还是唐三金用力咳嗽了一声,众人才齐刷刷地收回目光。

张帅航好奇地凑上来问:"师父,师姐和那男的……什么意思啊?"

唐三金敲了一把他脑门:"别瞎操心你不该管的事。"

林翔也满脸好奇,王保罗见状,赶紧摆出一副"这事儿我最清楚"的架势来,故意卖着关子要说不说。

一时间,大厅里闹哄哄一片。

十安把方熙年送到门口,便急匆匆回了自己房间,这才发现家里有了不少变化。

方熙年把她的旧床和旧衣柜子丢了,连窗户和被套都换了新的。

十安一把将自己扔进柔软的被窝里,舒服地叹了口气,想起刚刚因为尴尬还没来得及跟方熙年告别,她立刻从床上爬起来,拉开窗户,果然看到方熙年的车还停在楼下。

他就靠着车,抬头看着自己的位置,似乎在等她,见到她立刻笑着摆了摆手,示意她时间不早了,该睡觉了。

十安恋恋不舍地也挥了挥手,他这才坐进车内,开车离开。

第52章
对手

紧张的国内比赛紧锣密鼓地开始了。

十安很快接到了第一场比赛的邀约。

这次是广州的"青园杯"拳击赛,这是国内含金量较高的拳击比赛,几乎所有拳王出国参加国际比赛之前,都要来这里参赛。

十安的对手是来自南宁的付晨。

主持人正在台上活跃气氛,她和付晨对视,触碰到彼此的眼神。

付晨的眼神,看起来非常不友好。

公司的人早就把付晨的资料打印好送到了十安的手里。

付晨留着短头发,身高一米七,骨骼粗壮,体重70kg,她这个体格比一般男运动员还要健壮。

她今年才十八岁,锋芒渐露,正是意气风发的时候。

两个人在台下只隔了几个座位,付晨见十安也正在看自己,主动朝她走过来,坐在她身边,语气里充满挑衅。

"我看过你跟何洛的比赛,如果不是她的膝盖受伤,你没机会赢她。"

十安笑眯眯的,她不跟差了辈分的小孩子较真。

"就算是侥幸赢了她,也是我赢了。"

付晨没想到她会这么坦荡,有点吃惊。定定地看了她一会儿后,又说:"你不会每次都能那么侥幸。"

"有道理!"十安点点头,非常诚恳地说,"接下来的比赛,请你一定要全力以赴,不要给我侥幸的机会。"

"好,我会全力以赴。"

回到自己座位后,经纪人小声劝付晨:"那是唐十安,你讲话应该客气点。"

经纪人也知道付晨绝对不是十安的对手,这场比赛的结果早就已经注定了。

他看准了付晨是个好苗子,需要好好锤炼,假以时日,锋芒一定能盖过唐十安。但是目前,他不愿意看见这株心高气傲的幼苗还没来得及茁壮成长,就因输得太惨而丧失斗志。

经纪人放缓了语气,斟酌措辞道:"付晨,你现在经验还太少,不是她的对手。最多三年……"

"照你这么说,难道我应该现在就认输,放弃这场比赛吗?"经纪人本想给付晨鼓劲,却没想到他提早判定付晨会输的这番话,反而让付晨不服气。

经纪人终于没再多说什么了。

祸福两相依,年轻的时候多受点挫折也是好事,他就怕付晨把唐十安给惹毛了,唐十安下手不留情,把付晨给打残废了。

拳击场上,这样的例子很多。

直到比赛结束后,经纪人才放下心头大石。

他也是白担心了,十安是个心地善良的运动员,爱惜后辈,手下留情了。

打完比赛后,付晨一脸沮丧。

刚才在赛场上,她就像个刚入行的学徒,十安每一拳打出来都游刃有余。十安没用尽全力,她都已经被碾压得毫无招架之力。如果十安认真跟她打,那她不是被十安打成残废?

付晨想想都害怕。

从台上下来,休息了几分钟后,付晨再次主动去找十安。

"我向你道歉，我刚才说错了，你能赢何洛，靠的不是侥幸。"

付晨输得心服口服。

看到眼前的小姑娘被打击得抬不起头的样子，十安同情了几秒后，才幸灾乐祸地吐出一口气。"你说得也没错，我确实是侥幸才赢了何洛。如果是两年前的我跟何洛比赛，我也没信心能赢她。"

十安本来不想跟她说这么多，但是这位小朋友坦诚认错的态度，让她很欣赏，于是以过来人的经验，跟她多啰唆了几句："等你以后比赛经验多了就能明白，拳击运动员能打赢一场比赛，不一定全靠实力，天时、地利、人和都很重要。正因为要克服这么多不确定因素，我们才须更加努力，让自己变得更强。"

太强的优越感能摧毁一个人，太强的打击也能摧毁一个人，十安看好付晨，希望她以后能走得更远。

"还有一点，我跟何洛也是朋友，她比你想象的更强大，并不需要别人的怜悯。我和她都明白，每一个运动员，都有退役的那天。"

付晨捏紧的拳头又松开，脸色红了又白。

十安拍拍她的肩膀，笑道："我能打败何洛，迟早也会被别人打败。加油哦，我看好你！"

付晨嘴唇微微颤动，嗓音半哑："谢谢你！"

跟着付晨走过来的经纪人也松了口气，他弯腰跟十安握手，"真是太谢谢您了，我家付晨是个聪明孩子，可惜我能力有限，不知道该怎么教她，我说的话她也总是听不进去。您今天跟她说的这番话，她一定会记在心里的，您真是帮了我一个大忙。我想请您吃顿饭，不知道您哪天有时间？"

"不用这么客气，我像她那么大的时候也一样，都是靠前辈们的仁慈，才能坚持到现在。"

再三婉拒了好几次，付晨的经纪人才放弃了请十安吃饭的念头。

比赛结束后，十安跟王保罗直奔机场准备回家。

在候机时，王保罗给十安倒了杯咖啡过来。

十安接咖啡的时候，不小心撞到了师兄眼睛里亮晶晶的崇拜。

王保罗嘻嘻笑，他现在看十安，就像看未来的一代宗师，也有种自己种的大白菜有朝一日居然长成了天山雪莲的自豪，一时间心情激动，也不知道该用什么话语表达。

十安翻了个白眼，直接朝他踹了一脚。

王保罗痛得嗷嗷叫，问她："你晚饭想吃什么？"

"下了飞机，我们去吃牛肉面吧，昨天晚上的面太难吃了。"

"那就去吃牛肉面！"他揉了揉腿，又问十安，"你身上的旧伤还痛不痛？赵医生今天打了四次电话，必须安排你立刻开始康复训练，一周四次。她还说，不是在征求你同意，是在跟你约时间。"

十安想了想，说："那就安排周一到周四，每天晚上九点以后。"

王保罗安排完工作，空姐就前来提醒登机了。

十安在飞机上睡了一觉，明明获奖是好事，但她却做了一个不太好的梦。

她是被噩梦惊醒的，醒来后发现空调很低，她问空姐要了一杯热水，一口气灌下后，才找回了一点知觉。

但不好的预感，一直持续到下飞机。

十安拿到托运的行李箱，走到出口，抬头就看见方熙年向她招手。

方熙年穿着西装，但他手里捧着奶茶和花，怎么看都很别扭。

十安看着他手里的花和奶茶，没忍住笑。

"真没想到，我真的把何洛的粉丝抢了过来。"

方熙年听她提这茬，脸瞬间就黑了，低头看了眼奶茶，"看来，你不想喝奶茶。"

十安立刻冲过去，一把夺过奶茶。

"送都送了的东西，还想拿回去，抠门。"

方熙年没跟她计较，没好气地笑了笑。

这边，王保罗吃够了狗粮，便主动提出要先走了。

两人一起步入停车场，十安这才发现，他的车里堆满了不少文件，想来是工作还没忙完。

十安有点奇怪："你这么忙，干吗还来接我，是不是有什么急事？"

其实，确实有事情。

方熙年想了想，也没打算瞒着她，笑着说："是有事，我爷爷想见你。"

十安一惊："他见我干什么？"

方熙年想着措辞，迟迟没有回答。

十安已经在脑子里脑补了一大出戏码，她惶恐地说："该不会是想拿一大笔钱给我，让我离开你吧？"

方熙年被她逗笑了。

"那给你钱，你是收还是不收？"

十安手托着下巴，认真地思忖，"肯定收啊，这笔钱赚得容易，给少了可不行，要不，我们平分？"

方熙年撇了撇嘴，"是个赚钱的好主意，但我怎么听着不太高兴。"

十安也觉得不高兴，玩笑开够了，心里还是紧张，"那你爷爷到底要见我干吗啊？我能不去吗，我这人社交恐惧症，怕一言不合就动手，你爷爷年纪大了，肯定不扛揍。"

方熙年瞬间不知道应该说什么好了。

其实，十安不说，他也没打算让十安去见老爷子的。

方熙年是最了解老方家的人，老爷子一向讲规矩的，但凡请客，必须三天前就通知。

老派的规矩，三天为请，两天为叫，当天为提溜。

这次，他临时通知想请十安吃饭，注定不会给好脸色。

方熙年笑了笑："来的时候我已经回绝老爷子了，你不用去见他。"

这回轮到十安担心了，她虽然不想贸然见家长，可是说不去就不去，会不会显得很不礼貌？

方熙年温柔地揉了揉她的脑袋，眼神里满是坚定，"这次他临时起意请你吃饭，是不合规矩的，你并没有不礼貌。"

十安听到他这么一说，越想越觉得不对劲。

"你爷爷不喜欢我啊？"

方熙年沉吟片刻，认真想了想，"不会，你这么招人喜欢。"

但十安还是惴惴不安。

方熙年怕她有负担，转头便岔开话题，"对了，你想吃什么，饿了吧？"

她想了想，又看了眼方熙年沉静的脸，心里莫名就有了一种安心的感觉，算了，麻烦还是交给他吧。

十安深吸了口气，说道："我想吃牛肉面。"

第53章
拜访

方熙年果真带她去了牛肉面馆。

只是没想到那么巧,刚走到门口,他们居然碰到个熟人。

"季医生,你怎么在这里?"十安很惊讶,会在这里遇到季怀新。

季怀新眼里划过笑意。

"忽然想吃牛肉面,才来了这里。"

哪有那么多巧合,他会来这里,是因为知道她喜欢吃。他今天值班,这会儿没什么事情,正好出来给加班的同事带点消夜回去,这家面馆离医院不太远。

十安却高兴得眼睛都亮起来了。

季怀新是医生,平时忙得连吃饭的时间都没有,跟他吃饭要提前一个星期约才行,而到了约定的时间,他又可能因为临时有手术爽约。

"不如我们坐一桌吃饭吧!"

季怀新瞥了一眼默不作声的方熙年,但还是坐到了十安对面。

"十安,我看了你的比赛。"

十安笑得眉眼弯弯。

"你不是很忙吗?怎么有时间看我打比赛?从前也没听说你对拳击比赛感兴趣。"

季怀新说:"病房里有个小姑娘是你的粉丝,我去查房的时候,她正在看你教后辈做人。"

十安愣了一下，笑着问："什么教后辈做人？"

"她说付晨一直看不惯你，总是在公开场合说你实力不行，全靠运气。今晚你把付晨打得心服口服，她居然在媒体面前宣布，你是她的新偶像。那小姑娘跟我说的时候，高兴得手舞足蹈。"

十安用拳头遮住嘴角，假装镇定地咳嗽一声。

季怀新看出来她有些不好意思，试图转移话题："十安，小姑娘很喜欢你，你给她签个名吧。"

十安点点头，"好啊，那我现在就写。"

方熙年从十安的背包里拿出笔和纸，递给十安。

十安低头写字的时候，他也温柔地看着十安，仿佛那就是他的全世界。

方熙年下意识抬头，给了季怀新一个明晃晃的笑。

季怀新一愣，心中的小九九莫名就被他看穿，心情忽然跌了下去。

十安写好祝福的签名后，服务员正好把牛肉面端了上来。

季怀新没胃口了，起身道："十安，我不吃了，我医院还有事，打包带走。"

十安不明所以，连连点头，方熙年也温和地表示希望下次能再约。

季怀新逃得狼狈。

吃过面，方熙年直接送十安回了家。

如今正值比赛月，他不想任何事情影响到十安打比赛的心情，便打定主意，爷爷的问题必须自己去解决。

所以，方熙年特意在今天家庭日回了老宅子。

这天，何洛已经出院，她和方映南订婚的日子就在下个月，老爷子已经对外公布，何洛即将成为方家的孙媳妇。

作为未来的孙媳妇，何洛也出现在今晚的餐桌上。

吃过晚饭，方熙年什么都没提，老爷子先坐不住了，便笑呵呵地对何洛说："映南说你喜欢看电影，我想让人在三楼装一间家庭影院。"

又交代方映南："你带何洛过去看看,一起敲定影院的装修风格。"

这便是明显要支开两人了。

何洛在这个家里长大,自然也明白老爷子的意思,拉着方映南就上了楼,临走时,方映南还同情地看了方熙年一眼。

等他们进了电梯,老爷子才对方熙年说:"你跟我来。"

到了书房,老爷子皱起眉头,"你从前是怎么答应我的?"

"爷爷,我反悔了。"方熙年低眉颔首,老老实实认错,"从前的我没想过要喜欢什么人,娶谁都是一样,倒不如娶个爷爷喜欢的妻子。"

方老爷子表情严肃,"怎么现在想法变了?"

"我喜欢十安。"

方老爷子沉默地看他一眼,不认同地摇头。

方熙年不急不缓地说:"当时您要我娶门当户对的女孩子,不就是因为怕我和映南生了嫌隙,您也看到了,我和他没有问题。"

方熙年虽然是家里最小的,但他的能力出众,方映南自知能力有限,甘于平凡,只一门心思执着在何洛身上。

老爷子是个开明的老头儿,对于小辈的事情这些年也并没有过多干涉,只是,两兄弟的未来他心中有自己的打算。

"你应该很清楚,唐小姐不能给你的未来带来帮助。"

方熙年不是毛头小子,他当然知道找一个门当户对的人和其他人有什么不同。

但他有自信,自己就算不用靠这些,也能将方家的这份事业做下去。

"你有自信,我也相信你,但爱情是一时的,你们太不同了。你不应该找个跟你学识差不多的姑娘吗?你们现在感情好,喝口白开水都能尝出甜味。将来日子久了,感情淡了,没有共同话题怎么办?"

老爷子眼睛一抬,目露精光,"想一想,当你跟她聊股票的时候,她跟你聊电视剧,你会不会难受?"

"爷爷,十安不爱看电视。"方熙年笑着解释。

老爷子恨铁不成钢:"她一家都是性情中人,我怕你们两个以后要是闹了矛盾，会被人拿麻袋罩在头上拖到巷子里揍一顿。"

方熙年被老爷子的形容给逗笑了，这事儿以前不是没发生过。

"十安没那么不讲理，我和她的家人相处得很融洽，就算不和，我也可以解决。"

方老爷子忍不住动了动拐杖，"胳臂肘朝外拐。"

方熙年想过以后跟十安相处时的情景。

他不用十安懂历史典故，不用她懂股票，她对什么感兴趣，他可以去学。

他脑海里想象的画面是，他挥着锅铲在厨房为她做饭，她坐在沙发上穿着睡衣把脚搁在茶几上抱着盆水果等开饭。

幸运的话，旁边或许还有个孩子。

或者他在书房里看书的时候，十安在一旁浇花，等她浇完花了，最好能给他端来一杯咖啡。

他看书，她玩游戏，两个人互不打扰，却又亲密无间。

想到这些，方熙年嘴角微微勾起，又迅速收敛。

"爷爷！我已经不能没有十安，更无法想象未来的日子没有她会怎样。从小到大，我的人生分为两个阶段，认识她之前，我以为人生就是用心读书、工作，每天都很忙碌。我没有烦恼、憧憬和失落，没有体会过虚惊一场的惊吓，也没有经历过失而复得的惊喜。认识她之后，我有了忧虑，有了痛苦，有时会被她气得没有心思工作，有时也会因为她一句话而高兴得失了分寸。经历过这些，我才觉得自己真正活在这个世上。"

方老爷子冷笑："你是在威胁我？"

"您误会了。"方熙年微微躬身，但语气坚定，"十安是个很孝顺的姑娘，结婚大事，会考虑长辈的意见。如果您坚决反对，她也不会强求。但我会一直等她，等到她彻底放下我，跟别人结婚生子，过得安稳幸福，我才会继续走自己的路。"

老爷子哼了一声，说："你倒是狡猾，拿这个话来激我，我好心为了你着想,倒成了阻拦孙子婚事的恶人。"

方熙年很内疚,"都是孙儿的错。"

老爷子把孙子培养成了合格的继承人,却从未关注过他内心真实的想法,当方熙年说"那样的日子太乏味"时,淡淡的愧疚袭上心头。

方熙年接受能力比方映南更强,学东西也快,他总是给方熙年布置更多的作业。

方映南跟同学打球的时候,方熙年在家里背书。

方映南跟朋友去旅游时,方熙年在分析各大行业数据,预估股票走势。

方映南活得肆意潇洒,方熙年活得像个苦行僧。

他终究是亏待了这个孙子。

但愿唐十安是那个能让他一辈子快乐的人吧!

星期四下午,唐三金收到消息,说方家老爷子要到家里来。

他也没心思打麻将了,让徒弟们把一楼的麻将桌子都收起来,搬到四楼空闲的屋子里去。

平时唐三金和一窝徒弟吃饭,大家站的站、坐的坐,没什么讲究。

方家老爷子要来家里,唐三金亲自去家具市场买了新沙发、新茶几、新凳子、新饭桌,他让阿姨去鲜花市场买了花瓶和鲜花,还要买好看的杯子和水壶,放零食的果盘也要新的。

把家里装扮一新后,已经是晚上十点。

唐三金头疼死了,早知道还不如住医院里呢,回来干吗!

第二天上午十点,方家老爷子来了。

车子开不到门口,一排十几辆黑色奔驰停在街边,很打眼,过路的邻居都想凑过来看热闹,又被十几个穿着黑西装的保镖给吓退了。

保镖们提着礼物进来,唐家四楼仓库都堆满了,没地方放,只能放在三楼。连张帅航的卧室里都堆满了礼物。

方家老爷子态度得体,先夸十安是公司福将,因为她的加入,方家股票涨了许多，又把十安从头到尾夸了一遍，说唐三金教女有方。

唐三金把方老爷子留下来吃饭，还跟老爷子喝了几杯养生酒。

三杯酒下肚，唐三金已经把老爷子当成了忘年交，嘴巴说个不停。

他说什么，方老爷子也都微笑着点点头，气氛十分融洽。

十安穿着裙子，头一次规矩地在饭桌上坐了两小时。

方熙年倒是心情不错，时不时给两位长辈添酒夹菜。

俩老头儿聊得很投机，仿佛已经在饭桌上将两人的婚事都敲定了下来。

十安赶紧出声打断："那什么，唐老头儿……啊不对，爸你喝多了。"

唐三金趁着酒劲说："这点酒，干不倒老子，你老实待着，我们谈正事呢。"

方熙年见状，心里隐约猜到十安的想法，略失落，但还是笑着看了眼手表，温和地说："爷爷，时间不早了，您该回家了。"

方老爷子一看孙子的眼神，就知道，这事儿还不能这么早定下来，便也笑呵呵地起身告辞了。

唐三金要留他，但被十安拦住了。

第54章
骄傲

方熙年送走爷爷后,担心十安,所以又折了回来。

刚进门,他就听见了唐三金的声音。

"我不需要你去报仇,你是个女孩子,没必要把自己逼得太狠。方熙年是个很不错的男孩,你好好把握吧!"唐三金几乎是在咆哮。

方熙年在隔壁停了下来,远远看见十安把一碗凉面摔在了地上。

十安气不过,大声吼他:"结婚又不是我人生的终点,我这辈子也不是非要结婚不可,你干吗那么在乎方熙年的事?如果你觉得我这辈子活着的最大意义是为了结婚,那你当初为什么要让我学打拳?"

唐三金教过她的话,十安死死记在心里。

他不愿她向命运低头妥协,哪怕走路,也要她挺直了脊背。

可现在唐三金却先弯下了自己的脊梁骨,软趴趴地说:"方熙年对你很好,他是那个能护你的人,有他在,你不需要像从前那样努力。"

十安不知道唐三金究竟怎么了,脑海里突然想起十七岁那个夏天。

父女俩坐在拳击台上,满头大汗。

唐三金用毛巾给她擦汗,在她脖子上贴药膏,用煮熟了的鸡蛋帮她热敷。因为运动太剧烈,她的脖子受了伤,一动就痛。

十安低垂着脖子,很难过:"我为什么不能像别人一样做一个普通的女生?"

唐三金扳正了她的脑袋，让她面对他。

"长大后的你会成为一个普通人，也许恋爱，结婚，遇到愿意保护你的人，延续你的人生。一个再普通的人，也应该有自己的梦想。我对你的希望更高一些，十安，你要成为一个有冲劲、有血性、可以自己保护自己的人，而不是靠任何人。"

言犹在耳。

十安只当唐三金在床上躺了这么多年，失去了斗志。

可她的斗志还在！

十安垂下眼帘，看着满地的狼藉，叹了口气："我才不管你怎么想，我已经知道未来要走什么样的路，不需要再接受你的安排。一旦准备好，我会和阿布决战。这场比赛不仅是你的梦想，也是我的未来。"

唐三金听完这番话，顿时哑然，片刻，他才试探地问："你还记得那场比赛？"

十安挺直背脊，"记得，我不怕阿布，更不怕哈顿。"

唐三金张了张嘴，几次欲言又止，却没说出话来。

十安见他仍然挺直脊背，没有要松口的意思，无奈继续说："你培养我，不也是希望我能完成这场时隔十年的比赛吗？哈顿老了，但他的徒弟还在，如今依然纵横拳击界，我不想这样的人继续猖狂下去。"

唐三金重重地呼吸着，她说中了他的内心。

但他不愿意松口，也是因为害怕，醒来后，他想过了，比起所谓的报仇，他更希望十安能平平安安度过余生，既然方熙年出现了，她有人照顾了，就不要再去冒险了。

可是……

十安却能从他的呼吸中分辨，他还是有斗志的，他不甘心就这样度过余生。

唐三金静默了良久，语重心长道："你知道哈顿是什么样的人吗？你这么贸然，他有可能害得你……跟我一样。"

"我不想一辈子活在恐惧的阴影里。"更不想像他一样，因为恐惧,而丧失了希望。

唐三金眼神闪烁了一下,他没有再坚持了,终于妥协地叹了口气:"那,接下来你有什么打算?"

"你身体好了吗?"十安反问。

唐三金愣了愣,回答说:"早好了,身体倍儿棒!"

十安给唐三金倒了杯水,坐着跟他谈接下来的计划:"既然身体好了,就该干活了。你来当我的教练,阿布是哈顿的首徒,你跟哈顿打过几场比赛,比罗宾更了解哈顿的战术。我现在很需要你,老头儿!"

唐三金咬牙犹豫了很久,最终用力一拍桌子,"好!"

说完,他仰着脖子哽咽道:"只许胜不许败。"

十安暗暗点头,"我知道。"

方熙年听完父女俩的对话,没有抬脚走进去。

心中的失落不知为何被扫去了大半,从他认识唐十安的那天起,她一直是这样的。

她没有改变,变的人是他,因为害怕再次被十安拒绝,变得谨小慎微,步步都在算计着该怎么把十安绑在自己身边。

方熙年笑了笑,既然这场比赛是她的未来,那他就陪她步入未来。

房间里的吵闹声终于消停了,他这才轻轻叩响了房门。

十安和唐三金同时探头看过来。

十安满脸意外,"你怎么又回来了?"

方熙年将带来的醒酒药放在桌上,"伯父喝多了,我担心,就买了这个。"

唐三金见他如此贴心,顿时眉开眼笑,故作不耐烦地赶走十安:"那正好,你赶紧把这个祖宗给我带走,她在这里,吵得我头痛。"

十安板起脸,方熙年笑着过去牵起她的手。

"我们出去走走?"

十安想了想,猜到他听到了方才的对话,便点头跟着出去了。

方熙年带着她到江边吹风，两人坐在地上玩打水漂。

她一颗石头砸下去，溅起不少水花，搞得方熙年衣摆都湿了，但她不服气，还要尝试，最终还是方熙年教她用技巧，才连着打出了五六个水花。

十安看着水面，大松一口气，问他："刚才，你是不是都听到了？"

方熙年不置可否地点头。

十安还是有点担心的，小心打量他的神情，却见他脸色平静。

"你不会后悔吧？万一我真在比赛的时候被打成了植物人，你可就没老婆了。"

方熙年被她这么一说，顿时气笑了："就算是植物人，也是植物人老婆，怎么会没有？"

十安一愣，没想到他居然没生气，反而接住了自己的话。

方熙年见她嘟囔着嘴，无奈地伸手轻轻抱了抱她。

"你想做什么就去做，但是以后，不许再说这么不吉利的话。"语气温柔，嗓音里也透露着满满的无可奈何。

十安一听就有点心软了，回手环抱他，闷闷地点头，"嗯。"

方熙年难得见她如此乖巧，笑了下，继续说："还有，不要有顾虑，铆足劲去挥拳头，就算成了植物人，我这么会赚钱，不管你睡十年还是八年，我的钱也够你的治疗费，总有一天能等到你醒来的吧。"

十安一下就破防了，伸手更紧地抱住了他。

她用力地点点头，"好。"

第55章
未来

十安变得忙碌起来，国内的小比赛没停下，针对阿布的特殊训练也在继续。

哪怕在床上睡了几年，唐三金早年针对哈顿做出的战术总结还在脑子里没忘，他写了几十页训练计划，把王保罗和几个还在打拳的徒弟拉到家里一起开了个会，敲定出最后的训练计划。

"每周四的晚上为什么没有训练安排？"十安看完训练计划，只有一个疑问。

唐三金一脸嫌弃，不懂她为什么没情趣，"放心吧，其他时间都安排得满满当当的，连喘气的工夫都没给你留。周四总要放个假吧，去谈恋爱，去约会！"

十安把训练计划交给王保罗，说："周四晚上加一场实战模拟，之后再进行康复训练。"

唐三金深吸一口气，分明挺开心的，嘴上却很矫情："把我未来女婿晾太久了，不好吧。"

十安看着天花板叹气，起身说："准备干活吧，废话太多的人寿命都不长！"

"没大没小！"唐三金顺手摘下人字拖，朝十安砸过去。

十安出了门，嘴上带着笑。家里气氛最近好多了。

她原来一直在琢磨，唐三金醒来后为什么不高兴。

后来师兄弟们回来了,家里热闹了许多,添了几分人气,他看上去也高高兴兴的,但总还是觉得缺了点什么,因为他闲下来的时候总无精打采。

直到那天父女俩摊牌,唐三金才彻彻底底地"痊愈"。

唐三金这头是痊愈了,方熙年却有了心病。

最近十安忙得二十四小时连轴转,连信息都没时间回。两人在公司里,也就是开会的时候见一面,他坐在台上听各部门汇报工作,她就坐在台下打瞌睡。

轮到她这边发言的时候,王保罗用胳臂肘蹭蹭她脑袋,她醒过来,揉揉眼睛,仿佛不知道自己在哪里。

方熙年见了,觉得好玩,又替她心疼。

RM体育的计划主要是围绕十安和阿布的比赛进行,在模拟的实战训练中以唐三金为主、罗宾为辅,他们根据十安的训练进度,共同商讨训练方案。

到了RM集团,则是由罗宾报告十安的具体工作情形。

身为十安的男朋友,方熙年只能在会议报告和工作日报里得知女朋友的日常详情,不可谓不心酸。

好不容易两个人终于见了一面,还没来得及单独聊一会儿,王保罗就在那边催,说时间快要来不及了。

陈鸿宇把王保罗拉到一旁,满脸无语,"多给十分钟都不行吗?"

王保罗瞪他,"训练计划是十安定下来的,我只负责提醒她。有意见你让方总自己去跟她说。"

陈鸿宇不敢有意见。

当初RM集团把十安签下来,便是因为认定她能带动RM体育方面的热度。

经过《拳王赛》的播出和十安在国内参加过的大大小小比赛,RM体育在业内的排名从最后一名上升到了业内的二线排名。如果十安能在接下来的WBA世界赛中代表RM集团夺冠，RM集团的排名将有可能上升到业内一线水准。

这一战至关重要，无论是对十安个人的荣辱，还是对RM体育的生死存亡都起到了决定性作用。

十安每天都在训练，被各种工作人员环绕，方熙年有时候想她也会去训练场看看。

他去的次数多，跟十安交流的次数少，久而久之，在公司里已经成了话题人物。

痴情霸道总裁的人设，让公司里的小姑娘们津津乐道，传来传去就到了方映南耳中，让他平白得了个嘲笑方熙年的机会。

眨眼就到了年后，十安的禁令一解除，马上就要跟阿布比赛。

跟阿布的比赛在曼哈顿，比赛的前一天，王保罗陪十安在酒店办理入住时正巧遇到了阿布和他的经纪人。

十安看着阿布朝自己走来，她也没主动跟人家打招呼，反倒是阿布在她面前站了一会儿。

阿布看了她一眼就走了，完全没把十安放在眼里，边走边跟身旁的人讨论："明天看我怎么把她的胸打扁。"

阿布压根儿没把十安当对手，语气和神态都透着轻蔑。

异国他乡，大敌当前，十安忍住了心底冒上来的怒火。

她发誓，一定要打败阿布。

比赛这天，唐三金、罗宾和方熙年都来现场参观比赛，老爷子跟方映南在家里看直播。

同样关心这场比赛的人还有在旅游途中的何洛、为了看十安直播而放弃了一场比赛的付晨，还有在医院值班的季怀新。

台下，灯光闪烁得刺眼，欢呼声此起彼伏，激昂的音乐点燃现场气氛。

十安听着台下阿布粉丝一片压倒式的欢呼声，想起去年她离开的时候，台下粉丝的欢呼声好歹是五五分。

她也不气馁，只是在心里默默加了一条必须赢阿布的理由！

十安去年被罚禁赛后，阿布又赢了一条WBO的金腰带。

如今她也是热门比赛中的拳王，风头正盛，在她眼里，十安都已经不算她理想中的对手。

阿布甚至对自己的粉丝放下狠话，要在第一回合将十安打趴下。

哈顿本来也跟阿布持同样的看法，但当他越过欢呼的人群看到昔日的老对手唐三金和罗宾后，改变了原来的观点，告诫徒弟："你最好把她当作同等级别的对手看待！"

阿布笑了一下，眼神掠过十安，透着轻慢。

结果第一个回合下来，阿布因为轻敌，没能实现她在粉丝面前夸下的豪言壮语。十安防守得很严，阿布的拳头连十安的脸都没挨到，两个人打出了旗鼓相当的成绩。

从台上下来后，在休息一分钟的间隙里，哈顿骂道："我说过的，这回你遇到的是个很强的对手！"

阿布咬着牙，目光像毒蛇一样阴狠，"我一定要赢她。"

"去揍她的眼睛，让她重复一遍她父亲的遭遇。只有让她躺在地上再也起不来，你才算真正打赢了她！"

哈顿的声音，深深钻入阿布的脑海里。

言外之意，如果是唐十安赢了这场比赛，躺在地上起不来的人会是她自己。

从第二个回合起，阿布就开始了猛攻。阿布继承了哈顿的阴狠，那人一直教她，在拳击比赛中要将对手往死里打。

几个回合下来，双方都是鼻青脸肿，再一次爬起来，十安的眼皮已经肿得睁不开，鼻子和嘴角里都是鲜血。

比赛到第八个回合的时候，十安就觉得自己的体力已经跟不上了，但她知道阿布也在强撑着那口气。

只是她还没有绝对把握，能找出阿布的破绽。

第十一个回合时,看台上的王保罗开始露出兴奋的神情,"阿布显然撑不住了。"

话音刚落,台上的十安抓住机会,朝阿布发动一拳,没想到却被阿布躲过去了,她终于骗到了个机会,一拳砸上十安的眼眶。

裁判吹哨,比赛暂时停止。

赵医生抓紧机会给十安止血。

唐三金没过去,他去也没用。

来参加这场比赛之前,他和罗宾已经把哈顿的战术给十安分析得很透彻了,最后一个回合,能否赢得这场比赛,只能看十安自己!

保罗指着哈顿的方向,对身旁一脸惨白的方熙年说:"看到那个穿红衣服的白胡子老头儿了吗?那是阿布的教练,那个美国人用阴狠的招数打伤了师父,他只被禁赛了三年,而师父却永远失去了打拳的资格,成了植物人。"

十安深吸一口气,眼神更加坚定。

到了最后一个回合,阿布搞突然袭击,一拳砸在十安的太阳穴上,彻底将十安打翻在围栏橡皮带上。

骨头碎裂的声音和惨叫声吓坏了在场的裁判。

全场沸腾了,全世界都在为阿布的胜利而欢呼。

十安感觉自己已经神志不清,她摇晃着脑袋看见裁判拦着阿布,耳边是自己粗重的喘息声和裁判数数的声音,"十,九,八……"

"十安,十安,你能站起来!"方熙年趴在围栏边上,焦急地冲她大声喊。

十安眼睛都睁不开了,却冲他笑了一下。

如果说从前的每一场比赛,她都是在坚持唐三金的信念。那今天这场比赛的最后一个回合,她只为自己而战。

十安艰难地抬起胳臂,一拳支撑起整个身体。

所有人都以为她会就此倒下,连裁判都不相信,她居然能拖着几乎骨折的一条腿,站了起来!

阿布正在朝观众挥手,毫无防备,硬生生挨了十安一拳。

此时此刻,方家的家庭影院里正在播放着现场画面,一把年纪的方老爷子泪盈于眶。

他看着屏幕上脸上带血嘴角微笑的十安,语气里透着满满的自豪:"不愧是我方家的孙媳妇……"

医院里。

季怀新从手术室里出来打开电视的时候,十安已经赢了。

他看见屏幕上,那个他喜欢过的女孩鼻青脸肿、一瘸一拐地走到拳击台中央。

她获胜了,裁判高举着她的手迎接观众的祝贺。

看得出来,她赢得不易,戴着头套也遮不住脸上的伤痕累累。

WBC的金腰带,被十安紧紧地攥在手心里,她当场送给了父亲唐三金,作为他的出院贺礼。

季怀新在人群里看到了方熙年,没想到他也跟着去了。有病人在敲门,季怀新关掉了电视,笑着迎向了自己的工作。

比赛结束后,十安被送到最近的医院接受治疗。

方熙年望着眼前满脸淤青的十安,眼角酸涩。十安赢了这场比赛,但他却不觉得开心,脑海里不断涌现出以往的比赛中她鼻青脸肿的画面。

这种钻心蚀骨的难过,让他不顾一切,当着众人的面抱住了她。

十安摸摸他的头,依旧没心没肺,"你还好吧!"

"我不好,很不好!"方熙年一想到她每天要承受十个小时的训练,明明很累,却把自己当超人,就想劝她不要再这么拼命。

可是他知道,这是她的梦想。

她的梦想,比自己的生命更重要,方熙年只能支持。

想起来那会儿他们还在学校读书,方熙年曾经问过十安:"你不怕将来会死在比赛台上吗？"

十安回答："比死亡更可怕的是，没有真正活过！"

阿布以为十安倒下就起不来了，没想到当她泄了那口气，朝粉丝挥舞着双手迎接欢呼的时候，十安会突然站起来。

哪怕是打黑拳的时候，十安也从来不会下死力气把人给打废，她始终记得唐三金的话："从今以后，拳击比赛会带你走向人生的巅峰，但拳击却并非人生的全部。"

所以，十安会在保障自己安全的前提下，给对方留有一线生机。

因为他们的人生也不只有拳击，还有父母、朋友、爱人……

但最后攻打阿布的那一拳，她没有把握好分寸，那时候脑子里只有一个念头：把阿布彻底打趴下，她才能赢！

也许是冥冥中的注定，当年哈顿的一拳让唐三金在病床上躺了六年，在唐三金醒来几个月后，哈顿的徒弟阿布被十安一拳打中头部当场昏迷，从此再也没能醒来。

几个月后，有新闻称，哈顿出现在了阿布的医院里，悄悄给她停了呼吸机。

从那以后，听说再也没有人见过哈顿。

十安在曼哈顿赢了WBC的比赛后，唐三金的名字再次传出了江湖，不少企业聘请他去当教练，都被他谢绝了。

十安差点被阿布打瞎，在医院住了整整三个月才出院。一回到家，发现一楼的麻将桌不见了，家里重新摆上了八角笼。

"你这是要重新开馆收徒？"十安有些不太确定。

"我才刚满五十岁，你就想让我退休吗？"唐三金从一沓收徒广告中抽出一张递给十安，"这几天一直有人来报名。"

十安认真看了一遍收徒广告，笑得有些夸张："老头儿，你开始收女徒弟了？"

唐三金以前从来不收女徒弟，当年教十安打拳是因为他知道自己要不行了，必须在合上眼睛之前，让十安有独当一面的能力。

可自从在十安这里破了例之后，他眼里没有男女之分了。

因为来拜他当师父的，十个里面有七个是女孩子，大部分人是冲着十安来的。

唐三金对徒弟只有三个要求："第一，别把自己当女孩子，赛场上没有女拳击运动员，只有运动员；第二，再苦再累也不能哭，眼泪别让人看见，时时刻刻把脊背挺直了走路；第三，乖乖听话。"

选择来学拳击的女孩子们，唐三金提出的三点要求，她们都愿意遵守。

十安下了班，偶尔也会帮他带一带徒弟，等到徒弟们有能力打比赛的时候，唐三金就把他们都送去了RM体育。

自从十安连续夺了WBC和WBO的金腰带后，RM体育在业内的排名直接逼近一线。

有一次，财经新闻记者和体育新闻记者共同来采访方熙年，好奇他是如何在短时间内把RM体育从业内排名倒数第一发展至如今的水平，问他有什么诀窍和秘笈。

方熙年的回答很谦虚也很炫耀："哪有什么诀窍，全靠抱老婆的大腿，坐享其成罢了。全公司都知道，我只是个甩手掌柜。"

财经新闻记者也是老狐狸，跟方熙年打过很多回交道，知道他的底细，回去后倒是没乱写，只是客观指出：RM体育业绩持续飙升与唐十安和RM企业的深度捆绑有一定的关联。

但体育新闻记者是个生手，他受到隔壁办公室娱乐记者的影响，直接把方熙年说抱老婆大腿的这段话也写进去了。

隔壁办公室的娱乐记者一看，这新闻很劲爆啊，直接把它写进娱乐头条。

从此以后，唐十安的粉丝都知道了，她有个吃软饭的老公。

十安打赢比赛后，被方熙年哄着去领了证，却没时间办酒。

方家的婚礼要准备的事情太多，十安的工作计划直接排到了三年后，两人谁都没办法空出时间来办婚礼。

方熙年原本是能抽出时间的，谁让他有个不靠谱的哥哥。

何洛自从退役后，当了一段时间的教练，后来被娱乐圈挖去拍了几个综艺节目，成了明星。现在她的工作就是拍综艺和广告挣钱，挣了钱就跟几个明星一起满世界去做公益活动，方映南没耐心等到何洛回阳城，只好追着她满世界跑。

方映南一走，所有的工作都落在了方熙年身上，婚礼的事情就被无限期搁置了。

好在方家老爷子是个眼界开阔、心胸豁达的人，他相信儿孙自有儿孙福，依旧过着隐居的神仙生活，没对晚辈的婚事指手画脚。

十安和方熙年都没受到压力，哪怕结婚了，也依旧各自忙碌于自己的事业。

三十二岁那年，十安的身体出现了运动损伤的后遗症，赵医生一直劝她提前退役，嘴巴都磨干了，十安也没答应。

赵医生跟王保罗谈，王保罗也摇头。

办公室里，王保罗把比赛资料递给十安，"这是下个月墨西哥WBA世界拳王选手资料，你看一下。你的对手是熟人，SKY的那个付晨。"

"师兄，你觉得我赢的概率有多大？"十安认真地问。

十安已经三十二岁，身上带着旧伤，体能和专注力都不如从前。

而付晨却正处于身体的巅峰时期，修复能力强，反应速度灵敏，这几年训练和比赛都没少经历，实战经验丰富。

这一次，十安破天荒地有些心虚。

王保罗拍拍她的肩膀，一如既往地支持她："我相信你，绝对能赢她！"

"行吧，有师兄这句话我就踏实多了！"

又是一轮紧锣密鼓的训练后，十安踏上了墨西哥之旅。

这是付晨第一次参加世界级的拳王争霸赛，她有些紧张，上场之前还来找十安聊天："唐老师，我知道你从前是为了不让我输得太难堪，才会对我手下留情。这一次，请你一定要尽力击败我，哪怕第一回合就把我打趴在地上起不来也没关系。我现在长大了，抗压能力强。而且，我想知道自己跟世界级的拳击手还有多大差距！"

　　十安拍拍她的肩膀，说："放心，我一定全力以赴。"

　　付晨认认真真给十安鞠了一躬，才放心回去准备比赛。

　　等她一走，十安哭笑不得地看向王保罗，"师兄，这孩子是故意来给我添堵的吧！"

　　擂台上尖锐的铃声响起，比赛开始。

　　付晨对这场比赛期待已久，她拿出所有实力与十安对抗。

　　红色的拳击手套像是上了发条的机器，从各种角度对准十安的脸开揍。

　　第一个回合下来，付晨就感觉到了十安的力有不逮。

　　付晨感到很难过，当她终于有实力跟偶像站在台上比拼的时候，唐十安的运动生涯却已经在走下坡路了。

　　大概这就是拳击运动员的宿命，击败对手，然后被对手击败。

　　可她还记得十安曾经说过的话，不用自以为是地带着怜悯的目光去看待别人，每个人都有自己的骄傲，并不需要接受别人的怜悯。

　　那场比赛，付晨赢得毫无悬念。

　　当十安气喘吁吁地瘫倒在橡胶皮带上，听着裁判员从十倒数到一，而她却奄奄一息再也爬不起来的时候，她就知道自己的竞技生涯已经走到了尽头。

　　挺好的，她这一生，走到过巅峰，没有白白浪费。

　　比赛结束，付晨明明领了金腰带，却像个做错事手足无措的小孩一样，拘谨得话都不敢说，跟几年前那个意气风发的孩子相比，完完全全是两个人。

"恭喜你啊！"鼻青脸肿的十安主动向付晨伸出手，祝贺她夺冠。

付晨讷讷地问："唐老师会退休吗？"

"我今年才三十二岁，怎么可能退休。"

两人换了衣服，找了个酒吧坐下聊天。

十安脱下运动服，换上了裙子，哪怕脸上带着可怖的伤，也是好看的，频频引起酒吧众人的注意。

"打完这一场就我退役了，何洛邀请我去参加一个综艺节目，还要带我一起去做环保公益活动。我之前一直打比赛，没做过别的事，想去试试看！"十安认真说着未来的规划。

付晨很失望，却还佯装高兴，"恭喜唐老师！"

"你是有话想跟我说？"十安见不得老实人一脸憋屈的样子，只好主动问她。

付晨犹豫了几秒后，才说出自己的请求："我跟SKY的合约到期了，我想加入RM体育。"

"这是好事啊！"十安点点头，把王保罗的联系方式推送给她，"我的经纪人你见过，是我师兄，如果你想进RM可以让他带你。"

付晨垂下眼睑，兴致不高，"可我想让唐老师当我的教练。"

"啊……"十安眨巴着眼睛，缓了几秒后，才反应过来，"也不是不行，反正何洛那里我也还没给她最终的答复……"

正如唐三金所说的那样，拳击比赛带十安走向了人生的巅峰，但拳击比赛却并非她人生的全部。

十安一直都很清楚，未来还很长，她的人生将拥有很多种可能。